내 마음을 두드린

우리 건축

최상철

푸른사상

■ 글을 시작하면서

수천 년 동안, 수많은 사람들이 이 땅에 태어났다가 우리건축의 품안에서 온갖 희로애락을 나누며 살다 갔다. 그 흔적이 여기저기에 묻어있을 것이다. 그걸 "우리건축"이라는 창을 통해서 들여다보게 되었다. 많은 풍경이 보였지만, 그 창 너머 저쪽에 나있는 작은 오솔길에 유독 눈길이 쏠렸다. 비록 사람들이 걸어간 자취가 적긴 했지만, 한참을 바라보니 뭔가 보이기 시작하였다.

생각이었다. 집을 짓고 그 집에서 살다간 사람들의 냄새가 풍겨 나오기도 했다. 아니 어쩌면, 우리건축에 담겨있는 우리들의 '마음'이었는지도 모른다. 처음 터를 잡게 된 마음, 그 땅에 집을 짓게 된 마음, 그리고 또 건축의 각 요소요소마다 저절로 드러나게 되는 어느 목수의 간절했던 그 때 그 마음⋯⋯.

그게 때로는 음양오행이라는 전통사상으로 나타나기도 하고, 일상생활의 한 단면으로 노출되기도 하다가, 때로는 생활의 지혜로서 우리 곁에 바짝 다가와 앉기도 하였다. 기둥을 다듬을 때나 벽을 세울 때도 그랬고, 그 기둥에 보를 걸치는 작업에서도 그런 흔적을 짚어볼 수 있었다. 보면 볼수록 우리건축에는 참으로 다양한 뜻과 갸륵한 생각이 담겨있다는 사실을 알게 되었다. 게다가 우리건축에는 산과 바람과 물의 '뜻', 또 거기에서 오순도순 살다 간 어느 이름 모를 여인네와 남정네들의 '마음'까지 담겨 있었던 것이다.

그런데 한계는 바로 찾아왔다. 내가 그동안 바라보았던 뷰파인더(view finder)가 일그러졌을 수도 있고, 그게 아주 작은 부분일 수도 있으며, 또 지나치게 한쪽으로 기울어진 것일 수도 있다는 걱정이, 다른 한쪽에서 슬금슬금 스며들기 시작했기 때문이다.

그러나 익숙하게 나다닌 지금까지의 길과는 조금 다른 오솔길이 새로 나타났다고 해서 주저할 필요는 없다고 생각을 고쳐먹게 되었다. 또 기존의 건축 역사나 형태가 아닌 '뜻'이라는 프레임(frame)으로 우리건축을 바라보고, 거기에서 '우리의 마음'까지 짚어볼 수 있다면, 그것은 상당히 흥미로운 경험이 될 것이라고 다시 생각하게 되었다.

이 책은 대부분 그러한 생각을 바탕으로 써나간 글이다. 그동안 건축설계 작업을 하면서 보고 느끼고 생각한 것들을 간단간단한 메모 형식으로 남겨두었다가 이번에 다시 꺼내어 정리한 것에서부터, 신문에 연재했던 글을 추린 것으로 기본얼개를 짰다. 물론 부족한 부분은 더 채워 넣기도 하고, 일부는 덜어내기도 하였다. 간혹 주석註釋에 글을 쓴 시기를 달아놓은 것이 있는데, 이는 그 내용의 이해를 돕기 위한 것이다.

그런데 잠깐 숨을 돌리면서 하나 더 밝혀두고 싶은 것이 있다. 바로 '우리건축'이라고 하는 낱말이다. 이 책의 제목에서 우리건축이라고 했으니, 우선 성급하게 한옥을 연상했을지도 모르지만, 이 책에서는 우리건축의 범위를 한옥에 국한시키지 않고, 좀 더 폭넓은 의미로 사용하고 있다. 초가집이든 기와집이든 또 너와집이든 분명 한옥이 우리민족과 불가분의 관계를 맺으며 오랜 세월동안 함께 해온 것은 사실이지만, 한옥만이 곧 '우리건축'은 아니기 때문이다.

아마, 아주 옛날엔 우리 조상들이 생존하기에 비교적 용이한 해안 근처나 동굴에 살았을 것이고, 또 점차 다양한 집의 형태를 갖추며 옮겨 앉았을 테지만, 건축에서 으레 나타나는 그 기나긴 변화의 여정旅程이, 바로 옛날 조선시대 한옥이란 단계에서 완성되어 그대로 멈춰져 있는 것은 결코 아닐 것이다. 그런데도 우리는 곧잘 조선시대 중후기 양반가옥만이 우리건축의 전형이고, 건축에서 전통은 바로 거기에서 찾아내야 한다고 생각하고 있는 것 같다.

그래서 '우리건축'이라고 하면 일단 고리타분하다는 선입견부터 자리 잡게 되고, 다들 반사적으로 '고건축古建築'이라고 읊조리게 되는 것인지도 모른다.

그러나 건축(집)이란 모름지기 살아 움직이는 유기체有機體와 같은 것으로서, 인간생활의 변화에 따라 시시각각 진화를 거듭해나가게 된다. 옛날 한옥이라는 형태가 한때 우리 살림집의 주종을 이뤘던 것처럼, 지금은 아파트가 또 우리 주거형태의 대부분을 차지하고 있긴 하지만, 그것도 결코 우리건축의 종착역이 아닌 것만은 분명하다.

우리건축은 지금도 그동안의 변태變態를 멈추지 않고, 우리 인간생활의 다양한 변화에 발맞춰 다시 또 새로운 진화를 모색해 나가고 있는 중이다. 그래

5

서 '우리건축'이라고 하면, 어느 한 시대 어느 한 형태의 '순간포착'이 아니라, 우리 땅에서 우리 민족이 오랜 세월동안 우리 생활을 살뜰하게 꾸려나간 이런저런 건축 전체를 의미하게 된다. 아니, 적어도 이 책에서는 그러한 의미로 '우리건축'이라는 용어를 사용하게 될 것이다.

그러나 당초 여기저기 단편으로 쓴 글과 또 부지불식不知不識 간에 떠오른 이런저런 생각의 편린片鱗을 모아서 하나의 주제로 묶은 것이라서, 다소 무리가 생기지 않을 수 없다. 그래도 처음부터 끝까지 일정한 체계와 구성은 갖추고 시작하여야 하겠기에, 우선 다음과 같이 크게 4개의 마당으로 나누고, 거기에 비슷한 내용의 글을 모아서 책을 꾸리게 된다.

먼저, 「첫째마당 건축이 뭐지?」에서는 정말 건축이 무엇인지에 대해서 나름대로 그 의미를 짚어보고자 한다. 단순히 사람이 살기 위한 기계(?)로만 알았던 건축(집)에 사랑이 담기고 마음이 남아 있으며, 마침내는 저 광활한 우주 공간에까지 연결되어 있다면, 건축을 바라보는 우리의 태도는 사뭇 달라질 것이 분명하다.

그런데 다른 것도 마찬가지겠지만, 건축을 하는 과정에서는 뜻이 담기게 된다. 우리건축이 만들어지는 과정에도 그러한 뜻이 관철되었을 것이다. 그래서 「둘째마당 건축의 밑그림」에서는 그 배경이 되는 음양오행과 풍수지리 사상 등 우리건축의 주요 프레임(frame)을 차례로 살펴보게 된다.

그리고 「셋째마당 건축에 담긴 우리생각」에서는 그 뜻이 우리건축에 표현된 증거들을, 건축물의 주요 구성요소마다 하나씩 대입해가면서 찾아보기로 하겠다. 물론 기둥이나 보 등의 주요부재는 말할 것도 없고, 그동안 하잘 것 없이 취급되던 쐐기나 문지방 하나에도 우리생각은 여지없이 표현되어 있음을 알게 될 것이다.

　마지막으로 「넷째마당 내 마음을 두드린 우리건축」에서는 ‘건축’이라는 창을 통해서 살펴본, 이 얘기 저 얘기들을 마치 수필처럼 자연스럽게 풀어놓는다. 여기에는 단지 건축의 직접적인 요소에만 시선을 고정시키지 않고, 그 저변에 깔려있는 밑알들과 그것이 우리사회의 각 분야에 떨어져서 발효되는 현상까지도 나름대로 짚어보고자 한다. 그러다가 정말 ‘건축(집)’에 담겨 있는 우리마음을 제대로 건져 올렸으면 좋겠다.

　물론 그저 ‘붓 가는 대로’ 쓴 글이라서 어떤 주제 하나로 일관되게 이끌어가지는 못했지만, 그래도 읽다보면 ‘건축’에 대해서 지금까지와는 좀 더 다른 생각을 하게 되리라 믿는다. 그리고 그게 앞으로 우리건축을 이해하는데 조금이라도 더 도움이 되기를 바란다.

2008년 10월 어느 맑은 가을날
연백당 최상철

차례

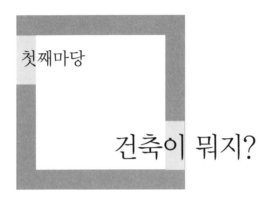

첫째마당

건축이 뭐지?

정말 건축이란 게 무엇일까?

간단한 것 같으면서도 답은 정작 쉽지 않다.

첫째마당에서는 건축(집)이 무엇인지에 대해서 이런저런 생각을 펼쳐놓겠다.

그것을 추려나가다 보면,

건축이 지니고 있는 의미가 새삼스레 다가올 것이다.

1 집이란?

양택陽宅

집이란 무엇일까? 우리가 지금 앉아있는 바로 이 공간, 집이란 무엇일까? 아침에 출근했다가 해질 무렵이 되면 지친 몸을 이끌고 어김없이 돌아가야 하는 집, 즐거운 곳에 찾아갔다가도 가끔씩 생각나는 집, 구두 벗고 넥타이를 풀자마자 소파에 풀썩 몸을 던지면서 마치 어머니 품속처럼 다시 파고들고 싶은 집, 정말 그 집이란 것이 무엇일까?

우리가 매일 아침 눈을 뜨고, 저녁마다 잠자리에 드는 장소는 국경이 다르고 인종이 다르고 종교가 달라도 모두 다 '집'이라고 하는 공간이다. 또 우리가 처음 생명을 부여받고 태어난 곳도 집이며, 공부를 하는 학교도 집이고, 일을 하는 사무실도 바로 집이다. 그러한 측면에서 보면 술집도 집이고, 음식점과 놀이방, 그리고 가게도 모두 다 집이다. 그것뿐만이 아니다. 이 생명이 다하고 나중에 저세상으로 돌아가는 장소도, 결국 무덤이라고 하는 집이다.

음택陰宅

이러한 집을 예전에는 음택陰宅과 양택陽宅이라고 구분해서 불렀다. 지금 우리가 살고 있는 아파트나 살림집을 양택이라고 하는데 비해서, 사람이 죽어서 묻히는 무덤墓은 음택이라고 했던 것이다. 사후死後공간인 무덤까지 집宅이라고 표현한 것은 우선 듣기에도 재미있다.

그러나 케케묵은 옛날에만 음택이 있었던 것은 아니다. 시대가 바뀌어서 요즈음은 묘를 잘 쓰지 않고 화장을 해서 납골당에 모시는 게 추세라고는 하지만, 사실 납골당納骨堂도 집이다. 납골당은 그 이름에서처럼 무덤보다도 더 확실하게 집의 형태를 갖추고 있다.

사람이 태어나는 장소도 살펴보면 흥미롭다. 요즈음은 예전처럼 집 문간門間에 금줄[1]을 걸고 태어나는 것이 아니라, 대부분 산부인과 의원에서 출산하게 되는데, 이 산부인과도 다름 아닌 집이다. 이래저래 예나 지금이나 집에서 태어나고, 집에서 한 세상을 살다가, 다시 집으로 돌아가는 것……! 어쩌면 그것이 우리 인생인지도 모른다.

■ 바보 같은 두꺼비

어렸을 때 한번쯤 집짓기 놀이를 해본 추억이 있을 것이다. 모래언덕을 조금 파낸 뒤에 조그마한 손을 앙팡지게 오그려 놓고, 다시 모래를 그 위에 덮으며, "두껍아, 두껍아~, 헌집 줄게, 새집 다오~"라고 염원하면서, 다른 손

---

1) 신성한 곳임을 표시하고 부정한 사람의 접근을 막으며 잡귀의 침범을 방어할 목적으로 늘이는 새 끼줄로서, 금기줄禁忌繩 인줄人繩 좌삭左索 문삭門索 태삭胎索이라고도 한다.

두꺼비집 놀이

으로 모래를 정성껏 토닥거리다보면 신기하게도 집이 만들어지곤 했다. 정말 소원대로 두꺼비가 헌집을 가져가고 새집을 만들어준 것일까?

그런데 가만히 그 두꺼비집을 들여다보면 요샛말로 속칭 '원룸(one-room)'이다. 방도 하나고, 현관도 하나다. 그렇지만 벽도 있고, 지붕도 따로 존재한다. 일단 건축법상 건축물이 될 수 있는 요건은 두루 갖추고 있는 셈이 된다.

시끌벅적하게 놀던 애들이 하나둘 제 집으로 돌아간 뒤에 정말 그 집에 두꺼비가 살았는지, 아니면 곧바로 허물어져 버렸는지 그건 잘 모르겠지만, 어쨌든 우리는 어렸을 때부터 이렇게 근사한 집짓기 놀이를 하면서 자랐다. 일찍부터 훌륭한 건축사建築士가 되기 위한 소질을 스스로 함양해 온 것이다(?). 그런데 지금은 어떤가? 두꺼비집처럼 정말 그렇게 작은 집이라도 하나 손수 지을 수 있을까?

어림없는 얘기다. 이젠 벽이나 천정에 간단한 액세서리조차도 직접 만들어 붙이려고 하지 않는다. 그런 일은 전화만 하면, 속칭 '업자'들이 다 알아서 해결해주는 것이라고 생각하고 있다. 지금 우리 한국 사람들의 대표적인 주거형태라고 할 수 있는 아파트만 봐도 그렇다. 아파트를 짓는 것은 모두 다 남이 알아서 해주는 일이고, 집주인은 그저 이곳저곳 찾아다니면서 운 좋게(?) 분양을 받고, 때맞춰서 열심히 돈만 내면 된다.

적어도 아파트에서 만큼은 이제 우리 모두가 완벽한 소비자가 된 것이다. 주문은 아예 할 수도 없고, 이미 할 생각조차 잃어버렸다. 그 결과, 정작 우리가족의 소중한 생활공간이면서도 거의 대부분 다른 사람[2]의 생각에 맞춰져 있다. 신발가게에서 제 발에 맞는 신발을 고르듯, 아니면 옷가게에서 제 몸에 맞는 옷을 고르듯, 이제 우리 현대인들은 그저 그렇게 시장에서 집(아파트)을 고르고 그 대가로 돈만 내면 된다. 그것뿐이다.

이러한 상황에서 좋은 집을 찾는다는 것은 아예 불가능한 일이 되어버렸다. 결국 프리미엄이 많이 붙고, 나중에 팔고 떠날 때 시세차익을 많이 남기는 집, 그런 집이 '좋은 집'이라는 편견만 가득 자리 잡게 되었다.

그래서 어느 정도 프리미엄(premium)이 붙었다고 생각하면, 재빨리 그 헌집(아파트)을 버리고 다시 새로 지은 아파트로 옮겨 앉는다. 괜스레 라이프 사이클(life cycle)이 어쩌고, 손때 묻은 추억이 어쩌고 하는 것은 이미 사치스러운 소리로 들릴 뿐이다.

한 술 더 떠서 '치고 빠진다'고 표현하기까지 한다. 그런데 누구를 치고 어디로 빠진다는 말일까? 아니, 그렇게 '치고 빠지기' 위해서, 우리는 어렸을 때부터 그처럼 두꺼비에게 새집을 달라고 애원했던 것일까? 그렇다면 아마 그 집짓기 놀이부터 다시 되돌아봐야 할 것 같다.

---

2) 설계를 하는 건축사建築士, 더 정확하게 표현하면 사업시행자를 말한다.

두꺼비에게는 아무 필요도 없는 그 헌집을 슬쩍슬쩍 넘겨주고, 얌체처럼 새집만 받아갔으니(?) 말이다. 그런데 두꺼비는 왜 그렇게 헌집만 자꾸 받아갔을까? 바보같이…….

■ 개미와 벌과 새

어느 날 마당에서 잔디를 다듬다가 개미들이 분주하게 움직이는 것을 보게 되었다. 항상 그런 것처럼, 모두들 바쁘게 어디론가 오고가고 있기에, 그냥 일어설까 하다가 내친 김에 조금 더 들여다보기로 했다. 열심히 식량을 나르고 있는 중이었는지도 모르지만, 그날은 왠지 개미들이 집을 짓고 있다고 생각하게 되었다. 아니, 요샛말로 리모델링을 하고 있었는지도 모른다. 저 혼자 살 집은 아니지만, 개미들은 그렇게 열심히 지하에 공동주택을 짓고 있었다.

가끔 처마 밑으로 윙윙거리며 벌들이 날아다니기에, 또 한번은 마음먹고 벌집을 찾아 나선 적도 있다. 아니나 다를까 서까래 끝에서 살짝 들어 올린 부연附椽[3] 사이에 작은 벌집이 달려 있었다.

그런데 벌도 마찬가지다. 아니 벌뿐만 아니라, 사실 대부분의 동식물들은 제 스스로 제 집을 지어 살고 있다. 차이가 있다면 개미가 땅을 파고 들어가서 지하공간에 공동주택을 짓는 반면, 벌들은 지상에다 제 집을 짓는다는 것뿐일 것이다.

---

3) 한옥 겹처마의 경우, 지붕곡선을 들어올리기 위해서 서까래 위에 덧댄 네모난 작은 부재.

또 언젠가는 우두커니 마루에 앉아 있었는데, 머리 위에서 뭐가 '툭' 하고 떨어지는 소리가 들렸다. 깜짝 놀라 위를 쳐다보니 도리道理[4]와 서까래사이로 나뭇가지 몇 개가 빼족이 나와 있었다. 궁금해서 사다리를 걸쳐놓고 가만히 들여다보았더니, 새가 집을 짓고 있었다. 마침 새는 출타 중이었다.

그런데 집짓는 방법이 보통은 넘었다. 겉에서 보기엔 마른 나뭇가지 몇 개를 대충 가로 세로로 엉성하게 얽어놓은 것 같았지만, 그 내부를 자세히 들여다보니 이건 정말 장난이 아니었다. 나뭇가지 사이에 진흙을 펴서 바르고, 다시 그 위에 깃털을 겹쳐서 깔아놓았다. 꽤나 정교해 보였다. 뼈대도 제법 튼튼했고, 틈새도 적당하게 잘 메워져 있었으며, 단열斷熱에도 신경을 쓴 것 같았다. '아주 제법인데……!' 감탄이 절로 나왔다. 그것도 제 스스로 제가 살 집을 그렇게 정성껏 짓고 있었으니 말이다.

비록 내게 들키고 말았지만, 새가 제 몸의 일부인 깃털까지 뽑아서 집을 지어놓은 것은 상당히 충격적인 일이었다. 아무리 "혼魂을 담은 시공"이라고 써 붙여놓아도, 사실 우리는 그걸 곧이곧대로 믿지는 않는다. 그저 그렇고 그런 건설회사의 상술이라고 치부해버리기 일쑤다.

그런데 제 몸의 깃털을 뽑아서 집을 짓다니, 절로 숙연해지지 않을 수 없었다. 그저 남보란 듯이 걸어놓은 표어하고는 감히 비교할 수 없는 장면이었다. "혼을 담은 시공"이란 것을 거기서 처음 목격하게 되었다.

사실 우리 인간만 제 스스로 집을 짓지 못한다. 개미나 벌, 그리고 새들은 본능적으로 집짓는 방법을 잘 알고 있다고 한다. 물론 그렇기 때문에 그들은 남의 집을 대신 지어주지도 않고, 우리 인간처럼 제 집에 프리미엄을 붙여서

---

4) 한옥에서 기둥과 기둥을 가로로 연결하는 부재.

새 집

건축시장 질서를 교란하거나 왜곡하지도 않는다. 그리고 필요 이상으로 집이 크지도 않으며, 또 집을 두 채 세 채씩 차지하려고 악착같이 노력하지도 않는다.

그러한 측면에서 보면, 동식물들이 차라리 우리 인간보다 더 낫다고 해야 할 것이다. 적어도 집이 집다워야 한다는 것쯤은 알고 있는 듯 하며(?), 또 제 스스로 제 집을 지을 줄 아는 본능마저도 아직까지 잃어버리지 않고 있기 때문이다.

그리고 외부의 위험으로부터 안전해야 하고, 때로는 편리하고 위생적이기도 해야 하며, 또 때로는 그럴듯하게 아름다워야 한다는 건축의 기본이념을 너무나 잘 실천해나가고(?) 있기 때문이다. 아니, 적어도 우리 인간처럼 집을 하나의 얄팍한 이윤추구의 수단으로 삼고 있지 않다는 사실 하나만으로도, 난 그들이 대단히 부러워지기 시작했다.

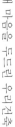

■ 또 다른 사랑의 표현

예전에, 주부가 아침마다 먼저 일어나서 차리는 밥상에는 가족에 대한 지극한 사랑과 정성이 담겨 있었다. 그래서 먼 길 떠나는 자식이 '시간이 늦었다'며 한사코 뿌리치고 발길을 재촉할 때도, 우리 어머니들은 그 자식을 억지로라도 잡아 앉혀 놓고, 훈김 나는 아침밥을 차려서 먹여 보내곤 했던 것이다. 손수 지은 밥을 먹여 보내야만, 그 자식이 그 날 하루 동안 편안 무탈할 것이라고 신앙처럼 굳게 믿고 있었던 우리 어머니들에게서, 그 훈김 나는 뜨끈뜨끈한 아침밥은 육신의 배를 채우는 것 이상의 어떤 의미가 담겨 있었는지도 모른다.

집을 짓는 것도 마찬가지다. 집이란 나 혼자 잘살기 위해서 짓는 것이 아니다. 내가 살고, 이다음에는 내 자식이 살고, 내 손자가 살며, 또 그 손자의 손자까지 그 집에서 살 것을 기대하며 집을 짓는다는 것은, '집'이라고 하는 물리적인 공간을 통해서 전승되는 사랑의 표현이 된다. 그리고 거기에는 그 사랑이 집적된, 이른바 가풍家風이 담기게 되는 것이다.

그래서 얼굴도 모르는 손자와 그 손자의 손자를 위해서 댓돌을 다듬고, 툇마루를 놓고, 대들보를 거는 것은 숭고한 작업이라고 하지 않을 수 없다. 물론 지금은 생활의 이동이 옛날보다 훨씬 잦아졌고, 또 아파트라고 하는 주거형태 자체가 그런 정성을 아예 담아낼 수 없도록 바뀌어버렸지만, 얼마 전까지만 해도 집을 짓는 행위에는 그렇게 숭고한 사랑의 마음이 담겨 있었다.

건설현장마다 한때 유행처럼 흔하게 붙어있던 "혼을 담은 시공"이나 "성실시공 다짐"이라고, 남보란 듯이 애써 강조를 할 필요도 없다. 또 우리 사회가 다른 사람을 배려하지 못하고 아주 조급하며 이기적인 사회로 변했다고 탓할 필요도 없다. 가정주부가 아침 일찍 일어나서 밥을 짓는 그 심정으로 나와 내 가족이 살게 될 집을 한번만이라도 손수 지어본 사람이라면, 지금 내가 살고 있는 이 집과 이 공간에 얼마나 깊은 사랑이 담겨있는지 저절로 깨닫게 된다.

요즘처럼 그저 나와 내 가족만이 잘 살아야겠다는 욕심이 아니라, 다음세대 그리고 그 다음다음세대까지 당초 집을 짓던 "그 마음 그대로" 사랑을 전해줄 수 있는 하나의 줄기찬 방법, 그 사랑의 전달 매개체가 다름 아닌 건축이라고 하는 것이다.

■ 여전히 아름다운 일

그런데 집을 짓는다는 것은 생각만큼 그렇게 쉬운 일이 아니다. 더구나 요즘처럼 제 잇속부터 먼저 챙기는 일에 급급해진 이 얄팍해진 시대에, 집을 짓는다는 것은 더더욱 어려운 일에 속한다. 물론 어렵다는 것 자체는 사람마다 다르고 시대마다 다를 수 있다. 그런데 불과 얼마 전까지만 해도 밥을 짓는 것이 그랬다고 한다.

그래서 새색시가 연지곤지 찍고 시집와서 겪은 시집살이 가운데 가장 어려운 것 중의 하나가, 바로 이 삼시 세끼 때맞춰서 밥 짓는 일이었다. 매일매일 밥 짓는 일이 뭐 그리 대수냐고 반문할 수도 있겠지만, 아마 옛날에는 그게 그렇지 않았던 모양이다. 지금처럼 시간만 맞춰놓으면 저절로 밥이 되는 그렇게 편리한 전기밥솥이 없었던, 그래서 아궁이에 나무 솔가지를 꺾어 넣

밥 짓던 솥

고 불을 지펴서 손수 밥을 짓던, 아마 그러한 시절의 얘기일 것이다.

이 밥이란 것이 지을 때마다 그 때의 상황과 조건에 따라서 조금씩 달라지기 일쑤다. 때로는 설익기도 하고, 때로는 되거나 질어지기도 한다. 또 당시 어른들 입맛은 왜 그리도 까다롭고 힘들었던지……! 그래서 밥을 지을 때마다 항상 새롭고, 어려울 수밖에 없었던 것 같다. 아니, 시어른들에게 밥상 내가는 것 자체가 어쩌면 이만저만한 스트레스가 아니었는지도 모른다. 더구나 갓 시집온 새색시에게는…….

건축도 이와 흡사하다. 설계과정에서부터 사용승인(준공)이 될 때까지 건축사建築士들은 노심초사하게 된다. 집터에 합치되는 규모와 좌향坐向은 이뤄냈는지, 건축주의 요구사항과 개성은 제대로 걸러냈는지, 아니 혹시 겉모양 때문에 사용자의 입장을 밀쳐 두지는 않았는지, 또 이만하면 방이 작지는 않은지 이런저런 자료를 뒤적이게 되고, 이 사람 저 사람에게 의견을 구하게 되는 것이다.

지금 우리사회가 아무리 이기적이고 냉소적으로 변했다고 하더라도, 그러한 의미에서 밥을 짓는 일과 집을 짓는 일은 여전히 '아름다운 일'이라고 하지 않을 수 없다. 일단 남을 먼저 생각하고 남을 먼저 배려하는 마음부터 갖추고 있어야 하기 때문이다.

또 지금은 '먹고 자고 입는 것' 자체가 지나치게 풍족해져서 그 가치를 가끔씩 잊어버리고 살지만, 그건 예나 지금이나 아주 중요한 필수 생존조건이었다. 옛날부터 왜 굳이 옷과 밥과 집을 따로 추려서 '의식주衣食住'라고까지 했겠는가?

내 앞가림만 하기에도 급급한 이 세상에서, 먼저 다른 사람이 잘 입고 잘 먹고 잘 살도록 염원하며, 이렇게 궁리하고 저렇게 배려하는 행위에는 저절로 정성이 담기게 된다. 우리 사람의 본성本性 밑바탕에 여태까지 남아있는, 온갖 정성을 담아내는 일! 그게 바로 우리 건축이라고 하는 것이다.

■ 동굴洞窟

옛날 구석기시대 사람들은 주로 동굴洞窟에서 살았다고 한다. 그러다가 점차 먹고 살기에 더 편리한 장소를 찾아서 이동을 하게 되면서부터, 비로소

엄마 뱃속 같은 동굴의 입구

땅위에 집을 짓기 시작하였다. 그런데 그 집이라는 것이 처음에는 그저 원추형의 뼈대를 적당히 만들고, 그 위에 나뭇잎이나 동물의 가죽 등으로 덮어서 만든, 이른바 원시 원형주거(round hut)였을 것으로 추정하고 있다. 그렇다면 인류 최초의 주거공간은 '동굴'이라는 얘기가 된다.

동굴洞窟이라고 하면 우선 듣기에 몹시 낯설게 느껴지지만, 사실 그런 것만도 아니다. 이 세상에 태어나기 전, 우리는 너나할 것 없이 열 달 동안을 어머니 뱃속에서 자랐다. 그래서 가끔 세상사는 일에 지치고 힘들 때, 사람들은 동굴에 대한 아늑한 그리움을 본능적으로 간직하고 있다고 한다.

더구나 요즘 중장년층들은 더하다. 모든 게 다 엊그제 같은데, 어느덧 머리에는 하나둘 새치만 늘어 간다. 이제 밖에서는 여자들에게 밀리고, 집에들어와도 맨송맨송하기는 마찬가지다. 갈수록 자녀들의 교육이 가정의 중요한 문제로 대두되면서부터 엄마의 역할은 점차 강조되고 있지만, 고개 숙인남자들은 이제 어디 하나라도 마음 놓고 쉴만한 곳을 찾을 수 없게 되었다.

그래서 결국 대부분의 중장년층들은 밖으로 나돌게 되고, 때로는 드라마나 컴퓨터게임에 몰입하기도 한다. 그리고 마라톤이나 밤낚시, 바둑 등의 취미에 쉽게 빠져들게 된다. 그렇게 해서라도 질서정연한 듯 보이는, 이 사회조직에서 일탈逸脫해보고 싶은 것이다. 비록 체면을 중시하는 사회풍조 탓에 드러내놓고 표현은 못하지만, 정말 세상만사 다 제쳐두고 푹 파묻혀 쉬고 싶다.

그러나 막상 마음은 그렇게 먹어도 정작 쉴 곳은 없다. 아파트마다 경쟁적으로 고급스러운 침실을 만들고, 거기에 별도의 휴게공간이나 전용화장실까지 붙여놓긴 했지만, 한번 지친 몸과 마음은 쉽사리 풀어지지가 않는다. 그렇다고 옛날 그 어느 노래가사처럼 "우리 집에 제일 높은 곳, 조그만 다락방"이 따로 있을 리도 만무하고, 또 어린애들처럼 장롱 속에 웅크리고 들어앉아 있을 수도 없는 노릇이다.

어떻게 보면 이게 모두 다 우리 현대건축의 한계인지도 모른다. 모두들 가사노동에서 해방을 목표로 기능과 동선을 분리하고, 또 실내벽면과 천정의 마감 재료를 점점 더 화려하게 바꿔가면서 마치 유행처럼 외관을 치장하고 있지만, 정작 아프고 지친 사람들이 마음 놓고 편히 쉴만한 공간은 잃어버리게 된 것이다.

그래서 세상사는 일이 이렇게 점점 더 복잡다단해질수록, 옛날 어머니의 그 품속처럼 '편안한 공간', 동굴 속처럼 '아늑한 공간'을 더욱 더 그리워하게 되는 것인지도 모른다.

■ 쉽게 시작했다가 어렵게 끝나는 일

우선 규모가 작고, 늘 마주 대하는 용도라서 그런지는 몰라도 살림집 짓기는 쉽다고들 한다. 거실 옆에다가 주방을 붙이고, 각 방을 이리 저리 배치하다 보면, 화장실과 창고도 저절로 자리 잡게 된다. 그것뿐이다. 누가 일부러 굳이 가르쳐주지 않더라도 살림집을 짓기는 그렇게 쉬워 보인다.

그러나 일정한 규칙을 따라서 만들어 가다보면 저절로(?) 완성되는 다른 용도의 일반건축물에 비해서 살림집은 훨씬 더 다양한 형태를 가지고 있다는 점에 주목해야 한다. 그 안에서 사람이 살아가는 스타일도 다르고, 취향이나 개성도 모두 다 제각각 다르기 때문이다.

그리고 우리 생활이란 것 자체가 항상 일정한 형태로 고정되어 있는 것이 아니라, 세월의 변화에 따라서 출렁거리는 라이프 사이클(life cycle)에 맞추어 사실 수많은 변화를 거듭해 나가곤 한다. 거기에다가 집이 자리할 땅의 성질과 기후조건까지 고려하다보면, 살림집을 만든다는 것은 이제 그저 단순한 기술의 영역에서 벗어나있음을 깨닫게 된다.

그래서 나중엔 다들 살림집이 그렇게 어렵다고 하는 것인가 보다. 아니, 단순히 어렵다고 하는 것보다는 중요하다고 해야 옳을 것이다. 복잡다단한 모든 현재의식을 가만히 내려놓고 무의식無意識의 세계로 접어든 채, '변화의 경계'를 넘나드는 시공時空, 그게 바로 우리가 지금 살고 있는 '집'[5]이라고 하는 것이다.

■ 저 푸른 초원 위에 그림 같은 집을 짓고

70년대 초, "저 푸른 초원 위에 그림 같은 집을 짓고, 사랑하는 우리 님과 한 백년 살고 싶다"던 대중가요가 있었다. 또 "언덕 위에 예쁜 집 짓고, 둘이 함께 행복 하자던 그 약속은 잊지 말자"고 속삭이던 노래도 있었다. 그런가 하면 "비둘기처럼 다정한 사람들이라면, 장미꽃 넝쿨 우거진 그런 집을 짓자"고 흥얼거리기도 하였다.

대중가요만 그런 것은 아니다. 피천득[6] 선생의 「인연」이라는 수필에도 그러한 예쁜 집이 나온다. 일본 유숙留宿시절, 서로 그리워하게 된 '아사코'라는 소녀가 '뾰족지붕에 뾰족창문들이 있는 작은 집'을 보고, 들뜬 목소리로 선생에게 속삭이는 구절이 있다. "아, 이쁜 집! 우리 이담에 이런 집에서 같

---

5) 물론 지금은 대부분 아파트가 그 역할을 대신하고 있다.

6) (1910~2007), 수필가, 영문학자, 호는 금아琴兒

이 살아요……."

이렇게 문학작품이나 대중가요에 나오는 '집'들은 모두 다 하나같이 동경의 대상으로 묘사되어 있다. 그런데 이상한 것은, 그 예쁜 집 주변에는 이웃이 없다는 점이다. 또 생활의 편리를 위한 근린생활시설이란 것도 따로 존재하지 않는다. 아니, 의료시설조차도 아예 고려하고 있지 않는 것 같다. 그래서 그런지 부푼 꿈을 안고 가슴 설레며 시작한 전원생활은 대부분 실망으로 끝나기 일쑤다. 아마 대중가요나 문학작품이 너무 앞서나간 탓인지도 모른다.

그러나 분명 전원생활은 향기롭다. 도심의 아파트들처럼 규격화된 생활을 강요당하지 않아도 되고, 위아래 층에 대해서 그렇게 예민해질 필요도 없다. 더구나 아침 새소리에 눈을 뜨고, 달빛 어른거리는 창호지 너머 풀벌레 소리에 잠이 들 줄 안다면, 건축이 주는 감흥에 저절로 취하지 않을 수 없게 된다. 단순히 살기 위한 그릇인줄로만 알았던 건축이, 이렇게 우리에게 생활의 리듬과 마음의 탄력까지 덤으로 건네주는 것이다.

물론 그게 전부는 아니다. 거기에는 일단 땀과 노고가 전제되어 있어야 한다. 아침저녁으로 손수 하지 않으면 안 될 일들이 마치 산더미처럼 쌓여있다. 그건 누가 대신 해주지도 않는다. 직접 풀도 뽑고, 나무도 자르고, 때로는 비설거지도 해야 한다. 그것뿐만이 아니다. 시도 때도 없이 귀찮게 달려드는 모기파리 떼도 쫓아내야 하고, 들쥐나 도둑고양이들한테도 신경을 곤두세워야 한다.

그 수고는 마다한 채, 노래가사처럼 그저 푸른 초원 위에 예쁜 집만 짓고 살겠다고 생각하는 것은 있을 수 없는 일이다. 그건 도회지생활에 지친 현대인들의 자조 섞인 한낱 공상에 지나지 않을 뿐이다.

전원생활을 제대로 하고 싶다면, 우선 '서울강남'을 '준거準據집단'으로 삼고 있는 우리마음부터 훨훨 털어낼 수 있어야 한다. 어느새 자연으로부터 저만큼 멀어져버린 '우리마음'을 다시 자연의 질서체계로 되돌리는 일, 어쩌면 그것이 전원생활의 성패를 가르는 가장 중요한 분수령이 될 수 있을 것이기 때문이다.

■ 우리인생의 무대

원래 인생이라는 것 자체가 무한히 어렵고, 또 끝임 없이 의문이 솟아오르는 주제이긴 하지만, 건축이란 창으로 들여다보면 그것은 의외로 간단하다. '집에서 집으로의 끊임없는 이동과정'이 자꾸 쌓이다보면 그것이 바로 인생이 되기 때문이다. '집[7]에서 태어나, 집[8]에서 한 세상을 살다가, 다시 또 집[9]으로 돌아가는 것', 그것이 우리 인생이다.

아침에 아파트나 단독주택이라고 하는 '집'에서 잠을 깨고 일어나, 서둘러 옷을 갈아입고 화장을 한 뒤, 아침밥을 먹자마자, 허겁지겁 일터로 출근을 한다. 그런데 바로 그 일터가 또 집이다. 사무실도 집이고, 가게도 집이며, 일하다가 잠깐 친구 만나러 내려갔던 커피숍도 집이고, 식당도 집이다. 출근을 해서 일을 한다고 이 방 저 방 열심히 쫓아다니고, 화장실에 잠깐 들렀다가 거래처에서 업무를 보고, 몇 사람을 만난 뒤 다시 돌아왔는데, 벌써

---

7) 지금은 대부분 산부인과 의원이다.
8) 학교, 사무실, 가게 등 일상생활을 하는 공간인 양택陽宅.
9) 옛날에는 무덤[墓]이었고, 지금은 납골당納骨堂인 음택陰宅.

점심때가 지나고 하루해가 지기 시작한다.

그런데 그러한 일련의 행위들을 가만히 살펴보니, 이게 모두 다 집(건축물)이라고 하는 공간에서 이루어진 것들이다. 결국 하루라는 시간도 이렇게 집에서 집으로 끊임없이 이동하다보면 금방 지나가버린다. 그게 모이고 쌓여서 한 달이 되고, 일 년이 되었다가, 마침내 한 사람의 일생을 만들어 놓는 것이다.

이렇게 지금까지 우리를 키워온 세월과 그것을 담아낸 공간이 바로 집이다. 어렸을 때 놀던 놀이터, 놀이방, 유치원 그리고 학교와 학원, 더 나아가서 결혼식장, 연회장, 또 처음으로 장만한 아파트와 사회인으로서 당당하게 출발을 하게 해준 첫 직장도 모두 다 집(건축)이었다.

건축은 그런 것이다. 싫건 좋건 우리에게 물리적인 공간, 즉 무대를 제공해주는 것이다. 그리고 우리는 그 '집(건축)'이라고 하는 무대에서 연극에 열중하고 있는 배우가 된다. 그저 아무 영문도 모르는 채…….

■ 엄마 뱃속 같은 공간

건축법[10]에서는 벽이나 기둥 위에 지붕을 얹어놓은 것을 집(건축물)이라고 규정하고 있다. 표현방식에서 조금 차이는 느껴지지만, 비바람을 맞지 않고 편히 쉴 수 있는 공간을 집이라고 정의하고 있는 것이다.

그래서 집이란 무엇보다도 우선 안전해야 하고, 비바람이나 추위와 더위

---

10) 건축법 제2조 건축물의 정의.

등의 자연재해로부터 사람을 보호할 수 있는 기능을 구비하고 있어야 한다는 얘기가 된다. 아름답고, 편리하고, 또 우리가 집에 대해서 갖고 있는 이런저런 희망사항들은 그 다음순서가 된다.

　물론 그렇다고 해서 이러한 조건만 구비하고 있으면 모두 다 저절로 집(건축물)이 되는 것은 아니다. 벽이나 기둥 위에 지붕을 그럴듯하게 올려놓았다고 하더라도, 사람이 살지 않으면 그건 집이 되지 못한다. 단순히 물리적인 공간만 만들어진 구조물이나 공작물로 그칠 수도 있다. 그렇다면 좋은 집이란 무엇인가? 물론 사람마다 다르고, 지역마다 다르고, 시대마다 다르다. 그리고 또 마땅히 달라야 한다.

　그런데 정말 좋은 집은 무엇일까? 비싼 아파트? 졸졸 흐르는 개울물 뒤로 조그마한 산책로가 정겹게 나 있고, 그 앞으로는 넓은 마당이 휘어 돌아가는 소나무에 살짝 가려 있는 전원주택? 아니면 근엄한 청와대? 그것도 아니면 유명한 꼼페(Competition)에서 대상을 받은 어느 건축사建築士의 최근 작품?

　엄마 뱃속에서 이 세상에 태어나기 이전에 잠시 머물렀던 자궁子宮, 즉 '아기집'이 우리 인간에게는 가장 편안하고, 아늑하고, 또 영원히 그리워하며 다시 돌아가고 싶어 하는 이상적인 집이라고 한다. 그래서 여자가 제 몸에 이러한 집을 지니고 다닌다고 해서 예로부터 여자를 '제집'이라 불렀고, 그것이 계집으로 바뀌었다고도 한다.

　엄마 뱃속 같은 공간, 그리고 그러한 공간을 구현하는 것, 그것이 바로 우리가 찾는 좋은 집이고 좋은 건축이다. 그래서 집은 흙이나 벽돌로 짓더라도 엄마뱃속과 같이 그런 유기적인 공간이 되어야 한다는 것이다.

　그런데 시각을 조금 넓혀보면 우주宇宙도 집이다. 아주 오랜 옛날부터 우리 조상들은 '집'이란 뜻을 지닌 우宇와 주宙를 합쳐서 우주를 만들었다. 그리고 그 커다란 집이 무한히 넓고[弘], 크다[荒]고 생각하였다. 그래서 글을 처음 배우는 천자문 첫머리에서부터 그렇게 대뜸 천지현황天地玄黃 우주홍황宇宙弘荒이라고 일갈—喝해 놓은 것이다.

　엄마 뱃속과 같이 편안하고, 때로는 우주와 같이 거친 공간이 바로 '집'이라는 생각! 그렇게 보면 엄마 뱃속이라는 집에서 생명을 부여받고 태어났다가 알 수 없는 저 '우주'라는 광활한 집으로 사라지는 것, 어쩌면 그것이 우리 인생인지도 모른다.

누구나 한때 머물렀던 엄마 뱃속

내 마음을 두드린 우리 건축

36

2 집의 영향

■ 맛도 색깔도 형태도 없는 물

모든 생명체의 출발, 물

모든 생명체의 출발은 물이라고 한다. 물은 일정한 형태도 없고, 맛도 없고, 냄새도 없다. 그러나 네모난 그릇에 담기면 네모난 모양이 되었다가, 둥근 그릇에 담기면 또 둥근 모양이 된다. 본래 아무 것도 지니고 있지 않았기 때문에, 물은 얼마든지 그처럼 다양한 변화를 거듭할 수 있는 것이다.

우리 생활도 마찬가지다. 물처럼 일정한 형태도 없고 맛도 없고 냄새도 없이 태어났지만, 환경조건에 따라서 얼마든지 바뀔 수 있다. 그래서 우리인생에서도 어린 시절이 그렇게 중요하다고 하는 것이다. 물의 본성本性처럼 모든 가능성을 다 지니고 있기 때문이기도 하다. 태교도 결국 환경의 중요성을 강조한 것이라고 하지 않던가?

그런데 태중胎中이나 영 유아 시절, 아니 조금 더 자란 유년시절과 또 우리 인생에서 상당한 분량을 차지하고 있는 수면睡眠 등의 잠재의식 상태에서는, 일사불란하게 잘 훈련된 의식보다 대부분 무의식에 기댄 채 본능적으로 활동을 하게 된다. 바로 이때, 우리가 살고 있는 주거환경이, 기氣라고 하는 '생체정보生體情報'를 통해서 우리의 몸과 마음에 영향을 미치게 된다. 마치 물처럼 소리 없이 스며드는 것이다.

■ 의식과 무의식의 경계지대

우리 인간의 정신구조는 크게 의식의 세계와 무의식의 세계로 나뉘어져 있다고 한다. 의식의 힘이 미치지 않는 어떤 미지의 세계가 우리 인간에게도 존재한다는 얘기가 된다. 정작 우리가 지니고 있으면서도 아직까지 잘 모르고 있는 그 어떤 미지未知의 정신세계를 우리는 보통 '무의식無意識'이라고

무의식의 세계로 접어드는 잠

부른다.

그런데 매일 잠을 청하고 잠을 이루는 잠자리에서, 우리는 바로 이 '무의식의 세계'와 직면하게 된다. 아니 단순히 만나는 것뿐만이 아니라, 알게 모르게 무의식의 지배를 받게 되는 것이다.

우리가 잠을 자게 되면, 단순히 몸이 잠을 자고 있는 상태인 렘(REM) 수면과 깊고 규칙적인 호흡을 하면서 뇌까지 쉬게 되는 비 렘(NON REM) 수면상태를 주기적으로 반복하게 되는데, 바로 이 비 렘수면 상태에서 우리는 무의식의 세계로 깊이 빠져들게 된다고 한다.

그래서 낮 동안에 지쳐버린 현재의식을 어루만져 주기도 하고, 아침이 되면 다시 활동을 시작할 현재의식에게 무의식은 이런저런 여러 가지 암시를 일러주기도 한다. 단순히 잠을 자는 공간이라고 여기고 있던 잠자리가, 이렇게 '의식과 무의식의 경계지대'로서, 다음날 마주치게 될 수많은 상황과 사건의 아주 중대한 결정을 예비하고 있는 것이다.

우리가 잠을 잘 때, 가끔 꾸게 되는 갖가지 꿈들도 사실은 그러한 암시를 담고 있다고 한다. 그렇게 되면, '모든 꿈은 일종의 예지몽豫知夢'이라고 할 수도 있게 된다.

■ 무의식의 세계

이 세상에는 의식적으로 느끼기는 불가능하지만, 무의식의 세계에서 관조觀照할 수 있는 일이 얼마든지 존재한다. 오랜 옛날부터 산과 물로 대표되는 자연환경이 우리 인간에게 영향을 미치게 된다는, 풍수지리 사상이 그 대표적인 실례라고 할 수 있다.

우리가 어느 집터를 골라서, 어떤 형태의 집으로 설계를 하고, 또 어느 방향으로 좌향坐向을 정하여 집을 짓고 사느냐에 따라서, 그 안에 살고 있는 사람들의 길흉화복이 달라진다고 하면, 아마 대부분은 쉽게 수긍하지 못할 것이다. 풍수지리설에서 말하는 기氣의 실체를 느끼지 못하기 때문이다.

물론 기감氣感을 경험하는 것 자체가 상당히 어려운 일이다. 그러나 눈으로 볼 수 없고, 손으로 만져지지 않는다고 해서 세상에 존재하지 않는 것은 아니다. 그것만 인정해주면 된다.

모든 물질은 질량質量을 갖고 있고, 동시에 그 물질 고유의 정보情報도 함께 지니고 있다고 한다. 그래서 질량은 조건에 따라서 에너지로 변환될 수도 있지만, 그 물질이 가지고 있는 고유의 정보는 눈에 보이지 않는 기氣로 변환된다는 것이다.[11]

이렇게 되면 우리가 지금까지 막연하게나마 그저 '에너지'로만 알고 있었

---

11) 이경숙, 『마음의 여행』, 정신세계사, 2005, 258~259쪽.

던 '기氣'의 실체가 달라진다. 기氣란 단순한 에너지가 아니라, 그 물질 고유의 '정보情報체계'라는 얘기가 된다. 그리고 바로 그 기氣가, 우리인간의 몸과 마음에 '파동波動'이라고 하는 전달매개체를 통해서, '생체정보'를 전달하게 되는 것이다.

어쨌든 적극적인 현재의식을 갖고 일상생활을 하는 낮보다는, 이른바 명상暝想 상태라고 일컬어지는 뇌파 8~14헤르츠(Hz) 이하의 알파파 상태나 수면睡眠으로 접어드는 7헤르츠(Hz) 이하의 세타파와 델타파 상태로 덜어졌을 때, 그래서 우리의 몸과 마음이 비로소 무의식의 세계로 접어들었을 때, '집'이라고 하는 주거환경이 우리의 몸과 마음에 더 많은 영향을 미치게 된다.

그것이 때로는 자기암시로 나타나기도 하고, 때로는 예지몽豫知夢이란 이름으로 현몽現夢하기도 한다. 우리 일상생활에서, 잠자리는 그렇게 중요하다고 할 수 있는 것이다.

■ 밤에 이루어지는 역사

그런데 그렇게 중요한 수면睡眠활동을, 그리고 그 수면이 이루어지는 공간을 우리는 지금까지 너무 홀대忽待해왔다. 그리고 아무데서나 눈만 감으면 잠을 잘 수 있다고 생각했다. 잠자리를 바꿨다고 몸을 뒤척이는 것은 신경이 극도로 예민한 몇 사람만의 극히 예외적인 증상이라고 간단하게 치부하기도 했다.

흔히 '역사는 밤에 이루어진다'고 한다. 밤이 갖고 있는 의미를 강조한 말이다. 그걸 조금 바꿔 생각해보면 밤이 갖고 있는 무의식의 세계가 사람들

사이에서 벌어지고 있는 대부분의 세상사를 거의 결정하는 것이라고 할 수도 있다. 사실 낮동안에 우리가 마주치는 대부분의 일들은, 밤이라고 하는 암실暗室에서 이미 현상現像이 시작되어 인화지에 새겨지게 되는 단순한 과정일 뿐이다.

거대한 자성磁性을 지니고 있는 지구는 항상 남과 북으로 방향을 가르고 있다. 그래서 우리가 잠자리를 정하는 살림집도, 지구가 갖고 있는 이러한 '방위의 순환질서'에 맞추어져야 한다. 같은 집을 지으면서도, 터를 잡고 좌향坐向을 정하면서 신중을 기해야 하는 이유가 바로 여기에 있는 것이다. 집이란 단순히 잠만 자는 공간이 아니라, 밤에 이루어지는 역사의 무대가 되기 때문이다.

■ 그리고 집의 영향

어려서 철모르고 본능에 의해서 움직이던 시간과, 아프고 병든 몸을 뒤척이느라 자리에 누워 의식을 버리고 사는 시간까지를 전부 합치면, 사람은 보통 인생의 30%나 되는 긴 시간을 무의식 상태에서 지내게 된다.

이렇게 무의식이나 잠재의식의 세계로 접어들었을 때는, 보통 낮에 활동하던 모든 현재의식을 가만히 내려놓게 되는데, 그때부터 무의식은 우리의 의지와는 상관없이 활동을 시작하게 된다. 그 무의식 상태에서 우리의 내부에 지니고 있던 '생체정보'가 비로소 자연과 접선을 시작하게 되는 것이다.

자연과 교감이 이루어지는 장소, 그것이 바로 지금 우리가 살고 있는 '집'이라고 하는 공간이다. 쉽사리 인정하기 어렵겠지만, 사람은 자기가 살고 있는 집터에서 일차적인 영향을 받게 되고, 그 위에 지어진 집의 가상家相원리에 따라서 다음 영향을 받게 된다고 한다.

철없는 어린 시절에만 그런 것이 아니다. 어른이 되어서도 마찬가지다. 사회적인 통념과 오랜 기간의 교육과 관습에 의해서 의식이 굳어질 대로 거의 굳어져 있는 상태지만, 어른이 되어서도 무의식의 세계로 빠져드는 수면상태에 돌입하게 되면, 집이 갖고 있는 '생체정보'의 영향은 피할 수 없게 된다.

사람이 집을 만드는 것은 누구도 부인할 수 없는 사실이지만, 집도 그 안에 거주하고 있는 사람들을 변화시킬 수 있는 조건을 처음부터 내재하고 있었다. 그래서 집도 주인을 만든다고 하는 것이다. 눈에 직접 보이지는 않지만, 무의식의 세계에서 더욱 또렷해지는 '생체정보'라고 하는 분명한 '기氣'의 작용을 통해서……

3 살고 싶은 집

■ 땅과의 관계맺기

집은 처음에, 세찬 비바람이나 눈비 등의 자연재해를 막고, 사나운 짐승의 피해를 벗어나기 위해서 비교적 안전한 곳에 터를 잡고 무리를 이루면서 지어졌을 것이다. 주로 동굴이나 해안 주변의 먹고 살 것이 풍부한 장소를 골라서 집을 짓게 되지만, 거센 해풍이나 해일을 피해서 점차 구릉으로 올라가 군락群落을 이루게 된다. 물론, 나지막한 언덕 중에서도 살기에 좀 더 적합한 '터'를 골랐을 것이다. 이른바 풍수지리를 살핀 것이다.

비록 체계적으로 정리되지는 않았다고 하더라도, 이렇게 풍수지리는 집터를 정하는 데 있어서, 아주 요긴한 수단으로서 오랜 역사를 가지고 있다. 아니, 어쩌면 곤충의 더듬이처럼 훨씬 더 본능적인 것이었는지도 모른다.

집터는 그렇게 중요한 것이다. 우리는 지금 집의 크기나 형태에 사실상 모든 관심을 기울이고 있지만, 그렇다고 그 집이 자리하고 있는 땅의 성질을 도외시할 수는 없는 일이다. 땅은 단순히 집의 토대가 되는 것뿐만이 아니라, 지자기地磁氣나 지전류地電流가 흘러 다니는 유기체라고 할 수도 있다. 그래서 그 위에 지어지는 집도 그 생기生氣를 제대로 받아들일 수 있어야 한다. 그렇게 땅과의 '유기적인 관계 맺기' 정도에 따라 집의 성향이 크게 달라지기 때문이다.

■ 자연을 체감하는 집

나름대로의 의미를 담아서 집터를 구하고 나면, 일단 한고비는 넘긴 셈이다. 그러나 살림집을 짓고 살기 위해서는 또 그 다음 단계가 줄지어 기다리고 있다.

바로 도로다. 건축법에서 인정하는 도로가 있어야 하는 것은 물론, 큰 도로와의 접근성도 함께 고려해 볼 필요가 있다. 도로에 의해서 대문의 위치나

옛날 우리들이 살던 초가집

방향이 정해지기도 하지만, 가상家相의 전제조건이 되는 마당이 바로 도로의 위치에 의해서 결정되기 때문이다.

그럴듯하게 집을 짓는다고 하면 흔히들 산 속 깊은 곳이나 전망이 탁 트인 호숫가 주변을 우선 연상하게 되지만, 사실 살림집을 그렇게 외딴 곳에 짓는 것은 스스로 많은 난관을 찾아서 걸머지고 가는 것과 같다. 그래서 예로부터 빼어난 명승지名勝地 치고 명당明堂이 없다고 한 것이다.

이렇게 외부적인 변수를 결정하고 나면, 그 다음에는 집의 평면을 정하고, 지붕의 형태를 만들어야 한다. 그리고 방바닥을 흙으로 바를 것인지, 한지로 붙일 것인지 하는 고민도 곁들여 나가면 된다. 물론 집의 평면 형태도 가상家相의 이치에 맞출 수 있으면 더 할 나위 없이 좋을 것이다.

뒷동산을 가리지 않을 정도의 높이로 지붕을 덮고, 군데군데 벽면에는 흙벽을 친다. 또 집 한편에 손바닥만 한 마루라도 만들어서 따스한 봄 햇살을 받을 수 있으면, 비록 '나 한 칸 달 한 칸에 청풍 한 칸'을 들일 정도라도 그저 행복하겠다.

이렇게 자연의 질서를 따라 엮어져 돌아가는 계절의 변화를 사시사철 체감하게 되면, 프라이버시에 그렇게 신경을 곤두세울 필요도 없을 것이고, 어느 일조일사日照日射인들 따스하지 않은 것이 없을 것이다.

■ 정성이 담긴 집

몇 번 강조했지만, 집(건축)은 단순히 칸을 나누고, 그 위에 지붕을 덮어놓은 물리적인 공간만이 아니다. 인간생활의 중심이 되어야 한다. 우리는 집안에서 이루어지는 일상생활을 통하여 가족과의 관계가 형성되며, 이웃을 체험하기도 하고, 다시 더 넓은 세계로 시야를 돌릴 수도 있다.

그래서 집은 '사람됨의 기본'이 형성되는 장소이기도 하고, 우리 '생활을 담는 그릇'이라고 했던 것이다. 이렇게 집짓기는 어려운 일이다. 오죽하면 '집짓기를 밥짓기'라고 까지 했을까?

그런데도 지금 대부분의 현대도시인들은 편리하다는 이유 하나로 아파트라는 주거공간을 선택함으로서 점점 더 소외당하고 있으며, 스스로 고립되어 가고 있다. 그 해방구解放口를 찾기 위해서 이제 남는 여유시간마저 집안에 머무르려고 하는 것이 아니라, 밖으로 나돌아 다녀야 직성이 풀리게 되어 있다. 아파트에 남아 있으면 왠지 모르게 '갇혀있다'는 불안감이 증폭되기 때문이라고 한다.

이제 우리 자신의 꿈과 이상을 담아서 집을 짓는다는 것은 그만큼 더 소중한 일이 되었다. 그 안에 하늘의 별처럼 다양한 우리의 생활을 담기도 하고, 강물처럼 도도하게 흐르는 가풍家風을 스스로 만들어간다는 것은 얼마나 가슴 벅찬 일인가!

내가 살고, 우리가 살고, 우리 아들딸들이 살고, 또 얼굴도 모르는 우리 후손이 행복하게 잘 살 수 있도록 정성을 담을 줄 아는 사람은, 그래서 행복한 사람이다. 그렇게 정성이 듬뿍 담긴 집, 그러한 집에 살고 싶지 않은가? 지금 이 아파트를 떠나서……

■ 건축의 이상향, 아키피아(archipia)

아키피아(archipia)[12)]……? 물론 누군가 일부러 만들어 낸 말이다. 이 세상에 유토피아(utopia)가 존재하고 있다고 하면, 아마 건축(architecture)에서도 건축의 유토피아가 있을 것이다. 그것을 조합해서 아키피아라고 하는 건축의 이상향理想鄕을 만들게 되었다.

그래서 아키피아는 일단 과학과 기술을 활용한 계획도시를 전제로 하고 있다. 도로와 건축물 그리고 건축물과 건축물간의 관계를 미리 설정하고, 그 사이를 원활하게 흐르고 있는 각종 설비시스템과 건축물의 부대시설까지도 디자인을 통하여 인간과 인간의 생활을 계획하고 통제하는 것이 가능하리라고 믿었던 순진한 몽상가(?)들의 꿈이기도 하다.

물론 지금까지 인간이 이루어놓은 괄목할만한 성과를 감안해 본다면 공중도시 건설도 가능하고, 지하도시도 그렇게 불가능한 일만은 아닐 것이다. 그러나 한 번 곰곰이 생각해 볼 일이다. 공중에 매달려 있는 공간과 땅속으로 깊이 파고 들어간 지하공간이 그렇게 좋은 삶터가 될 수 있겠는가?

현실세계가 반목과 갈등으로 마치 숨 막힐 듯이 답답하고, 우리 사회가 한 치 앞을 내다볼 수 없을 정도로 좌충우돌할 때, 그래서 다가오는 미래가 막연한 불안감으로 꽉 차있을 때 사람들은 흔히 현실을 떠난 공상을 하게 된다. 『동물농장』을 쓴 조지오웰도 불합리한 현실사회를 개혁하기 위해서 그런 공상을 했고, 조선시대 광해군의 총애를 받던 허균도 일신상의 안일을 멀리한 채, 홍길동을 내세워 '율도국'이라고 하는 아키피아를 그려놓긴 했다.

---

12) architecture + utopia = (archi−) + (−pia) = archipia

그러나 유감스럽게도 꿈과 유토피아는 이 세상에 실현될 수 없다는 것을 이미 전제하고 있었는지도 모른다. 그동안 고대 로마의 건축가였던 비트루비우스(Marcus Vitruvious Pollio, B.C.27~A.D.30)가 그의 저서 건축십서建築十書에서 「이상도시안(Ideal City Plan)」을 처음 발표한 이래 알베르티(L.B. Alberti, 1404~1472), 레오나르도 다 빈치(Leonardo da Vinci, 1452~1519), 토마스 모어(Thomas More, 1477~1535) 등의 건축가와 사상가, 그리고 또 프랑스의 건축가 르 꼬르뷰제(Le Corbusier, 1887~1965) 등이 나름대로 꾸준히 유토피아와 아키피아를 계획했지만[13], 모두 다 직접 현실에 적용되지는 못했다.

　브라질과 인도 사이 어디엔가 있을 것이라고 굳게 믿었던 상상의 섬 유토피아가 정말 실재한다면, 그것은 수천 년 동안 우리가 그래왔던 것처럼, 아마 이렇게 땅을 밟고 사람끼리 서로 부대끼며 살아가는 세상일 것이다. 그리고 거기에는 옛날 집짓기와 밥짓기를 하던 우리조상들처럼, 다른 사람을 먼저 배려하는 따뜻한 마음과 정성이 배어있는 그러한 세상일지도 모른다.

---

13) 김철수, 『도시계획사』, 기문당, 2000, 245~247쪽.

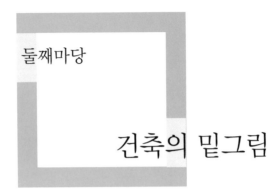

둘째마당

건축의 밑그림

이 세상에 존재하는 모든 것에는 나름대로 뜻이 담기게 된다.

건축도 마찬가지다.

그래서 건축물의 형태나 규모뿐만 아니라,

거기에 깃들여 있는 '생각'과 '마음'까지 읽을 수 있으면 그게 제일이다.

여기에서는 우리건축의 프레임(frame)으로 작용한,

그 밑그림을 하나씩 더듬어보겠다.

1 바가지 타령

우물가에 있는 바가지

어느 건축물이든, 그 건축물은 나름대로 특징을 간직하고 있기 마련이다. 재료가 좀 다른가 싶으면, 형태가 특이하기도 하고, 또 색채가 남다르게 표현되어 있는 경우도 있다. 거기에 세월의 무게까지 더해진다면, 그것은 그저 단순한 하나의 건축물로서만 존재하는 것이 아니라, 한 시대의 자취가 되고 역사가 되고 문화가 된다.

그래서 어느 시대, 어느 지역, 어느 건축물이든 그 건축물을 가만히 보고 있노라면, 그 시대를 치열하게 살다간 사람들의 '뜻'이 보이고, '생각'이 들리고, '마음'까지 느껴지게 되는 것이다. 이른바 건축이 "그 시대의 거울"이 되는 셈이다.

그런데 거울도 예사 거울이 아니다. 요술거울이다. 백설공주를 몹시 미워한 어느 심술궂은 왕비가 보고 싶은 대로만 보고자 했던, 그러한 '요술거울'인지도 모른다. 건축이란, 현재뿐만 아니라 수백 년 전의 모습과 그 때 그 당시의 '생각'과 '마음'까지 그대로 고스란히 보여주는 '창'이기 때문이다.

이제 그 창가로 다가가 '우리생각'과 '우리마음'을 담아 올릴 차례가 되었다. 물론 그 때 그 당시의 생각이나 뜻을 제대로 담아내려면 일단, 거기에 걸맞는 그릇이 있어야 한다. 그것이 나물이라면 소쿠리와 바구니가 있어야 할 것이고, 물이라면 바가지와 그 물을 흘리지 않고 담아낼 물통이 있어야 한다. 더더구나 얼토당토않게(?) 우리 눈에 보이지도 않는 '생각'과 '마음'까지 담아낸다고 하였으니, 이건 이만저만하게 어려운 일이 아닐 것 같다.

그런데 간단하게 생각하기로 했다. 그릇이 중요한 것이 아니라, 그 그릇에 담길 내용이 중요하다고 하지 않던가? 그래서 힘을 얻었다. 그리고 오랜 세월동안 우리 곁에서 우리 전통사상의 근거를 이루고 있던 태극太極과 음양오행陰陽五行, 또 삼원三元과 사상四象, 그리고 팔괘八卦와 풍수지리風水地理 등

내 마음을 두드린 우리 건축

을 그 바가지로 쓰겠다고 마음을 고쳐먹게 되었다. 건축을 바라보는 일종의 프레임(frame)을 구체적으로 정한 것이다.

그래도 많은 물을 길어서 보여주려고 하다 보니, 혹시 거기에 어울리지 않는 엉뚱한 바가지를 골랐을 수도 있다. 또 여기저기 기웃거리다가 정작 맑은 샘터는 그냥 지나쳤을 수도 있다. 아니 사실은, 맑은 샘터를 찾아가서 거기에 맞는 바가지를 집어 들기까지는 잘 했는데, 그만 욕심이 지나쳐서 잔뜩 흙탕물만 일궈놓았는지도 모른다.

2 생명의 근원, 태극太極

우주만물이 있기 이전에 공허하고 혼돈混沌한 상태를 태극이라고 한다. 태극이라는 용어는 주역 계사전繫辭傳에 처음 등장하는데, 태극이라는 말에서 태太는 크다는 뜻이고 극極은 표준 또는 끝을 의미하니, 태극이란 위대한 표준 또는 궁극적 진리의 대명사가 되었다.[1]

역易에는 태극太極이 있으니 이것이 양의兩儀를 낳고, 양의兩儀가 사상四象을 낳고, 사상四象이 팔괘八卦를 낳아서 이 팔괘가 길흉화복을 정한다고 되어 있는데, 주역의 계사상전繫辭上傳에 있는 원문은 다음과 같다.

"易有太極 是生兩儀 兩儀生四象 四象生八卦 八卦定吉凶 吉凶生大業"

---

1) 이황, 『성학십도』, 홍익출판사, 2001, 31쪽.

또 태극은 공간적으로나 시간적으로 끝이 없기 때문에 무극無極이라고도 한다. 송나라의 주돈이²⁾는 '무극이 곧 태극無極而太極'이라고 하였는데, 이것은 태극 이전에 무극이 따로 있음을 강조하였다기보다는 태극의 무한한 측면을 무극으로 표현한 것³⁾이라고 한다. 어쨌든 태극은 분화되지 않은 '하나'를 의미하는 것으로서, 그것은 다시 음양으로 나뉘고 사상四相, 팔괘八卦, 육십사괘六十四卦로 점차 발전되어 나가게 된다.⁴⁾

건축에서 태극은 흔히 중심점으로 작용한다. 공간도 전후좌우 사방팔방으로 방향을 구분하다보면 자연적으로 한 가운데 중심이 정해지기 마련인데, 그 중심점을 태극이라고 보면 된다.

그래서 울타리로 둘러싸인 집 공간 전체에서 태극을 찾을 수도 있고, 작은 방 한 칸에서도 태극을 찾을 수도 있다. 물론 시야를 더 넓혀서 이 지구, 이 우주 전체를 하나의 태극으로 볼 수도 있는 것이다.

---

2) (1017~1073), 철학자, 호는 염계濂溪. 저서로 『태극도설』이 있다.

3) 김석진, 『대산주역강의』 3권, 한길사, 1999, 147~148쪽.

4) 최재은, 『원통대방경』, 도서출판 불휘, 2000, 48~51쪽.

3 둘로 나뉘었지만 다시 그리워하는, 음양陰陽

태극에서 음양으로

태극이 움직여서 양陽을 낳고 움직임이 극한에 이르면 고요해지는데, 고
요해져서 음陰을 낳는다. 고요함이 극한에 이르면 다시 움직이게 된다. 한번

움직임과 한번 고요함이 서로 뿌리가 되어 음과 양으로 나누어지니 양의兩儀가 세워진다.[5] 이렇게 음양은 태극에서 나온다.

음양이란 원래 해가 비치는 곳과 그늘진 곳을 가리킨다. 이러한 음양개념은 중국의 전국시대 말기에 주역周易의 계사전繫辭傳이 성립되면서 범주적 의미로 변한다. 양(ㅡ)과 음(ㅡㅡ)을 표현하는 용어로 채택되면서 음양은 질적인 개념에서 관계성을 의미하는 개념으로 자리 잡게 된 것이다.

음양은 모순 대립하는 개념의 상호관계로서, 만물의 생성변화를 설명하는 것이므로 모순을 매개로 하는 논리가 된다. 그러나 음양개념은 단순히 모순(contradiction)과 같은 논리학 용어만으로는 설명할 수 없다고 한다. 상호 대립하면서 또 상호 의존하는 관계, 또 상대가 존재해야 비로소 자기가 존재하는 그러한 관계로 설명할 수 있다는 것이다.

이것을 대대待對관계라고 하는데, 이 대대관계란 신호등에서 녹색 신호등이 있어야 빨간 신호등이 의미가 있는 것처럼, 양陽과 음陰을 나타내는 기호인 ㅡ과 ㅡㅡ은 서로 다른 상대방의 관계 속에서 그 의미를 갖게 된다는 것이다. 이렇게 음양은 때로는 서로 대립하기도 하고, 때로는 서로 보완적인 속성도 지니고 있는 두 가지 기운을 말하게 된다.

건축에서 음양은 흔히 숫자나 형태로 표현된다. 그래서 사람이 거주하는 양택은 주로 홀수 칸으로 정한다거나, 현판도 음각陰刻이 아닌 양각陽刻을 하는 것 등이 이에 해당된다고 할 수 있다. 물론 그 외에도 건축에서 음양의 구분은 우리 곁에 생각보다 훨씬 더 다양하게 다가와 있다.

---

5) 이황, 『성학십도』, 홍익출판사, 2001, 32쪽.

4 삼三이 삶인지? 삶이 삼三인지?, 삼원三元

삼태극三太極

천지인天地人을 삼원三元이라고 한다. 삼원은 다시 삼신三神이라고도 하는
데, 이 삼신은 삼태극三太極으로 표현된다. 우리 민족의 최고경전으로 전해

내려오는 천부경天符經에 다음과 같은 구절이 있다.

"一始無始一 析三極 無盡本 天一一 地一二 人一三……"

태극太極인 하나一가 세 개로 분화되는데, 그것을 각각 천일일天一一, 지일이地一二, 인일삼人一三이라고 한다는 내용이다. 이렇게 천지인은 우리 전통 사상의 중심을 이루는 삼원사상의 근거가 된다. 이 삼원사상은 다시 "삼신할머니"로 재미있게 꾸며지면서 어렸을 때부터 우리와 아주 친숙하게 지냈다.

옛날에는 한 생명이 처음 태어날 때, 전부 이 삼신할머니의 점지를 받고 태어난다고 믿었다. 아기를 새로 점지해주는 것도 삼신할머니였지만, 애써 점지해준 아기가 고해苦海와 같은 세상에 나가지 않으려고 머뭇거리면 궁둥이를 세차게 후려쳐서 세상 밖으로 내보냈다고 한다. 이때 얻어맞은 궁둥이가 지금껏 이렇게 시퍼렇게 멍이 들어 있는데, 그것이 한민족이면 누구나 몸에 지니고 있는 몽고반점이라는 것이다.

그런데 이 삼신할머니는 애기의 수태受胎나 출산出産뿐만 아니라, 애기가 태어나서 성장하는 과정까지를 전부 관장한다고 믿었다. 그렇게 따지고 보면 사실, 우리 한국 사람들치고 삼신할머니의 도움을 받지 않은 사람은 없다는 애기가 된다.

어렸을 때부터 우리는 이 삼신三神과 삼원三元이 상징하는 숫자, 삼三에 아주 친숙해져 있다. 그래서 무얼 하더라도 항상 삼三이다. 가위바위보도 세 번이고, 놀이나 내기를 해는 것도 거의 다 삼세판이다. 한번이나 두 번으로는 성이 차지 않는 것 같고, 또 뭔가 미련이 남게 마련이다. 그리고 불안하다. 세 번을 해야 이기든 지든 그 상황을 서로 인정하게 되는 것이다. 어쩌면 우리민족에게 있어서 삼三이라는 숫자는, 삶[生] 그 자체였는지도 모른다. 그래서 뭔가 알 수 없는 운명을 맡기고 체념하는 절차를, 일단 삼三으로 삼았던 것이다.

어쨌든 건축에서의 숫자 삼三은 실로 다양하게 표현되어 있다. 이른바 초가 삼 칸[三間], 내삼문內三門, 그리고 천지인이라는 삼원三元사상의 건축적 표현 등을 들 수 있겠다.

5 비로소 모습을 드러내는, 사상四象

사상四象이라고 하면 보통 이제마 선생의 사상의학四象醫學을 떠올리게 된다. 어쨌든 사상은 태극이 음양으로 처음 분화된 뒤, 다시 한 번 변화를 더 거듭하여 나타나는 태양太陽, 태음太陰, 소양少陽, 소음少陰의 네 가지 물상을 일컫게 되는 것이다.

처음 우주에 가득 차있는 음양陰陽의 두 기운에서 양이 양으로 진화된 것은 태양(⚌), 양이 음으로 진화된 것은 소음(⚎)이라고 하고, 음이 음으로 진화된 것은 태음(⚏), 음이 양으로 진화한 것은 소양(⚍)이라고 한다. 이러한 사상이 하늘에서는 일월성신日月星辰으로 표현되고, 땅에서는 산천초목과 동서남북으로 나타나며, 우리 사람에게서는 이목구비耳目口鼻나 사지四肢 등의 형상으로 나타난다.[6]

6) 김석진, 『대산주역강의』 1권, 한길사, 1999, 73쪽.

건축에서는 보통 방위에 활용되게 되는데, 다음에 나올 오행과 더불어 집의 좌향坐向을 정할 때나 각 방의 배치, 그리고 가상家相을 살필 때 주로 적용된다.

6 다섯 박자 리듬에 놀아나는, 오행五行

주역周易에서 음양설陰陽說이 시작되었다는 사실로 미루어 봐서 오행설五行說도 주역에서 유래한 것이라고 보는 것이 타당할 것이다. 음양陰陽이 서로 변하고 합하여져서, 수水 화火 목木 금金 토土를 낳으니, 이 다섯 가지 기운이 순조롭게 펼쳐져서 사계절이 운행運行한다.[7]

오행五行은, 이러한 수화목금토水火木金土의 다섯 가지 기운을 말하는 것으로서, 이 다섯 가지 기운이 서로 다섯 번의 절차를 행하게 된다.[8] 그래서 오행이라고 한다. 여기서 행行이라는 말은 운행運行이라고 하는 행行의 뜻과 같아서 동적動的인 성질을 의미한다. 또 오행은 우리가 살고 있는 공간이나 시간 속에서 다음 표와 같이 배치되며, 서로 상생相生하기도 하고 상극相剋하기도 한다.

7) 이황, 『성학십도』, 홍익출판사, 2001, 32쪽.
8) 金碩鎭 著, 『대산주역강의(1)』, 한길사, 1999, 75쪽.

(표 1) 오행의 개념

오행(五行)	목(木)	화(火)	금(金)	수(水)	토(土)
방위(方位)	동(東)	남(南)	서(西)	북(北)	중앙(中央)
계절(季節)	봄	여름	가을	겨울	환절기
後天八卦	震(☳)	離(☲)	兌(☱)	坎(☵)	坤(☷)·艮(☶)

이른바 수생목水生木 목생화木生火 화생토火生土 토생금土生金 금생수金生水라고 하는 원리에 따라 오행의 기운은 상생相生을 하기도 하고, 다시 토극수土克水 수극화水克火 화극금火克金 금극목金克木 목극토木克土라고 하는 원리에 따라서 상극相剋관계가 형성되기도 하는 것이다.

우리가 살고 있는 공간에서는 동서남북과 중앙을 포함한 다섯 방위가 오행으로 배치되며, 또 시간의 진행에 따라서도 오행은 각각 봄, 여름, 가을, 겨울이라는 계절의 변화로 나타나게 된다. 물론 각 계절의 변화 때마다 계절을 나눠주기도 하고 이어주기도 하는 환절기換節期는 오행의 중심인 토土의 기운이 주관하게 된다.

이러한 오행은 건축에서 주로 집터를 잡거나 대문의 방향을 정하는 등의 구체적인 방법에 사용될 뿐만 아니라, 조영造營사상 등 이론적인 배경으로도 널리 활용되고 있다.

건축물을 다 짓고 나면 나중에 단청丹靑을 하게 되는데, 그 때 다섯 가지 색깔을 사용하는 것도 그렇지만, 보통 웬만한 집에서는 그 지붕 용마루를 만들 때 마룻장 기와를 다섯 장씩 눌러놓게 되는 것도 그렇다. 또 다섯 손가락으로 오일장五日場을 세면서, '궁상각치우' 오음계五音階를 사용한 것도 그렇다.

이렇게 우리는 알든 모르든, 다섯 마디로 어울려 한바탕 돌아가는 오행五行의 리듬에 익숙해져 있는 것이다.

7 꼴값을 가름하는 기준, 팔괘八卦

주역 설괘전設卦傳에 다음과 같은 구절이 있다.

> "……萬物 出乎震 震 東方也 薺乎巽 巽 東南也 …… 離也者 明也 萬物 皆相見 南方之卦也 …… 坤也者 地也 萬物 皆致養焉 故 日致役乎坤 兌 正秋也 ……戰乎乾 乾 西北之卦也 …… 坎者 水也 正北方之卦也 …… 艮 東北之卦也 ……"

주역의 이 구절을 근거로 해서 팔괘八卦의 배치를 방위별로 정리하면 다음 그림과 같이 된다. 우리주변의 공간은 동서남북과 그 사이 방위까지 합쳐서 모두 여덟 개로 나뉘게 되는데, 그 방위마다 그림처럼 나름대로 의미와 상징을 부여해놓았다. 그래서 대문이나 각 방을 배치할 때도 팔괘는 아주 요긴하게 적용할 수 있고, 창호의 위치를 정할 때도 그 이론적인 근거가 되는 것이다.

팔괘도

위의 그림을 풀어보면 다음과 같다. 물론 우리나라가 북위도에 위치해있기 때문에 남향을 기준으로 하게 된다.

동쪽은 뒤에서 앞을 바라볼 때 좌측에 있는 방위로서, 어슴푸레하게 막 해가 떠오르기 시작하는 시간을 나타내고, 푸른색을 띠기에 흔히 좌청룡左靑龍이라고 한다. 비록 아직 어른은 아니지만 이제 곧 어른이 될 청소년기가 이에 해당되며, 집안에서는 장남을 상징한다. 그래서 옛날 왕조시대에도 다음 왕위를 이을 세자의 거처공간을 동쪽에 배치하고 동궁東宮마마라고 불렀던 것이다. 계절로는 만물이 소생하고 시작하는 봄이다.

그런데 동궁마마도 청소년시기였던지라, 음양이 그리웠나 보다. 그래도 아무에게나 손을 내밀지는 않았다. 너무 완숙하지도 않고, 그렇다고 철부지도 아닌 큰딸과 어울리게 된다. 그래서 해가 정오正午에 치솟기 직전의 동쪽과 남쪽의 중간방위인 남동쪽을 장녀의 방위라고 한다.

동쪽에서 모습을 드러낸 태양도 한낮이 되면, 중천에 높이 떠서 이글거리게 된다. 그래서 남쪽은 여름 한 낮을 상징하고 적색赤色으로 표현되기에, 흔히 남주작南朱雀이라고 한다. 집안에서는 정열적인 가운데 딸을 지칭하고, 정열을 상징한다. 인생에서는 그 절정인 중장년층이 이에 해당된다.

그런데 그러한 여름도 가을로 접어들게 되면, 아침저녁으로 찬바람이 살살 불어오면서 으슬으슬 추워지게 된다. 따스한 어머니의 손길이 필요한 시기가 되었다. 그래서 남쪽과 서쪽의 중간방위 남서쪽을 곤방坤方이라 하며, 어머니를 상징한다.

무엇이든지 차면 기우는 것인가 보다. 그 이글이글 불타던 태양도 점차 서쪽으로 기울어져 간다. 이제 머리에는 희끗희끗한 백발이 나기 시작하고 서서히 은퇴를 준비할 때가 되었다. 그래서 서쪽은 백색을 상징하며, 우백호右白虎라고 부른다. 가족구성원으로 볼 때는 막내딸에 해당되는데, 아마 머물렀다가 떠날 인생의 황혼기가 되면, 그렇게 철없이 지나간 시절이 그리워지게 되는 것인가 보다. 계절로는 이미 가을로 접어들었다.

그런데 늦가을은 더 을씨년스럽다. 차라리 겨울이 나을지도 모른다. 이런 때일수록 굳건하고 강한 아버지의 역할이 필요하게 된다. 그래서 서쪽과 북쪽 사이 북서쪽을 건방乾方이라고 하며, 그 집안의 아버지나 주인을 상징한다.

그러나 그것으로 다 끝난 것이 아니다. 은퇴를 했으면 다음 세대를 위해서 모든 것을 물려주고 퇴장을 해야 하는 절차가 남았다. 계절로는 저장하고 감추는 한겨울이 이에 해당되는데, 집안에서는 장남이나 막내에 비해서 상대적으로 주목받지 못하던 둘째아들과 비슷하다. 그래서 둘째아들을 상징하는 방위가 된다. 또 북쪽은 검은색을 상징하기에 북현무北玄武라고 부른다.

그런데 계절은 그냥 제자리에 머물러 있는 것이 아니라, 끊임없이 순환되

내 마음을 두드린 우리건축

는 것이다. 닭의 모가지를 비틀어도 새벽이 온다고 하지 않았던가? 겨울이 깊어지면 봄도 머지않았다. 겨울을 상징하는 북쪽과 봄을 상징하는 동쪽 사이의 북동쪽이 이에 해당된다. 가족구성원으로 볼 때는, 이제 막 세상에 나서는 막내아들과 비슷하게 여긴다.

가상家相에서는 이러한 여덟 방위의 특징과 상징으로서 방위와 배치를 살피게 되는데, 그걸 표로 정리하면 다음과 같다.

(표 2) 팔괘의 상징

구분	진(震)	손(巽)	리(離)	곤(坤)	태(兌)	건(乾)	감(坎)	간(艮)
부호	☳	☴	☲	☷	☱	☰	☵	☶
방위	동(東)	남동	남(南)	남서	서(西)	북서	북(北)	북동
계절	봄	환절기	여름	환절기	가을	환절기	겨울	환절기
색상	청(靑)		적(赤)		백(白)		흑(黑)	
상징	우뢰	바람	불	땅	연못	하늘	물	산
가족	장남	장녀	중녀	어머니	막내딸	아버지	중남	막내아들

8 저 먼 옛날의 우주관, 천원지방天圓地方

김유신 장군의 묘

옛날 우리조상들은 "하늘은 둥글고, 땅은 네모나다[天圓地方]"고 생각하였다. 그리고 그 하늘이 몹시 캄캄하고, 땅은 누렇다고 믿었다[天地玄黃]. 그렇

네모난 형태의 전주최씨 시조 묘

게 우리가 살고 있는 이 우주는 무한히 넓고, 헤아릴 수 없을 정도로 거친 공
간으로 인식하고 있었던 것이다[宇宙弘荒].

　　처음 글을 배우는 천자문 첫머리부터 그렇게 쓰여 있다. 그런데 조금만 관
심을 갖고 보면 천자문뿐만이 아니라, 옛날 우리 조상들이 살던 건축물 구석
구석에도 그러한 생각이 고스란히 배어있는 것을 알 수 있게 된다. 그래서
중요하고 높은 건축물에는 으레 원형圓形의 형태가 강조되어 있고, 일반민가
의 건축물에서는 원형이 아닌 각형角形의 형태가 널리 사용되어 왔다.

　　무덤도 마찬가지다. 지금의 무덤은 봉분이 모두 둥글게 되어 있지만, 사실
고려시대 까지만 하더라도 무덤은 직사각형 형태가 일반적이었다. 왕이 아
니면 둥근 봉분을 만들 수 없었던 것이다. 젖무덤처럼 둥글게 만들어진 큰
왕릉들이 이를 잘 말해준다. 물론 경주에 있는 김유신 장군의 묘는 조금 다
르다. 둘레석에 12지신상支神像까지 조각하는 등 당시 태대각간太大角干[9]으
로서, 왕에 버금가는 대접을 받았기 때문이다.

어쨌든 관棺이 놓이는 부분은 땅속이라서 사각형으로 만들지만, 그 무덤이 하늘로 드러나는 봉분은 둥근 형태로 처리되었다. 서양의 무덤이나 기독교건축이 하늘을 향해서 마치 찌를 듯이 높게 치솟아있는 고딕(Gothic) 스타일과는 사뭇 대조적이다. 같은 하늘을 염원하면서도 생각과 가치관이 다르면 이렇게 서로 다르게 표현될 수도 있는 것이다.

그런데 무덤과 건축물만 그런 것이 아니다. 우리 인간도 하늘을 향한 머리는 둥글게 되어 있지만, 상대적으로 땅에 가까운 몸통은 네모난 형태도 되어있다. 그래서 예로부터 사람을 소우주小宇宙라고 했는지도 모른다. 이른바 작은 부분이 전체의 정보를 담고 있다는 홀로그램(hologram)의 성질이라고 볼 수도 있다. 또 하늘을 둥글다고 생각한 것은, 시작과 끝이 따로 없다는 원의 의미와도 상통하는 얘기가 된다.

경주에 있는 석굴암石窟庵을 훑어봐도 그러한 사실을 짚어볼 수 있다. 석굴암의 특징은 원圓과 방方의 절묘한 배합에 있는데, 석존불釋尊佛이 모셔진 공간은 원형인 반면, 전실前室은 네모난 형태로 되어 있다. 원형공간은 하늘과 같이 존엄한데 비해서 우리 인간이 발을 디디고 서있는 땅은 낮고 세속적이라는 당시 사상의 표현이었던 것이다. 천원지방의 사상을 평면에 그대로 실현해 놓은 것이라고 볼 수도 있다.

그래서 부처님을 모신 사찰이나 임금님이 계시는 건축물은 비록 그 규모가 작다고 하더라도 으레 잘 깎아 만든 원형의 우람한 기둥을 사용하였고, 일반민가에서는 원형과 대비되는 각형의 기둥만 사용하도록 강제하였다. 왕이나 부처님이 계시는 곳이 아니면 함부로 둥근 형태를 사용할 수 없었던 것이다. 둥근 기둥을 쓰면 그것은 곧바로 역심을 품은 것으로 의심받았기 때문이다.

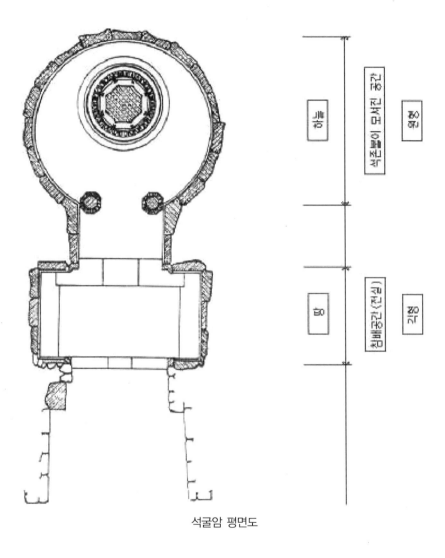

석굴암 평면도

천원지방天圓地方이라는 당시 우주관은 그렇게 기둥 하나에서도 나름대로 의미를 부여해놓고 있었다. 예산에 있는 추사 김정희 선생의 생가生家를 찾아가 봐도 그렇고, 창덕궁내의 대표적인 살림집인 연경당延慶堂을 살펴봐도 그러한 사실을 쉽게 찾아볼 수 있을 것이다.

물론 지금은 얼토당토 않는 얘기라고 한다. 한옥을 지을 때마다 다들 아름드리 둥근기둥을 세우고, 그 위에는 육중한 팔작지붕으로 덮는다. 그것이 이제는 일반화 되었고 누가 뭐라고 간섭할 사람도 없어졌다. 또 99칸을 넘지말아야 한다는 강박관념도 사라졌다.

건축에 대한 생각이 옛날과 비교해보면 이렇게 바뀌어버린 것이다. 아니 어쩌면 지금은 너나 할 것 없이 모두들 왕과 같이 스스로를 거룩한 존재라고 생각하고 있는 것인지도 모른다.

z

9 터 잡기의 지혜, 풍수지리

■ 풍수지리란 무엇인가?

　풍수風水라는 말은 중국사람 곽박(郭璞, 276-324)이 쓴 장경藏經에 처음 등장하는데, 이는 장풍득수藏風得水를 줄인 말로서, '바람을 가두고 물을 얻는다'는 뜻을 담고 있다. 중국에서는 한나라 때 음양설陰陽設과 함께 체계가 확립되기 시작하였으며, 우리나라에 전래된 시기는 대략 신라말기라고 한다.

　물론 풍수지리가 중국으로부터 전래되었다는 설設 이외에도, 이미 한반도에 자연발생적으로 존재하고 있었다는 이론도 있다.[10]

　그런데 이러한 풍수적인 사상이, 단군신화 속에서는 더 구체적이고 발전

둘째마당 건축의 밑그림

---

10) 박시익, 「풍수지리설 발생배경에 관한 분석연구」, 고려대논문, 1987, 238쪽.

명당의 전형적인 형상

적으로 제시된다. 곧, 환웅께서 풍백風伯, 운사雲師, 우사雨師를 거느리고 신단수神檀樹 아래 신시神市를 열었는데, 이때 바람을 나타내는 풍風과 함께 물[水]의 다른 표현인 운우雲雨를 합치면 '풍수風水'가 된다는 것이다. 이렇게 단군신화는 풍수지리설 자체를 정신적, 정치적 근간으로 삼고 있다고 한다.[11]

어쨌든 풍수지리風水地理는 우리가 살고 있는 지표면의 변화에 주목하고, 바람과 물의 문제를 체계적으로 거론한 경험의 과학, 경험의 지혜라고 할 수 있다. 그래서 예로부터 바람이 잘 갈무리되고 물을 편안하게 얻을 수 있는 곳을 명당明堂이라고 하여 길지吉地로 여겨왔던 것이다.

이처럼 풍수지리는 우리 인간이 살아가는데 있어서 영향을 미치는 여러 가지 요소들 가운데, 스스로 변화를 일으키는 '바람과 물'의 속성에 주목하고, 그 바람과 물이 지형地形에 따라서 어떻게 변화해 나가는가를 보다 체계적으로 정리한 것이 된다.

그런데 왜 바람을 잘 갈무리하고, 물을 얻어야 한다는 말인가? 바람이 불

11) 최재은, 『원통대방경(상)』, 도서출판 불휘, 2000, 40쪽.

어오면 그것은 막아버리면 되고, 물은 수도꼭지를 틀면 저절로 얻어지는 것인데, 또 그런 것들을 이제 모두 인위적으로 다 해결할 수 있게 되었는데……? 그렇다면 풍수지리가 필요 없게 된 것은 아닌가?

그러나 아무리 과학이 발달한다 하더라도 사람의 정신과 혼백魂魄을 만들어 낼 수는 없다. 그리고 우리가 지금 발을 딛고 서있는 이 땅위의 흙 한 줌도 제대로 만들어낼 수 없다고 한다. 그러면서도 우리 인간생활의 대부분은 바로 그 땅위에서 이루어지고 있다.

문제는, 이렇게 우리의 몸과 마음을 의탁 받고 있는 땅이, 사실 어느 한순간도 그냥 가만히 머물러 있지 않다는 데에 있다. 지표면에서는 사시사철 물과 바람이 지형에 따라서 이리저리 흘러 다니며, 크고 작은 변화를 무수하게 만들어가고 있는 것이다. 그 작은 땅의 변화 때문에 우리는 우리도 모르는 사이에 마음이 변하기도 하고, 생각이 바뀌기도 하며, 마침내 행동마저 달라져왔다는 데에 주목해야 한다. 그리고 그 변화의 중심에는 항상 물과 바람이 있었다.

우리가 명당을 찾을 때, 먼저 산과 물의 형태에 관심을 기울이게 되는 것도 바로 이 때문이다. 더구나 올망졸망한 산이 유난히 많은 우리나라에서는 산과 물의 배합과 충돌 역시 많았고, 그래서 좋은 땅과 그렇지 못한 땅은 우선 산의 형국과 물의 흐르는 방향에 따라서 여러 가지로 구분될 수 있다는 것이 풍수지리의 입장이다.

풍수지리란 이렇게 우리 일상생활의 터전이 되는 '땅'을 근간으로 해서, 그 안에서 자연적으로 모이고 흩어지는 물과 바람의 변화에 주목하고, 물을 얻고 바람이 잘 갈무리되는 곳을 찾는, 이른바 '터 잡기의 지혜'라고 할 수 있다.

물론 풍수지리를 지표면에만 국한해서 관찰하는 것은 한계가 있다. 지표면 역시 저 혼자 독립해서 있는 것이 아니라, 그 위에 살고 있는 인간과 각종 동식물 그리고 우주천체宇宙天體와 어느 한 순간도 쉬지 않고 서로 밀접한 영향을 주고받으면서 존재하고 있기 때문이다. 그래서 제대로 된 풍수지리는 땅만 살피는 것이 아니고, 천지인天地人의 삼원적三元的인 관점에서 접근해 나가야 하는 것이다.

풍수지리는 천도天道를 땅에 실현한다는 뜻의 감여堪輿라는 어원을 시작으로 해서 형가形家, 청낭靑囊 또는 땅 지킴이라고도 하고 그냥 간단히 줄여서 지리地理 혹은 풍수風水라고도 한다.

■ 풍수지리의 대상對象

동양철학의 기본 출발점이라고 할 수 있는 천지인天地人의 삼원사상三元思想 중에 풍수지리는 구체적으로는 땅[地]을 살피는 것을 그 대상으로 하고 있다. 그렇다고 해서 풍수지리가 천天과 인人과 무관한 것은 아니다.

천天은 천지우주天地宇宙와 일월성신日月星辰을 나타내는 것이며, 이러한 천天의 형상이 땅에 표현된 것을 지地라고 하고, 이 지地는 산천山川으로 다시 표현되는데, 이 산천의 정기가 지구상의 동식물로 나타나게 된다. 그 결과 지구상의 모든 동식물은 싫든 좋든 천지天地의 영향아래 살아가게 되어 있다는 것이다.

이렇게 중요한 것이 천지天地인데, 천지天地에도 그 순서가 있어서, 먼저 하늘이 생기고 그 다음에 땅이 생겼다고 한다. 그러므로 천지는 시간時間개념으로 파악할 수 있으며, 여기에 대비되는 우주宇宙는 공간개념으로 파악할 수 있게 된다.

그래서 풍수지리는 직접적으로는 바람[風]과 물[水] 그리고 산山을 그 대상으로 하고 있으며, 넓게는 우리가 살고 있는 천지우주의 시간과 공간 모두를 그 연구대상으로 하고 있다.

■ 풍수지리에 대한 변명

풍수지리라고 하면 우리는 대부분 옛날 어른들이 묘를 잡는데 써먹는 잡기雜技 쯤으로 인식하고 있다. 그래서 풍수라는 얘기를 꺼내자마자 미신으로 오해하고 우선 눈살부터 찌푸리게 된다. 게놈(genome)[12] 프로젝트를 얘기하는 지금 이 시대에 웬 풍수(?)냐고 힐난하기도 한다. 맞는 말이다. 그런데 풍수지리가 정말 그렇게 낡아빠진 유물일 뿐일까?

그렇게 오해를 받게 된 데에는 물론, 풍수지리 전문가라고 자처한 지관地官들의 잘못이 크다. 먹고 살기 위해서 되지도 않은 이론을 견강부회牽强附會하며 절박한 상황에 처한 사람들의 마음을 한껏 유린해왔으니, 욕을 먹어도 싸다. 그런데 과거에만 그랬던 것은 아니다. 지금도 그 잘못이 여전히 횡행하고 있다는데 더 큰 문제가 있다.

그렇다고 풍수지리를 아예 없애버려야 할까? 또 없애버리겠다고 해서 정

---

12) 유전자(gene)와 염색체(chromosome)라는 두 단어를 합성해서 만든 용어. 모든 생물의 염색체 안에는 부모로부터 물려받은 유전정보를 가진 DNA가 있고, 이러한 DNA를 포함하는 유전자 또는 염색체군群을 게놈이라고 한다.

말 없어지는 것일까? 참 답답한 노릇이다.

그러나 조금만 인내심을 더 갖고, 다시 한 번 땅과 건축의 관계에 주목해 보자. 우리가 지금 살고 있는 건축물은 모두다 땅에 기초를 내려놓고 있다. 공중정원(hanging garden)이나 마천루(摩天樓, skyscraper)라는 것도 있지만, 사실 건축물이란 기본적으로 땅에 발을 딛고 서있어야 하는 존재들이다.

그리고 우리인간도 아주 오랜 옛날부터 땅에서 태어나서 땅에서 살다가 다시 땅으로 돌아가게 되어 있다. 싫든 좋든 땅과는 불가분의 관계가 형성될 수밖에 없는 것이다. 그렇게 절대적으로 땅에 의지하여 생존하여 왔기 때문에, 설사 우리가 알든 모르든, 수십 만 년 동안 우리는 땅에서 나오는 자기장磁氣場과 지전류地電流 등의 영향을 꾸준히 받으며 살아왔다. 그 결과 자연적으로 우리 몸은 그러한 환경조건에 익숙해지도록 변화되었고, 생체리듬도 거기에 맞춰지게 되었다.

땅을 살피는 그 어떤 '지혜'가 필요하다는 얘기가 된다. 물론 지리학도 좋고, 지질학도 좋다. 그리고 건축학이나 도시공학도 좋다. 그러나 집을 지을 집터나 하나의 도시를 정하고 배치하는 문제에 있어서, 그 학문들이 '땅의 의미'를 전체적으로 다 읽어내고 통괄할 수 있을까? 아니다. 모두가 다 제 분야에서는 탁월하지만, 역시 미진하다는 생각을 떨쳐버릴 수 없을 것이다.

그렇다면 그 오랜 세월동안 도읍을 정하거나 마을의 입지를 고를 때, 또는 건축물의 좌향坐向을 결정할 때마다, 우리 곁에서 두루두루 활용되어 온, 옛날 그 '풍수지리'를 다시 꺼내서 쓸고 다듬어 볼 필요가 있을 것 같다. 더구나 풍수지리의 일부 내용을 현대감각에 맞게 재해석한다면, 이건 상당한 지혜의 샘터가 될 수도 있다.

때로는 우리전래의 '생태지리학生態地理學'으로서, 때로는 턱없이 부족하기만 한 공간 활용의 '이론적인 배경'으로서, 우리가 미처 생각하지 못했던 실로 다양한 지혜를 제공해줄 수도 있을 것이기 때문이다.

셋째마당

건축에 담긴 우리생각

집(건축)을 짓는 과정에서부터 완성된 건축물의 부재 하나하나에도

자세히 살펴보면 거기에는 당초 그걸 만들고

지켜온 이런저런 생각이 어른거리고 있다는 것을 알 수 있게 된다.

이제 건축을 지렛대 삼아서,

그러한 우리생각을 차례로 풀어보겠다.

1 건축의 근원, 땅

■ 흙[1]

땅은 흙(soil)이다. 그리고 좋은 흙이란 모래와 미사(0.002㎜ 이하), 점토粘土가 적당히 잘 섞여있고, 유기물이 살아있는 흙이다. 우리 한국에는 약 390가지의 흙이 있지만, 이름까지 세분하면 무려 1,288가지나 된다고 한다.

흙이란 과학적으로는 암석巖石이 풍화된 것이지만, 그렇다고 흙의 원료가 바위라고 할 수는 없다. 유기물이 바위 알갱이와 섞여서 흙이 되기 때문에, 바위성분은 흙의 일부분일 뿐이다.

흙에 규산(SiO_2)이나 알루미나(Al_2O_3)가 많으면 노란색이 되고, 산화철

---

1) EBS 〈하나뿐인 지구〉에서 발췌 정리하였다.

흙을 치고 있는 모습

(Fe$_2$O$_3$)이 많으면 빨간색이 된다. 흙에는 박테리아와 지렁이, 균류菌類가 서식하고 있는데, 차 1숟가락 분량에 약 100만개에서 10억개나 존재한다고 한다. 그래서 흙을 먹고 자란다고 하는 것은 흙 속의 철분과 미네랄(mineral)을 먹는 것이 된다.

그 흙 속에 있는 수많은 미생물이 유기물을 분해하면서 흙냄새가 나게 되는데, 한국의 점토는 물이 스며들어도 중국이나 일본의 흙에 비해서 부피가 별로 팽창하지 않는다. 또 지구와 달에 있는 흙에도 차이가 있다고 한다. 달 표면은 암석 가루뿐인 반면, 지구의 표면인 흙에는 물과 공기와 유기물 그리고 암석가루인 흙 알갱이가 합쳐져 있다는 것이다.

보통 생물은 유전자를 가지고 있고 증식增殖을 할 수 있는데 비해서 무생물은 그럴 능력이 없다. 그런데 흙은 유전자를 가지고 있으면서도, 증식을 하지 못하기 때문에 일단 무생물이라고 할 수 밖에 없지만, 그 안에는 무수

한 미생물들이 살고 있기 때문에 흙을 '생명의 근원'이라고 하는 것이다.

■ 건축의 근원

이렇게 땅은 모든 생명의 근원이 된다. 땅[土]이 있음으로 해서 물[水]이 있고, 나무[木]가 있고, 광물[金]이 있다. 그리고 땅이 있으면, 그 땅 속 저 밑에는 이글이글 불타오르는 불[火]이 숨어있다. 수水 화火 목木 금金 토土, 이른바 오행五行이 다 갖춰져 있는 것이다.

건축물이란 그러한 땅에 뿌리를 두고 있는 존재다. 그래서 건축법에서도 토지에 정착하는것 자체를 건축물이 되기 위한 제일조건으로 삼고 있다. 땅에 정착하지 않으면 건축물이 아니라는 얘기가 된다. 그렇다면 외국처럼 물위에 떠있는 수상水上가옥이나 나뭇가지 위에 올려놓은 고상高上주거는 무엇일까? 물론 땅에 정착하지 않았기 때문에 현행 건축법상으로는 건축물로 인정받을 수 없다.

이렇게 건축물에서는 땅의 존재유무가 중요한 기준이 된다. 땅은 보통 흙과 물과 바위로 구성되어 있는데, 바위로 이루어진 석맥石脈을 인체의 뼈에 비유한다면, 물은 피가 되고 흙은 그 뼈와 피를 감싸고 있는 살(피부)이 된다. 생명체에 비교될 수 있는 것이다. 그러면서도 땅은 그 용도나 관점에 따라서 꽤나 다양한 이름을 가지고 있고, 또 그렇게들 부르고 있다.

일반적으로 우리는 땅을 그냥 간단하게 토지土地라고 부르지만, 생명의 근원이라는 의미에서 바라보면 땅은 토양土壤이 된다. 이와 달리 건축행위를 할 수 있는 땅은 대지垈地라 하고, 지적경계선으로 구획된 각각의 땅은 필지

筆地라고도 한다. 또, 대규모 사업을 시행하는 대상이라는 측면에서 보면 땅은 부지敷地로 자리 잡는다.

그런데 노벨문학상을 받은 펄벅(Pearl Sydenstricker Buck, 1892~1973)여사는 이 모든 것을 뭉뚱그려서 그냥 간단하게 대지(大地, The Good Earth)라고 표현해 놓았다. 땅이란, 그저 단순한 무생물체가 아니라 마치 어머니와 같은 존재라는 뜻이다. 또 하늘에 대하여 '넓고 큰 자연'이라는 의미까지 담고 있다고 한다.

이렇게 흙은 이 지구상에 존재하는 모든 물상物象의 근원이 된다. 비록 통상적인 의미의 생물은 아닐지라도, 흙은 제 몸 안에 박테리아나 지렁이 등 수많은 미생물의 삶터를 제공하기도 하고, 제 몸 안에 기초를 끌어들여 건축물이란 개체를 땅 위에 버티고 서있게 하는 모태가 되기도 한다.

그래서 지금 우리가 발을 디디고 서있는 바로 이 흙, 이 땅을 건축의 근원이라고 하는 것이다.

■ 땅의 메시지, 지진地震[2]

그런데 그러한 땅에서도 가끔씩 준엄한 경고의 메시지가 전해져온다. 지진이다. 얼마 전 인도양에서 또 대규모 지진地震이 일어났다. 해일이 뒤따라오지는 않았지만, 인명피해가 생각보다 심각하다고 한다. 비록 사람의 힘으로는 어쩔 수 없는 자연재해이고 남의 나라 일이기는 하지만, 우리도 이제

---

2) 2005년 4월 5일 〈전북일보〉 연재.

강 건너 불구경하듯 할 수만은 없게 되었다.

그런데 지진은 왜 일어나는 것일까? 옛날 사람들이 생각했던 것처럼 정말 땅이 노했기 때문일까? 아니면 지구과학의 설명대로 대륙판大陸板끼리 서로 밀치고 부딪히면서 충돌하기 때문일까? 이유야 어찌되었든 지진이 일어나게 되면, 우리가 발을 디디고 서있는 바로 이 땅 자체가 송두리째 붕괴되고 만다. 그리고 그 상처는 오래 남는다. 엄청난 사상자를 낸 일본 고베 지진[3]이 그랬고, 이번 동남아 지진이 그랬다.

당연한 얘기 같지만, 건축물은 땅에 뿌리를 두고 있는 존재다. 그런데 그동안 우리는 건축물이 땅 위에 존재하고 있다는 이 간단한 사실을 그만 깜박 잊어버리고 살았던 것 같다. 요즘 들어 건축물의 근간이 되고 있는 땅이 지구곳곳에서 급격하게 흔들리기 시작하면서, 이제야 우리도 새삼 땅의 중요성을 실감하게 된 것이다.

알다시피 지진이 잦은 일본은 지진대비에 대해서도 남다른 측면이 많다. 우선 자연재해에 대한 인식 자체가 우리와 다르거니와, 설사 피해가 발생하더라도 그 피해를 최소화하기 위하여 건물구조도 일부러 목구조나 철골구조를 선택하고 있다. 그로 인해서 다소 건축비용이 더 들고, 또 불편하더라도 자연재해에 대비하는 일이라면 그것에 쉽게 공감하는 사회적인 합의도 이뤄져있다고 한다. 그래서 우리처럼 내진설계만 하면 모든 문제가 해결될 것처럼 그렇게 호들갑을 떨지도 않는다.

물론, 매스컴의 지적대로 지금부터라도 당장 모든 건축물에 내진설계를 하는 것이 무엇보다 중요한 일일 수도 있다. 그러나 우리 한반도 주변에서

---

3) 1995년 1월 17일, 일본 효고현 고베시에 발생했던 강도 7.2의 강진.

요즘 부쩍 잦아지고 있는 지진이, 어쩌면 그 동안 하늘을 향해서 멈출 줄 모르고 치솟아 올라가고 있던 우리 인간의 욕망을 이제 저 땅 밑으로 끌어내리고, 그 끝에서 인간존재의 근본인 '땅의 문제'를 다시 한 번 점검해보라는, 땅의 메시지는 아닐까?

■ 계곡 위에 짓는 집

그런데도 우리는 여전히 모른 체 하기 일쑤다. 지진이나 해일 등 무시무시한 자연재앙도 쉽게 잊어버리지만, 땅의 형상과 성질에 따라서 때로는 걷잡을 수 없이 몰아치게 되는 자연재해에 대해서도 우리는 종종 그걸 무시하고 있다. 경관이 수려하다는 이유로 계곡에 집을 짓는 것도 그 중 하나다.

우리나라에서는 하천이나 계곡 위에 집을 지을 수 없게 되어 있다. 지적법상 지목이 대(垈)나, 잡종지에서만 건축을 할 수 있도록 되어 있는데, 하천이나 계곡은 지목이 대(垈)가 아니기 때문에 건축을 할 수 없는 것이다. 시원한 물줄기가 쏟아지는 계곡 위에 집을 짓겠다는 꿈은 아마 다른 나라에서나 가능한 일이다.

그러나 무턱대고 마냥 그렇게 부러워 할 것만도 없다. 하천이나 계곡을 배경으로 한 건축물 중에서, 낙수장(落水莊, Kaufman House)[4]이라고 하는 주택이 있는데, 이 낙수장은 분명 20세기를 빛낸 빼어난 건축물이긴 하지만, 동시에 여러 가지 문제점도 함께 드러내고 있다는 사실에 주목해야 한다. 건축

---

4) 프랭크 로이드 라이트(F.L.Wright, 1867~1959)가 설계한 미국 펜실베니아에 있는 카우프만의 주택.

낙수장(落水莊, Kaufman House)

물이 인간의 생활을 담는 그릇이라는 건축 본연의 입장에서 볼 때도, 그렇게 바람직한 건축물이라고 할 수 없는 것이다. 그래서 그런지 세계적인 건축물로 널리 알려진 이 낙수장에는 현재 사람이 살고 있지 않으며, 주州 정부에 기증되어 지금은 겨우 관광객들이나 들락거리는 처지가 되었다고 한다.

요즈음은 수려한 경관을 찾아서 때로는 바닷가나 계곡근처에 집터를 잡곤 하는데, 사실 거기에는 그렇게 많은 문제가 도사리고 있게 된다. 큰 물 근처에서 멀리 떨어져 있으면 모르되, 그렇지 않으면 우선 그 안에 사는 사람이 보대낄 수밖에 없기 때문이다. 우선 쉴 새 없이 밖에서 들려오는 물소리와 다습한 기류로 인하여 그 안에 거주하는 사람들은 좀처럼 편안한 휴식을 취할 수 없기도 하고, 대화소리가 잘 들리지도 않을 뿐만 아니라, 실내습도가 필요 이상으로 높아서 쉽게 피로를 느끼게 된다고 한다.

또 물소리는 듣는 사람의 심리상태에 따라서 여러 가지로 변화되어 들리게 되는데, 낮에는 시원한 폭포수 소리로 들리다가도 혼자 있는 고적한 밤에는 마치 귀신소리처럼 음산하게 들리기도 한다. 결코 편안한 집이 될 수 없다는 얘기가 된다.

땅을 중요하게 생각하고, 집터를 고르는 이유가 바로 여기에 있다. 계곡이나 하천은 결코 좋은 집터가 될 수 없다. 하루나 이틀 피서를 하거나 주말주택으로는 안성맞춤일지 모르지만, 계곡에서 평생을 살아야 한다면 그것은 참으로 끔찍한 일이 될 것이다.

이렇게 건축물은 언제 어디서나 그 근원이 되는 땅에 기초를 두고 있어야 한다. 땅에서 멀어질수록 우리 몸의 생체리듬은 낯선 환경에 직면하게 되고, 그 생소한 환경에 다시 적응하느라 그만큼 더 불필요한 스트레스를 받게 되는 것이기 때문이다.

■ 땅 속과 사람 속

세상에는 알 수 없는 것이 참 많이 있다. "열길 물속은 알아도 한 길 사람 속은 모른다"는 말이 있는 것처럼, 사람의 마음도 알기 어렵지만, 건축물의 기초가 되는 땅도 그 속을 모르기는 마찬가지다. 사랑을 하면 알게 되고, 알게 되면 그 눈빛만 봐도 상대의 마음을 훤히 알 수 있다고도 하지만, 사랑도 사람의 일인지라 그게 그렇게 쉽지만은 않을 것이다.

그래서 한시라도 떨어지면 살 수 없을 것 같은 연인들도 때로는 제 마음을 몰라준다고 원망을 하기도 하고, 때로는 제 마음을 숨기고 감추다가, 또 그것이 헤어지는 이유가 되기도 한다. 속을 잘 모르기 때문이다.

결국 땅이나 사람이나 일단 한 번 겪어봐야 제대로 알 수 있다는 얘기가 된다. 간혹 겉만 보고도 땅속이 훤히 보인다는 사람들이 있는데, 그것은 단지 주위의 형상을 미루어 짐작하는 기술이 남보다 조금 더 발달한 현상일 뿐이다.

건축물은 기본적으로 '땅에 발을 딛고 서 있는 존재'이므로 땅의 성질을 파악하는 것이 무엇보다도 중요한 일이다. 그래서 그렇게 오랜 세월동안 땅을 대상으로 하는 풍수지리가 꾸준히 발전해왔던 것이다.

그래도 건축을 할 때에는 간혹 비용을 들이지 않으려는 욕심 때문에 지반 조사 시기를 놓치는 경우가 종종 발생하게 되는데, 이런 사소한 일이 때로는 걷잡을 수 없는 분쟁의 원인이 되기도 한다. 그것도 땅속을 제대로 모르기 때문에 벌어지는 일이다. 그렇다고 사람을 다 겪어보고 사귈 수 없는 것처럼, 부지敷地 전체의 땅을 직접 다 파볼 수도 없는 일이다. 그래서 현실적으로는 두세 개의 장소를 임의로 선정해서 땅을 미리 파보고, 그 상태에 따라 지내력地耐力[5]을 추정할 수밖에 없게 된다.

물론, 그것도 완전할 수는 없다. 그래도 그냥 가만히 앉아서 이러쿵저러쿵 짐작하는 것보다는 몇 개 지점이라도 직접 시험 터파기를 실시해보고, 그 속을 짐작하는 것이 훨씬 더 빠르고 정확한 것이다. 그래서 보통 건축에서는 땅속은 잘 모르겠다는 것을 일단 전제로 한 뒤, 그 기초공사를 할 때 그렇게 시험 터파기 하는 것을 원칙으로 삼고 있다.

■ 물길과 바람길[6]

사람이 사는 땅에는 으레 길이 나기 마련이다. 겨우 혼자 다닐까말까 한 좁디좁은 골목길에서부터, 먼지 폴폴 날리며 덜커덩거리던 신작로新作路[7]가 있었는가 하면, 지금처럼 넓게 탁 트인 아스팔트나 시멘트 포장도로도 있고, 또 언젠가는 다시 되돌아 나와야 하는 막다른 도로도 있다.

어쨌든 길은 사람의 창작품이다. 누가 언제부터 처음 다니기 시작했는지 그건 잘 모르겠지만, 발걸음이 잦아지다보면 그게 저절로 길이 된다. 그래서 그런지 옛날 길은 산과 물을 닮아 그 형태부터 아주 자연스럽게 생겼다. 구불구불 휘돌아가기도 하고, 오르락내리락 요동치는 모습이 흡사 자연의 일

---

5) 땅이 얼마나 단단하고 밀실한가를 수치화 한 정도.
6) 2006년 7월 26일 전북일보 연재, 그 해 여름 강원도의 장마피해가 심각했다.
7) 옛날 시골의 주요 간선도로.

부 같기도 하다.

그런데 그 길을 다니는 사람들이 점점 많아지면서부터 길도 몸살을 앓기 시작한다. 강제로 파헤쳐지기도 하고, 자갈이 깔리기도 하다가, 어떤 때는 온통 시멘트로 뒤덮여지기도 한다. 그러다가 다시 깔끔하게 아스팔트로 포장되기도 하는데, 그러면서 길은 점차 사람보다는 자동차 위주로 탈바꿈하게 되었다.

원래 길은 물을 따라 나게 된다. 물은 더 낮은 장소를 찾아 이동하는 성질을 지니고 있으므로, 물길을 따라 걷는 게 가장 쉽고 편하기 때문이다. 그래서 옛날 길은 거의 다 그렇게 물길을 따라 다소곳이 나 있었던 것이다. 물이 서로 만나면 길이 만나게 되고, 그 길이 만나는 곳에서는 자연스럽게 사람들도 서로 만나게 된다. 그게 순리였다.

물 따라 길 따라 나는 길

그런데 지금 우리 현대사회에서는 그러한 고즈넉한 길만 따라다닐 수 없게 되었다. 유통과 효율이 우선이 된다. 앞을 가로막는 산은 깎아내고, 물을 만나면 그 위에 서슴없이 다리를 놓았다.

이렇게 사통팔달의 도로를 만들다보니, 이젠 사람들도 옛날 풍수지리에서 거론하는 명당을 굳이 찾으려고 하지 않게 된 것이다. 아니, 오히려 깊은 계곡이나 넓은 하천 근처가 더 좋은 집터로 각광받는 세상이 되었다.

그러나 그게 아니었던 모양이다. 물길이 따로 있었고, 바람길이 따로 있었으며, 집터가 따로 있었던 것이다. 그걸 무시하고 지금처럼 물길과 바람길을 건드려 놓은 대가는 실로 엄청났다.

어느 임계점臨界點까지는 그저 모른 척하며 돌아다니던 그 물과 바람이 세력을 규합하자마자, 때리고 부수고 무너뜨리며 달려든 결과는 참으로 가혹했다. 이번 장마가 그랬고 저번 태풍이 그랬다. 피해는 안타까웠지만, 물과 바람은 다시 한 번 우리에게 그 '길'을 가르쳐 준 것 같다.

■ 우리 인생은 땅 한 평坪[8]

우리는 보통 부동산을 사거나 팔 때, 평坪이라는 단위를 자주 사용한다. 몇 평이라고 해야 말하는 사람이나 듣는 사람이나 쉽게 감을 잡는다. 그 동안 학교에서 배운 대로 몇 제곱미터라고 하면 이상하게 쳐다본다. 교육이 잘못된 것일까?

---

8) 2001년 3월 13일 〈전북일보〉 연재, 당시 정부에서는 평坪 근斤 자尺 등의 전근대적인(?) 단위사용을 금지하였다.

언젠가 정부에서는 세계화흐름에 역행한다는 이유로 '평坪' 이라는 단위와 함께, 고기를 저울에 달 때 자주 사용하던 '근斤' 이라는 단위를 쓰지 못하도록 한 적이 있다. 그런데도 사람들은 여전히 몇 평이라고 해야 그 넓이를 알아듣고, 또 몇 근이라고 해야 고기의 무게를 느끼게 된다. 왜 그럴까? 평이라는 단위가 대체 무엇이기에, 이렇게 뿌리가 깊고 질긴 것일까?

도량형이 세계적으로 통일되지 않았던 고려시대나 조선시대에는 '평' 이나 '근' 뿐만 아니라 길이를 나타낼 때도 '자' 라고 하는 단위를 사용하였다. 삼국지에서도 관우는 검붉은 얼굴에 청룡언월도를 자유자재로 휘저으면서 전장을 누비는 구척장신九尺長身으로 묘사된다. 반대로 키가 작은 사람은 오척단구五尺短軀라고 표현한다.

길이를 나타내는 자尺도 시대마다 조금씩 그 길이를 달리했지만, 보통 한 자는 30.303센티미터다. 그래서 구척장신九尺長身은 270센티미터 이상의 거

결국 땅 한 평으로 남는 묘

구丘軀를 말하고, 오척단구는 150센티미터가 될까 말까 한 작은 사람을 뜻했다. 물론 그렇게 크고 작다는 비유다. 그런데 한 평은 어떻게 만들어졌을까?

시람이 죽으면 눕혀서 관棺에 넣게 되는데, 예전에는 보통 그 길이가 여섯 자를 넘지 않았다고 한다. 그런데 좌향坐向을 정하다 보면 어느 방향으로 정해질지 모르기 때문에 길이방향 뿐만 아니라, 가로방향도 여섯 자가 되어야 한다.

그래서 사람이 반듯하게 누워서 양팔을 벌리면 그 길이는 사방으로 여섯 자씩이 된다. 가로 세로가 각각 여섯 자인 직사각형의 면적을 내면 3.3058제곱미터가 된다. 이것을 한 평이라고 한다. 이런 이유로 사람이 죽으면 잘났건 못났건 간에, 땅 한 평에 묻힌다고 한 것이다. 죽어서 땅 한 평에 묻히는 것······! 그것이 우리 인생이다.

2 집터

■ 택리지擇里志

　전원주택을 찾는 사람들이 요즘 부쩍 늘어났다. 그동안 도시근교에 둘러쳐져 있던 그린벨트가 해제되면서, 물 맑고 공기 좋은 주거환경을 찾아 작은 마당이라도 곁들인 전원주택을 짓고 싶다는 것이다. 그런데 마음은 먹었지만, 막상 시작하려면 말처럼 그렇게 쉬운 일이 아니다.

　먼저, 어디에 집터를 정할 것인가? 하는 문제부터 막히기 시작한다. 아파트처럼 모델하우스를 보고 고르는 것이 아니라, 시작부터 내 의지를 갖고, 내 취향에 맞춰서 집터를 손수 골라야 한다. 그런데 한 번도 해본 적이 없다. 그리고 누가 대신 해주지도 않는다. 객관식이 아니라 이건 주관식이다.

　몇 번 시행착오를 겪다보면 당장 전문가에게 맡기고 싶어진다. 그런데 누가 전문가란 말인가? 부동산 중개사? 아니면 그 흔한 컨설팅업체? 글쎄, 선뜻 신뢰가 가지 않을 것이다.

지금 이렇게 고민하고 있는 우리에게 해답을 제시하려고 그랬던지 조선 영조 때 이중환[9]이라는 사람은 무작정(?) 전국팔도를 돌아다녔다. 그리고 『택리지擇里志』를 집필했다. 그 책의 중심을 이루고 있는 복거총론卜居總論에서는 당시 조선사회의 취락과 거주지로서의 이상적인 조건 등을 지리地理와 생리生利, 인심人心 그리고 산수山水 등의 항목별로 제시하고 있다. 지금 읽어봐도 상당히 솔깃한 대목이 많다. 그런데 택리지 내용대로만 실천하면 정말 좋은 집터를 고를 수 있을까?

■ 풍수지리

집터란 다름 아닌 땅이다. 그래서 풍수지리에서는 무엇보다도 먼저 배산임수背山臨水 지형을 꼽으라고 권한다. 집 뒤가 높고 앞이 탁 트여 있으니, 배수排水에서 그만큼 유리해지고, 뒷산에 의지해서 건물을 배치하게 되므로 겨울철 사나운 북서풍도 가릴 수 있다. 이른바 장풍藏風이 되는 것이다.

어디 그러한 땅이 그렇게 쉽겠느냐고 반문할 수도 있다. 맞는 말이다. 그러나 한 치만 높아도 산이라고 하던 옛날 어른들의 말씀을 곰곰이 한번 되새겨 볼 필요가 있다. 택지개발이 된 지역이라고 하더라도 유심히 살펴보면 조금 높은 데가 있고, 또 조금 낮은 지형이 있다. 마음만 먹는다면 얼마든지 배산임수 조건을 찾을 수 있게 된다.

---

9) (1690~1756), 조선 후기 실학자, 호는 청담淸潭.

그런데 남향으로 하자니 배산임수가 되지 않고, 배산임수를 따르자니 남향으로 건축을 할 수 없는 경우가 종종 있다. 아마 그래서 제대로 된 남향집을 얻으려면 삼대三代가 적선해야 한다고 했는지도 모르겠다.

풍수지리에서는 또, 사신사四神沙라고 부르는 것이 있다. 집 뒤에 있는 산背山과 좌청룡 우백호라고 부르는 좌우측에 있는 산 그리고 앞으로 저 멀리 넘실대는 안산案山을 합쳐서 보통 사신사라고 한다. 이렇게 주위의 산들이 적당하게 조화를 이루고 있으면, 집터에서는 대부분 장풍藏風이 되고 득수得水가 되는 것이다.

■ 좋은 집터란?

이러한 자연조건이 저절로 구비되어 있다면, 지리와 생리 그리고 산수는 대강 해결이 되었다고 할 수도 있다. 그런데 또 있다. 지금은 시대가 바뀌고 추구하는 가치가 조선시대와는 사뭇 달라져 있으므로, 좋은 집터를 고르기 위해서는 새로운 조건들을 더 추가로 살펴봐야 한다.

도로가 없는 땅을 보통 맹지盲地라고 하는데, 현재 전원주택 부지들은 대개 밭이나 야산에 개발하게 되므로, 도로에 접하지 않은 맹지가 더러 있다. 일단 맹지가 되면 일이 상당히 복잡해진다. 그래서 접근하는 도로가 있는지 없는지부터 우선 세밀하게 검토해봐야 한다.

또, 젊고 건강할 때는 아무 상관없지만, 사람이란 항상 생로병사에 시달리는 덧없는 존재라는 사실을 잊으면 안 된다. 자연풍광을 찾아서 쫓아다니다 보면, 안타깝게도 병원이나 시장 등에서 대개 멀리 떨어지게 된다. 다른 것은 몰라도 좋은 집터란 응급상황에 대처할 수 있는, 적당한 거리 이내이어야 한다.

이러한 조건이 우선적으로 구비되고 나면 이제 더불어 살 이웃을 살펴봐야 한다. 이웃사촌이라고도 하지 않던가? 아파트에서 벗어나 단출하게 살다 보면 이웃이 얼마나 소중한지 알게 될 것이다.

무엇이 더 중요하고 먼저 해결해야 할 조건인지는 물론 사람마다 다르다. 그래서 좋은 집터를 찾는 것은, 예나 지금이나 어려운 일이라고 다들 고개부터 먼저 흔들어대는 것인지도 모르겠다.

■ 터줏대감과 성주

이렇게 정성을 다해서 고른 집터에는 터줏대감이 있다고 전해져 내려온다. 물론 일부 종교에서는 터무니없는 미신이라고 비아냥거리겠지만, 우리네 전통풍습 중에는 집이나 땅에도 신神이 있고 그 신이 우리를 지켜주고 있으며, 그래서 그 신을 모시는 풍습이 있었다.

보통 장독대 한 쪽에 쌀을 담은 작은 항아리를 놓고 그 주변을 짚으로 짠 고깔로 덮어서 모시게 되는데 이것을 '터주'라고 한다. 터주와는 달리 새로 집을 짓거나 옮긴 뒤에는 '성주'[10]를 받아들이는 의식을 새로 거행하였는데, 이때 부르는 노래를 성주풀이라고 한다. 성주는 보통 가장 깨끗하고 성스러운 공간이라고 여겨 온 대청大廳에 모시는 것이 일반적이었다. 그리고 모시는 방법도 지방마다 마을마다 또 시대마다 조금씩 차이를 보이고 있다.

---

10) 집을 수호하는 신령神靈으로서, 성조成造 상량신上樑神이라고도 한다.

충청도에서는 물에 불린 한지뭉치를 대들보 위에 있는 동자기둥에 붙여놓았고, 경기도에서는 대들보에 직접 베를 걸쳐서 실타래로 묶어두었으며, 또 경상도에서는 하얀 쌀을 넣은 항아리를 선반 위에 얹어놓은 반면, 전라도에서는 안방 선반이나 대청 또는 곳간에 올려놓고 모셔온 특징이 있다.

세월이 흐르면서 터주와 성주를 모시는 일은 점차 마을 전체의 공동행사로 발전되어 왔다. 지금도 음력 정초正初가 되면 풍물패를 앞세우고 고깔과 탈을 쓴 사람들이 징과 꽹과리를 치면서 흥겹게 각 집을 돌아다니는 것을 볼 수 있는데, 이것을 '지신地神밟기'라고 한다.

누가 지켜주고 보호해준다는 것은 참으로 마음 든든한 일이다. 그 실상이 무엇이냐고 따지기 전에 믿음을 가지고 있는 사람들에게는 일종의 '자기암시'라는 긍정적인 효과가 작용했을 수도 있었을 것이다.

밖으로의 수많은 변화와 변란 그리고 탐관오리들의 착취와 수탈에 지친 우리네 조상들은 살고 있는 집과 터에도 그러한 신이 있다고 믿고 싶은 것을 당연한 일이었을지도 모른다. 그 정성과 믿음이 이어져서 지금의 터주와 성주가 되었고, 이제 그것이 우리 고유의 문화로 자리 잡게 된 것이다.

성주를 모셔 둔 단지

3 집의 관상, 가상家相

■ 꼴값하는 집

이 세상에 존재하는 모든 물상物像에는 제각각 일정한 형상形相이 있다. '꼴[相]'이 있다는 말이다. 그래서 예로부터 '꼴값 한다'고 했다. 비아냥거리는 말이긴 했지만, 대체 꼴이 무엇이기에 그 값을 잘하라고 했을까?

건축물을 설계한다는 것은 어떤 의미에서 '꼴[相]'을 만드는 일이다. 건축물이 제 꼴값을 잘 할 수 있도록 하기 위하여, 건축사는 하얀 종이 위에 선을 빼곡하게 그려 넣어 가면서 스스로 수많은 생각을 다듬게 된다. 그런데 요즘 현대건축은 단순히 그 형태를 멋있게 연출하는 방향으로만 발전해가는 것 같아 가끔 안타까울 때가 많다.

물론 외관을 현대건축기법으로 날렵하게 만드는 것도 훌륭한 일이다. 그러나 시각을 조금만 달리해보면 건축에서는 그것보다 더 중요한 일이 얼마든지 많이 있다.

가상家相이라고 하는 것은 바로 이러한 점에 주목하고, 건축물의 배치나 내부평면의 형태, 즉 '꼴[相]'에 관심을 갖고 발전해온 하나의 경험과학이라고 할 수 있다.

관상觀相이나 수상手相이 그 형상을 세밀하게 관찰하듯, 가상도 집의 형상에 관심을 갖고, 오랜 세월에 걸쳐서 경험으로 축적되어 온 전통적인 지혜를 우리 살림집에게 제공해주게 된다.

■ 밤의 조화

사람이 집을 만든다고 하는 것은 맞는 말이다. 그런데 반대로 집이 사람을 만든다고 하면 이상한 얘기가 된다. 그리고 헷갈리기 시작한다. 정말 집이 그 안에 살고 있는 사람들을 만들 수 있을까? 아니, 영향을 줄 수 있을까?

사람은 뇌파腦波가 8~14헤르츠(Hz) 범위의 알파(α)파 상태가 되면, 몸과 마음이 느슨해지면서 편안해지게 된다. 그리고 뇌파가 7헤르츠(Hz) 이하인 쎄타(γ)파나 델타파(δ파, 1~3Hz) 상태까지 내려가면 드디어 잠을 자게 되는데, 쉬기 위해서 뇌파가 이렇게 떨어지게 되면 저항력도 함께 약해지게 된다고 한다. 바로 이 때 우리 몸과 마음은 주변 환경의 영향에 아주 민감해지게 된다.

그래서 병이 더 도지거나 쾌차되는 것도 대부분 밤에 잠을 자고나서 그렇게 되는 것이고, 밤을 거쳐 아침에 일어나면 생각마저 바뀌는 희한한 경험을 했을 것이다. 이것은 뇌파를 알파파 상태로 만들어 뇌를 쉬게 한 '밤의 조화'

인 것이다.

가상家相은 바로 이 밤의 조화에 주목하고, 주변 환경 특히 무의식적인 상태일 때, 집이 사람에게 미치는 영향을 주역의 팔괘八卦를 근거로 해서 체계적으로 거론한 것이다. 의식적으로 활동을 하고 있는 낮 시간보다는 복잡다단한 모든 현재의식을 가만히 내려놓고, 잠재의식 상태에서 휴식을 취하고 잠을 청하는 '살림집의 환경'이 우리 인간에게 훨씬 더 많은 영향을 미친다는 것이다. 그래서 예로부터 잠자리를 그렇게 가리고 살폈던가 보다.

■ 제대로 꼴값을 하게 하자.

가상家相이란 것이 오랜 경험을 토대로 해서 그런지 상당한 근거를 갖고 있으니, 관상觀相을 보고 수상手相을 보듯 그냥 그렇게 재미로 보자는 것이 아니다. 가상에 맞춰서 집을 제대로 설계하고, 집을 제대로 만들어 보자는 것이다.

물론 좁은 땅에, 더더구나 마당도 한 뼘 없는 땅에 이 것 저 것 맞추다 보면, 가상의 이치대로 방위를 맞출 수 없는 한계가 분명 있다. 그렇다고 집이 제대로 꼴값을 할 수 있는 기회를 지금처럼 아무 생각 없이 박탈해서는 안 될 것이다.

우리나라는 지리적으로 북위도에 위치해 있으므로 아주 오랜 옛날부터 남향집을 선호해 온 것이 사실이다. 오죽하면 남향으로 집터를 잡고, 대문은 동쪽으로 내고, 그리고 남으로 창을 내겠다고 노래한 시인까지 있었을까? 이게 모두 다 일조日照, 일사日射와 기류 등 자연환경을 우선적으로 고려한

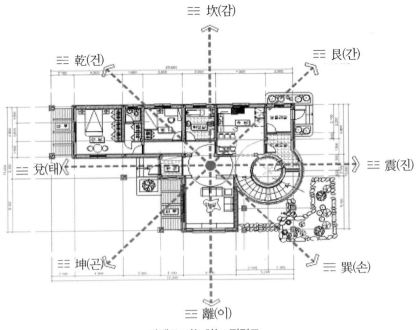

坎(감)

乾(건)　　　　　艮(간)

兌(태)　　　　　　　震(진)

坤(곤)　　　　　巽(손)

離(이)

팔괘로 가늠하는 평면도

영향 탓이라고 할 수 있다.

　남쪽으로 향하게 창을 내고나면, 이제 화장실과 부엌은 자연적으로 그 다음 방위인 북동쪽과 서쪽 방위를 차지하게 된다. 어려운 것이 아니다. 이게 바로 가상의 기본원리이다. 여기에 팔괘八卦에서 정한 몇 가지 이론만 갖다 붙이면 되는 것이다.

　이렇게 가만히 살펴보면 가상에서 중요하다고 하는 것은 대문이고 창문이고 또 방문이라는 사실을 알게 된다. 햇빛이든, 바람이든, 사람이든 그것이 출입하는 거처가 중요하다는 얘기다. 어디에, 어떻게, 어떤 방위를 찾아서 창호를 낼 것인지 그리고 어느 방위에 무슨 공간을 배치할 것인지 하는 문제를 이제 곰곰이 생각해볼 때가 되었다.

　우리 생활이 건축이란 공간을 통하여 지금보다 더 편안해지고, 또 훨씬 건강해지기 위해서, 그리고 우리 집이 정말 제대로 꼴값을 잘하기 위해서는 지금까지 한쪽에 밀쳐두고 천대했던 가상家相이라는 낡은 유품을 다시 꺼내서, 이제 닦고 쓸고, 그래서 알뜰하게 활용해야 할 때가 되지 않았을까?

■ 활기찬 기운은 동쪽

아무리 지구촌 한 가족이라고 하더라도 동양과 서양은 분명 다르며, 남북으로 나뉘어져 사는 사람들 사이에도 적잖은 차이가 드러난다. 그 차이를 공간의 위치, 즉 방위에서 찾아보면 재미있다.

우리가 살고 있는 공간은 보통 동서남북과 그 사이까지 합쳐서 전부 여덟 개의 방위로 나눌 수 있는데, 주역에서는 이를 팔괘八卦로 구분하고 그 각각의 방위에 나름대로 의미와 성질을 부여해놓고 있다.

우선 동쪽은 해가 뜨는 방위라서 일의 시작과 푸름을 상징하고, 서쪽은 하루의 일과를 끝내고 저무는 석양을 나타내고 있으며, 남쪽은 젊음과 정열을, 북쪽은 한겨울의 저장과 은둔 그리고 다시 또 새로운 시작을 의미하고 있다. 그 때문인지는 몰라도 대부분 동쪽 방에 오래 거주하게 되면 적극적이고 진취적인 기운이 함양되는 반면, 서쪽 방은 다소 사색적이고 폐쇄적인 기운이 스며들게 된다고 한다.

그래서 옛날 왕조시대에도 다음 왕권을 걸머질 세자를 동궁東宮에 기거하게 하고 동궁마마라고 불렀는가 하면, 광해군이 인목대비를 어찌하지 못하고 결국 유폐한 곳이 바로 서궁西宮이었다는 사실도 눈여겨볼 필요가 있다.

이처럼 우리 인간은 비록 직접 인식하고 있지는 못할지라도, 해와 달과 기류가 만들어내는 무지막지한 변화 속에서 살아가고 있는데, 건축물을 배치

내 마음을 두드린 우리건축

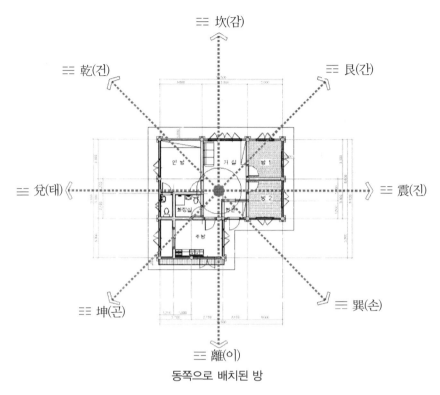

== 坎(감)

== 乾(건)

== 艮(간)

== 兌(태)

== 震(진)

== 坤(곤)

== 巽(손)

== 離(이)

동쪽으로 배치된 방

할 때나 방을 나눌 때도 그 변화를 적절히 활용하면 여러 가지 지혜를 얻을 수 있게 된다.

그래서 아이가 다소 이기적이고 왈가닥이라서 걱정이 된다면 북쪽에 있는 방을 사용하도록 하는 것이 좋겠고, 반대로 지나치게 소극적이고 내성적인 아이라면 가급적 동쪽 방을 사용하도록 하는 것이 좋겠다. 동쪽에 아이의 공부방을 만들어주고, 이다음 세대를 이어갈 동궁마마의 거처라고 한번 믿어본다면, 그것도 의미 있는 일이 아닐까?

■ 공부 잘하는 방

공부를 잘하는 것도 마찬가지다. 물론, 공부는 스스로 열심히 노력해야 잘하는 것이겠지만, 만약 공부를 잘하는 방이 따로 있다면 다들 귀가 솔깃해지게 된다. 그런데 정말 공부를 잘하는 방이 존재한다. 아니, '공부를 잘 할 수 있는 방위'라고 해야 정확할 것이다. 북서쪽이다.

북서쪽은 팔괘 상으로 건방乾方에 해당되는데, 건乾은 '하늘'이라는 뜻과 함께 주인을 상징하고 있다. 태극기만 봐도 그렇다. 가운데 둥그런 태극太極을 중심으로 네 모서리에 각각 '건곤감리'가 차례로 배치되어 있는데, 이때

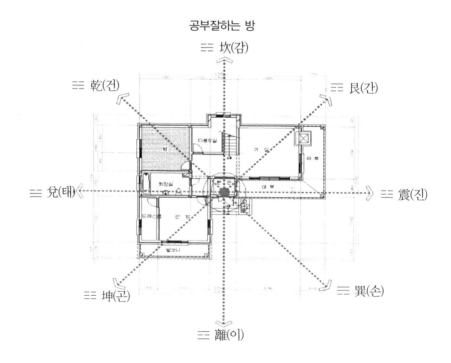

공부잘하는 방

☵ 坎(감)

☰ 乾(건)   ☶ 艮(간)

☱ 兌(태)   ☳ 震(진)

☷ 坤(곤)   ☴ 巽(손)

☲ 離(이)

도 '건(☰)'은 북서쪽을 차지하고 있다.

그리고 또 북서쪽은 다른 방위와는 달리 하루 종일 일영日影의 변화가 거의 나타나지 않는 방향이기도 하다. 그래서 그런지 북서쪽에 오래 기거하게 되면 성격은 차분해지고, 생각마저 깊어지게 된다.

물론 선뜻 받아들이기가 어려울 것이다. 그러나 옛날 학창시절에 사용했던 공부방 위치를 곰곰이 한번 더듬어보자. 잠시잠깐 거처한 방보다는 오래 사용한 방이라야 한다. 수긍가는 대목이 적잖을 것이다. 그게 바로 하나의 생활공간 안에서도 알게 모르게 차이를 드러내는 '방위의 힘'이며; '공간 기과학氣科學'의 작용인 것이다.

■ 화장실은 북쪽이나 북동쪽

일반적으로 화장실은 냉기冷氣가 있고 습하며, 불쾌한 냄새가 발생하므로 대부분 멀리하게 되지만, 없어서는 안 될 소중한 장소인 것만은 사실이다. 이렇게 어차피 집 안에서 꼭 필요한 공간이라면 옛날처럼 무조건 멀리만 배치할 것이 아니라, 가능한 한 좋은 방위에 배치해서 흉凶을 피해야 한다. 그것이 가상家相이 전해주는 지혜인 것이다.

모든 공간은 그 중심점을 기준으로 해서 여덟 방위로 나눌 수 있는데, 각각의 방위에 대한 별다른 고민 없이 요즈음의 현대식 주택처럼 거실이나 서재, 안방 등을 먼저 배치하고 남는 공간에 마치 선심 쓰듯이 화장실을 배치하는 것은 다소 문제가 있다.

하나의 살림집 내에서도 각 방위에 따라서 기류는 미묘하게 변하게 된다.

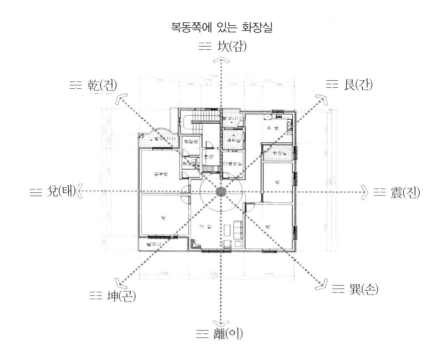

복동쪽에 있는 화장실
☵ 坎(감)

☰ 乾(건)　　　　　　　　　　☶ 艮(간)

☱ 兌(태)　　　　　　　　　　☳ 震(진)

☷ 坤(곤)　　　　　　　　　　☴ 巽(손)

☲ 離(이)

그 기류의 변화에 맞추어서 건축물을 배치하고 방을 배열하고 또 개구부를 내는 것이 어찌 보면 너무나 당연한 일이다.

기류의 변화를 살피는 방법으로 우리는 흔히들 여덟 방위의 길흉吉凶을 논하게 되는데, 물론 현대건축에서는 비과학적인 요소라고 냉대하고 있으나 방위에 따른 기류의 변화를 그렇게 얕잡아 봐서는 안 된다.

그리고 요즈음처럼 과학이라는 것을 편협하게 곡해曲解한다면 우리는 자연의 질서를 정말 제대로 이해할 수 없게 된다. 그러한 의미에서 살펴보면 화장실은 북동쪽이나 서쪽에 배치하는 것이 현실적으로 가장 타당하다고 할 수 있겠다.

4 우리의 출발점, 울타리

■ 우리의 둘레

우리 한국 사람들은 나, 너보다는 '우리' 라는 말을 곧잘 사용하곤 한다. 우리 집, 우리 식구, 우리 학교, 우리 나라라고 해야 뭔가 제대로 말한 것 같고 심지어 내 남편, 내 아내도 우리 신랑, 우리 각시라고 해야 직성이 풀리는 것 같다. 이렇게 '우리' 라고 하는 말은 우리 한국 사람들에게 있어서 아주 친숙한 의미로 자리 잡고 있다.

그런데 이 '우리' 라고 하는 말은 건축물의 경계를 이루고 있는 울타리에서 유래되었다고 한다. 울타리는 보통 간단하게 줄여서 '우리' 또는 '울' 이라고도 불러왔는데, 그것이 우리사회에서 가장 기본적인 공동체의 단위로 사용되어 온 것이다.

그래서 울안에 사는 동식물은 모두 '우리 편' 이 되거나 '우리 것' 이 되었

우리의 둘레, 담

고, 상대적으로 울 밖을 벗어나게 되면 모두 남으로 여기게 되었다. 홍난파의 「봉숭아」도 다른 곳이 아닌 바로 울밑에 서 있었기 때문에 그처럼 처량하게 느껴졌는지도 모른다.

울 밖에 있었다면 그것이 봉숭아든 장미든 진달래든 그저 수많은 꽃 중의 하나로 인식되었을 뿐, 아마 그토록 애잔한 모습으로 우리민족의 가슴에 와 닿지는 않았을 것이다. 이렇게 우리 건축물에서 울타리는 하나의 경계로서 안팎을 가르는 아주 중요한 역할을 하고 있다.

그 탓이었던지 오랜 세월동안 외국을 떠돌던 송두율[11] 교수도 고국이라고 하는 울안으로 들어오려다가 그 모진 풍파를 겪은 후, '울' 이라고 하는 경계에 서서 그 안팎 어디에도 속하지 못하는 자신을 스스로 '경계인境界人' 이라

---

11) (1944~), 독일 뮌스터대학교 사회학과 교수, 유신시절 반체제인사로 분류되어 한국입국이 금지
되었으나 2003년 9월 귀국을 강행하다가 국가보안법 위반혐의로 구속되면서 우리사회에 큰 파장
을 일으켰다. 저서로 『경계인의 사색』 등이 있다.

고 정의하기도 하였다.

예나 지금이나 우리 한국 사람들에게 있어서 울안은 언제나 따뜻하고 친숙하고 편안한 공간으로 자리 잡고 있지만, 울 밖으로 나서면 왠지 낯설고 살벌하고 불편한 공간으로 인식된다. 그래서 울 밖으로 나와서도 같은 울타리 안이라는 인식을 서로 공감하기 위해서 학교 동문同門도 찾고, 친척도 찾고, 향우회도 그렇게 열심히 찾아다니는 것인지도 모른다.

건축물은 그런 것이다. 그저 단순히 잠만 자고, 밥만 먹고, 배설만 하는 공간이 아니라, 건축이 때로는 그렇게 우리의 머릿속에 강인한 의식을 새겨놓을 수도 있는 것이다. 울타리라고 하는 단순한 경계구조물이 하나의 세상을 구현하는 태극太極이 될 수도 있고, 다시 음양陰陽이 분화되어 사상四象으로 변화 발전해 나아가는 모태母胎가 되기도 한다.

그런데 요즘 '열린'과 '개방'이라는 이 시대의 화두話頭 탓인지 수천 년을 건축의 주요소재로 사용되어 온 울타리(담)를 경쟁적으로 철거하는 풍경 속에서, 혹시 그동안 어려운 고비 때마다 우리를 지켜왔던 그 '우리'라는 고유의 의식마저 몰래 허물어내고 있는 것은 아닌지 곰곰이 한번 되짚어 볼 일이다.

■ 보일락 말락

한눈에 다 들어오는 것보다 조금씩 '보일 듯 말 듯' 하면 사람들은 더 관심을 갖게 된다. 그래서 호기심 많은 사춘기시절에는 '보일 듯 말 듯' 하는 세상이치 때문에 밤잠을 설치기도 하고, 보일 듯 하다가도 뒤돌아서면 금방 달

담양 소쇄원

혀버리는 소년소녀시절의 그 알 수 없는 마음 때문에 애를 태우기도 하며, 또 조금만 더 성찰省察하면 쉽게 깨닫는 것 같다가도 주위여건에 따라서 이리저리 마구 흔들리는 인생철학 때문에 혼란스러워 하기도 한다.

그런데 사실 따지고 보면 우리 인생만 그런 것이 아니다. 간단하게 찾아가서 음풍농월吟風弄月하며 잠시 쉬어가던 정자亭子도 마찬가지다.

옛날에는 산모퉁이 한 쪽에 다소곳이 비켜서서 정말 '보일 듯 말 듯' 하게 건물을 배치했는데, 지금은 대부분 산봉우리 한 정수리에 육각정이나 팔각정으로 우뚝우뚝 서있다. 전망대가 된 것이다. 예나 지금이나 산천경계를 찾아가서 쉬고 싶은 것은 비슷하지만, 집을 짓는 조영造營사상이 달라졌기 때문일까?

옛날 한옥의 담 높이도 생각할수록 참 절묘하다. 그렇게 높지도 않고 낮지도 않다. 말 그대로 휴먼스케일(human scale)이 돋보이는 인간중심의 설계다. 골목길을 그냥 지나다닐 때는 잘 보이지 않다가도 조금만 관심을 갖고, 발뒤꿈치를 꼿꼿이 쳐들면 집안이 슬쩍 들여다보인다. 그것도 다 보이는 것이 아니라, 정말 '보일 듯 말 듯' 하게 건물을 배치해 놓았다.

다 보여주지 않고 일부러 '보일 듯 말 듯' 하게 만들어서 조금씩 관심을 불러일으키는 건축배치기법은 사찰에서도 쉽게 찾아볼 수 있다. 일주문一柱門에서 금강문金剛門과 사천왕문四天王門을 지나, 보제루普齊樓와 대웅전大雄殿까지 죽 이어지는 축선軸線은 자연지형을 따라 그저 간단하게 늘어놓은 것 같으면서도, 자세히 살펴보면 곳곳마다 세심한 장치가 숨겨져 있다.

대웅전의 주요마당으로 진입하는 주동선축主動線軸을 일자一字로 유지하면서도, 자연지형에 따라서 일부 주축을 살짝 빗겨서 늘어놓기도 하였다. 또 계단이나 경사로를 따라서 자박자박 걸어 올라가다 보면, 축선을 따라서 죽 스쳐지나가게 되는 일주문-금강문-사천왕문-보제루-대웅전 등을 연계되는 공간의 운율韻律마저 느끼게 되는 것이다.

마주치게 되는 축선에 따라서 좁혔다가 넓히고 다시 좁혀서 늘어놓는 배치기법을, 어떻게 보면 인체에서 대장大腸의 연동蠕動운동[12]과 흡사하다고 할 수 있다. 건축물의 배치도 다른 하나의 생명작용으로 본 것일까?

이렇게 현대건축에서처럼 한꺼번에 다 보여주기보다는, 또 높은 담으로 외부세계와 완전히 차단하여 스스로 단절을 선택하기보다는 행인들의 관심도에 따라서 때로는 보이기도 하고, 때로는 가려지기를 원했던 그 여유와 정취가 새삼 그리워진다.

---

12) 장腸 등 근육의 수축작용에 의하여 잘록해진 부분이 물결처럼 서서히 퍼져 가는 모양의 운동.

5 사회와의 통로, 대문

■ 대문이 왜 중요한가?

대문

대문을 잘못내면 집안이 망한다고 한다. 그렇게 불호령을 치고는, 호주머니에서 둥그런 나침반[羅經]을 꺼내들고 대문위치를 정해준다. 그대로 지키지 않으면 당장이라도 큰일이 날 것 같은 분위기다. 아니, 집만 잘 지으면 되었지 정해진 규칙에 따라서 꼭 그 위치에 대문을 설치해야 하는 근거가 어디에 있단 말인가?

그러나 차라리 그러한 말을 듣지 않았으면 모르되, 일단 대문을 잘못 내었다는 얘기를 듣고 나면 그냥 쉽게 무시할 수도 없고, 따르자니 여러 가지 불가피한 사항이 생기기도 하고, 참 답답하다. 그런데 정말 대문의 위치가 그렇게 중요한 것인가?

사람이 사는 살림집의 문이나 창문은 외부공기와 빛을 받아들이는 통로의 역할을 하게 된다. 그래서 다 같은 집이라도 개구부가 어느 방향으로 설치되어 있느냐에 따라서, 집 내부의 기류는 상당히 달라지게 되어있다. 그만큼 집의 좌향坐向은 중요한 것이고, 또 그 집에 설치되어 있는 개구부나 방의 위치가 사람에게 까지 영향을 미칠 수 있다고 보고 있는 것이, 가상家相이다.

가상에서는 대문을 집의 좌향坐向만큼 아주 중요하게 취급하고 있는데, 단순히 사람이나 물건이 출입하는 공간이 아니라, 지표면으로 낮게 깔리는 바람이 넘나드는 경계점이 되기 때문이다. 그래서 가상에서는 집주인이 사는 안방, 부엌과 더불어 대문을 주요 관찰 포인트로 여기고 있는 것이다.

■ 오행방위의 성질

대문의 방위를 가리려면, 우선 각각의 방위가 가지고 있는 성질을 오행五行이 배속된 방위의 특징에 따라서 나눌 수 있어야 한다. 오행방위는 동서남북과 중앙의 다섯 가지 방위를 말한다. 우선 중앙의 방위는 황색黄色을 상징하는 곳으로서, 동서남북이 모두 모이는 방위가 된다. 집에서는 보통 거실이 배치되며 모든 방들이 이곳으로 연결되기도 한다. 중심점이다.

해가 떠오르는 동쪽은 푸르른 청색青色을 상징하며, 시작을 의미하기도 한다. 그래서 현관을 배치하거나 진취적인 기상을 길러야 하는 청소년의 공부방은 보통 동쪽으로 자리 잡는다. 옛날 왕조시대에도 다음 보위寶位를 이을 왕세자는 동쪽에 있는 궁궐에서 기거하였다.

이제 막 해가 떠올랐다고 생각했는데, 금방 한낮이 된다. 그래서 남쪽은 한낮의 태양이 이글거리는 시간으로서 적색赤色을 상징한다. 가장 뜨겁고 가장 밝은 빛을 안고 있기 때문에 보통 활기찬 딸아이의 방을 이쪽에 배치하면 좋다.

해도 차면 기우는 것이 세상이치인지라, 해가 기우는 서쪽은 단단해지는 방위로 인식하였고, 그래서 백색白色을 상징한다. 집안에서는 막내딸 아이의 방을 배치하는 것이 좋다. 사색이 깊어지고 감성이 풍부해지는 방위다. 계절로는 이미 가을로 접어들었다.

가을은 또 겨울의 전초기지로서, 겨울이 되면 그 풍성한 수확을 모두 거둬들이고 만물은 동면冬眠을 하게 된다. 이렇게 북쪽은 음기陰氣가 극성한 방위로서 어둠을 상징한다. 어둠이 가득 차면 흑색黑色이 된다. 그래서 천지天地

는 현황玄黃이라고 한 것인가?

■ 결국은 배합

우리 주변의 방위는 이렇게 기본적인 다섯 방위에 그 사이에 있는 방위까지 나누어서 더하면 여덟 방위가 된다. 이 여덟 방위에 따라서 우리가 살고 있는 살림집은 일단 동사택東四宅과 서사택西四宅으로 나눌 수 있다.

동사택은 동기東氣가 흐르는 집으로서, 우리주변을 가르는 8개 방위 중에서 동東 남동南東 남南과 북北의 4개 방위에 좌향坐向을 정한 집을 말하고, 서서사택은 서기西氣가 흐르는 집으로서 서西 남서南西 북서北西 북동北東의 4개 방위로 좌향을 정한 집을 말한다. 동사택이든 서사택이든 중요한 것은 방위가 서로 섞이지 않고, 어느 한 가지 기운으로만 형성되는 것이 좋다.

대문이 설치되는 방위 역시 이렇게 집안에서 형성된 한 가지 기운과 배합되어야 하는데, 동사택東四宅의 집이라면 대문도 그 4개의 방위에 맞춰져야 하겠고, 반대로 서사택西四宅의 집이라면 대문도 다른 4개의 방위에 맞추어져야 한다.

일반적으로 북위도에 위치한 우리나라는 집을 배치할 때 보통 남향을 제일 선호하여 왔다. 이렇게 남향으로 좌향坐向을 정할 경우, 가상家相에서 말하는 동사택이 된다. 그래서 집안의 주요한 방들은 모두 동사택으로 배치하는 것이 좋고, 대문 역시 동쪽이나 남동쪽으로 내는 게 좋다. 그래서 예로부터 남향집에는 남동향으로 대문을 그렇게 최고로 여겼던 것이다.

■ 대문과 좌향坐向

집터에 울타리(담)를 두르게 되면 거기엔 반드시 대문이 필요하게 된다. 밖으로 들락거리려야 하기 때문이다. 그런데 옛날부터 대문을 낼 때, 이것저것 가리는 게 참 많았다. 대문을 내는 방위를 가리고 살폈던 것이다.

지금이야 아파트가 우리의 대표적인 주거양식으로 보편화되었기 때문에 굳이 어디가 대문이고 어디가 담인지 그 구분 자체가 애매모호하게 되어버렸지만, 마당이 있고 그 마당과 집을 함께 아우르는 울타리가 있던 옛날에는 가상家相에 따라 대문의 방위가 중요하게 취급되었다.

대문과 집의 배치[坐向]로 선악을 살필 때에는 일단 오행五行의 상생과 상극관계를 먼저 살피고, 또 음양의 배합관계와 동서사택東西四宅의 일치여부를 확인하면 된다.

우리 한국은 지정학적으로 북위도에 위치해있기 때문에 옛날부터 남향을 선호해온 것이 사실이다. 그런데 남향집에는 동향이나 남동향 대문이 가장 이상적理想的이라고 알려져 왔다. 물론 흔한 일은 아니지만, 간혹 건축물의 좌향坐向이 서향이나 북향으로 돌아서게 되는 경우가 있는데, 그렇게 되면 대문이 설치되는 방위도 당연히 거기에 맞도록 바뀌어져야 하는 것이다.

■ 대문에 대한 잡념

집이 있는 곳에는 으레 문門이 있게 마련이다. 작게는 방을 드나드는 방문이 있는가 하면, 집에는 대문이 있고, 학교에는 교문이 있다. 또 얼마 전까지

내 마음을 두드린 우리건축

만 해도 마을 입구에는 으레 성황당이나 정자나무가 있어서 마을로 진입하는 문의 역할을 해 왔다.

이렇게 문은 안팎을 가르고 나누는 존재로서 들어오는 사람이나 나가는 사람에게 지금까지와는 다른 '새로운 공간'에 대한 메시지를 전달해 주게 된다. 그래서 사찰의 일주문一柱門은 부처님의 세계로 들어가는 법문法門이 될 수 있으며, 교회나 성당의 문은 성속聖俗을 나누고 가르던 경계였던 것이다.

이러한 상징적인 측면 때문에 대문은 때로 지나치게 그 의미나 역할이 강조되어 왔는데, 그래서 그런지 예로부터 벼락출세를 한 사람이나 졸부들은 너나 할 것 없이 우선 집 대문부터 크고 웅장하게 꾸미는 경향이 있었다. 이러한 점을 경계하였던 탓에 가상家相에서는 집에 어울리지 않게 크고 웅장한 대문을 일단 흉凶으로 여기고 가려 왔던 것이다.

그러나 남에게 나타내고 드러내 보이기 좋아하는 요즘 세태를 반영한 탓인지 현대식 주택의 대문은 외관상 크고 화려해졌다. 또 옛날 솟을대문이나 싸리문에서 느끼던 인간적인 스케일은 사라지고, 방문했던 손님의 뒷모습이 미처 사라지기도 전에 '탕'하고 닫히는 육중한 철제대문의 비정함만이 남아 있을 뿐이다.

■ 현대식 대문, 현관[13]

잘 알다시피 1년은 365일이다. 또 음력은 그보다 열흘 적은 355일이다. 그 차이를 보정하기 위해서 3년에 한 번씩 윤달을 두게 되는데, 올해는 음력 7

---

13) 2006년 12월 20일 〈전북일보〉 연재.

월이 윤달이었다. 그 덕에 주말마다 결혼식장은 만원이었고, 장례업계도 호황을 누렸다고 한다. 해와 달의 궤적에 따라서 만든 음력과 양력이 빚어놓은 우리의 전래풍습 탓이라고 할 수 있다.

그런데 그러한 차이는 비단 음력과 양력에만 국한되어 있는 것은 아니다. 우리가 살고 있는 지구의 자전축만 봐도 그렇다. 남북축을 중심으로 반듯하게 회전하고 있을 것 같은 이 지구도 사실은, 그 지축地軸이 23.5도나 기울어져 있다. 그렇게 기울어진 채 회전함으로 해서, 이 지구상에는 훨씬 다양한 변화가 나타나게 된다. 또 지구자체도 완전히 둥근 게 아니고, 약간 일그러진 타원 형태를 띠고 있다고 한다. 그래서 변화가 더 극심하다는 것이다.

그렇게 짚어가다 보면 애당초부터 우리 사람이 사는 세상에서 변화와 모순은 불가피한 것인지도 모른다. 어차피 우리네 인생은, 싫든 좋든 타원형으로 일그러지고 지축마저 뒤틀어져 있는 이 혼돈의 세상을 떠나서는 살 수 없도록 짜여있다.

먹고살기 위해서 아침마다 용수철처럼 세상 밖으로 튀어나가야 하고, 또 때가 되면 지친 몸을 이끌고 그 험난한 세상으로부터 다시 돌아와 누워야 한다. 태어나면서부터 다들 그게 당연한 것으로 알고 그렇게 살아왔다.

그 불완전한 세상에서 이리저리 헤매다 지친 한집식구들을 편안한 공간으로 처음 맞아들이는 장소가 바로 현관이다. 어떻게 보면 내부공간과 외부공간을 가르고 나누는 완충공간이 되기도 한다. 그래서 이름부터가 현관玄關이다. 편안하고 안락한 방이라는 뜻이 아니라, '검을 현玄'에 잠근다는 의미의 '관關'을 붙여놓았다. '모든 것이 들어오고 나가는 길목'이라는 뜻이 되기도 하다.

그 현관을 열심히 들락거리다 보니, 어느덧 일 년 365일이 다 지나가고, 올한해도 거의 마무리 되어가고 있다. 이러한 연말연시엔 해마다 부적을 붙이거나 복조리를 걸어두는 우리의 오래된 풍습이 있었는데, 그 장소가 대부분 대문간이나 마루, 대청이었다. 물론, 지금 아파트로 치자면 현관이 되는 셈이다.

이제 삼백예순 닷새 한 바퀴가 다 돌았다. 그 순환의 틈바구니에서 어느 하루도 거르지 않고, 현관은 매일 우리를 배웅하고 또 맞아들였다. 무심코 신발을 벗고 신으며 들락거리던, 그 좁고 어둠 껌껌하기만 하던 현관이 바로 '우리와 남을 나누는 경계지대' 로 작용하였던 것이다.

그래서 설사 지금은 부적을 붙이거나 복조리를 따로 걸어 두지는 않는다고 하더라도, 우리 살림집에서 예로부터 '길흉화복의 경계지대' 로 여겨왔던 그 '나들목' 에 대한 의미를 다시 한 번 곰곰이 새겨볼 일이다.

6 집의 중심, 마당

■ 집의 중심

내소사 마당

대문간에서 "이리 오너라!" 하는 인기척이 나면, 마당쇠가 서둘러 뛰어나가 빗장을 풀고 얼굴을 빠끔히 내민 다음, 마당 안으로 대문을 얼른 열어젖히면서 고개를 조아린다. 손님을 맞아들이는 것이다. 이때 어느 집이나 대문을 집밖으로 밀어서 열지 않고, 마당 안으로 당겨서 열어젖힌다.

또 툇마루에서 "으흠, 으흠" 하는 대감마님의 기침소리가 나면, 뜨개질을 하던 아씨가 서둘러 방안을 정리하고 얼른 버선발로 나와 문고리를 잡고 방문을 열게 되는데, 문을 여는 방향이 이번에는 대문과 반대방향이다. 방안에서 방밖으로 문을 열고 나오는 것이다.

그런데 가만히 살펴보면 따로 떨어져 있는 측간이나 헛간도 마찬가지다. 문의 개폐방향이 방문을 여닫는 방향과 똑같다. 내부공간에서 '외부를 향하여' 열리고 닫히도록 되어 있다.

유독 대문만 그렇게 달랐다. 외부를 향해서 열리는 것이 아니라, 내부공간인 마당 안으로 잡아당겨서 열리도록 되어 있는 것이다. 대문의 개폐방향을 집안의 다른 문들과 달리 한 것은, 외부손님을 맞아들일 때 문간에서부터 정성껏 안으로 맞아들이자는 뜻은 물론, 집안의 화평한 복이 밖으로 나가지 말아달라는 간절한 염원이 담겨있다고 하겠다.

지금의 아파트와 비교해보면 그 차이를 확실히 알 수 있다. 현관이라는 공간을 조금이라도 더 넓게 사용하겠다는 욕심과 응급상황이 발생할 경우, 재빠르게 대피할 수 있도록 현관문을 피난방향인 '안에서 밖으로' 열리도록 강제한 것과는 상당한 차이가 드러나는 대목이다.

그런데 대문의 개폐방향에만 그렇게 주목할 것은 아니다. 옛날 한옥의 문은 모두 다 하나같이 마당을 향해서 열리도록 되어 있다. 방문도 마당을 향해서 열리고, 대문도 마당을 향해서 열리며, 헛간이나 측간의 문도 모두 다 마당을 향해서 열리고 닫히게 된다. 이른바 마당이 '집의 중심점'으로 작용했다. 그걸 태극太極이라고 할 수도 있다. 그래서 비록 외부에서 찾아오는 나그네일지라도 별 차이를 두지 않고 모두 다 그 마당 안으로 맞아들일 수 있었던 것이다.

태극이 음양陰陽으로 분화되고 사상四象을 거쳐 팔괘八卦로 전개되어 나가듯, 세상사는 이런저런 얘기 모두가 마당 안으로 들어와서 함께 어우러지게 된다. 때로는 안마당, 사랑마당으로 음양이 서로 나뉘기도 하고, 다시 사랑마당과 행랑마당으로 전개되면서 복잡다난한 우리 세상사를 어루만져 주기도 하였다.

이렇게 대문은 마당 안으로 들어오는 온갖 물상物象의 통로가 된다. 또 살피고 밀어내는 것이 아니라, 인기척만 나면 모두 받아들이는 길목이었던 셈이다. 초인종이 울릴 때마다 비디오폰으로 밖의 상황을 먼저 살핀 뒤 방문객을 향해서 현관문을 '밀어젖히는', 지금 우리네 아파트들과는 집을 만드는 개념부터가 확실히 달랐다.

시대가 바뀌고, 생각이 바뀌었으며, 사람을 대하는 태도가 어느새 이렇게 바뀌어버린 것이다. 맞아들이는 것이 아니라, 밀어내고 있다. 오늘 우리도 그러한 집에서 혹시 슬그머니 밀려나온 것은 아닌지 모르겠다.

■ 마당은 거실

흔히 아파트 크기는 평수로 말한다. 그리고 우리 보통의 서민들은 그 '수치의 변화'에 온갖 삶의 애환을 붙들어 맨 채, 아옹다옹하며 살아가고 있다. 물론 아파트 평수는 현관문을 열고 들어서면서부터 전개되는 전용부분만을 말하는 것이 아니다. 계단이나 엘리베이터, 지하주차장 등의 공용부분까지를 포함한 것이 지금 우리가 살고 있는 아파트의 실제크기라고 해야 할 것이다.

그렇지만 대부분 그렇게 생각하고 있지 않은 듯하다. 모두들 아파트 현관문을 열고 들어서부터 전개되는 전용부분에 대해서만 신경을 곤두세우고 있지, 현관문을 열고 나오면서부터 만나는, 나머지 공용부분에 대해서는 거의 다 '나 몰라라' 한다. 모두 관리실 아저씨들의 몫으로 여기고 있다. 이렇게 되면, 정말 이름만 공동주택이 되는 것이다.

그래서 그런지 아파트는 작다. 큰 평수의 아파트라고 해도, 옛날 살림집들과 비교해보면 참 작다. 거실을 중심으로 한 그 꽉 막힌 공간에서 인생의 반절을 부대끼며 산다고 생각하면 더 답답해진다.

그런데 옛날 살림집은 그렇지가 않았다. 비록 기둥과 벽으로 둘러싸인 부분은 작았지만, 실제 활동공간은 훨씬 넓었다. '우리의 집'이라고 여기며 사는 집의 범위도 지금의 아파트보다 훨씬 더 넓었다.

지금의 아파트는 현관에서 신발을 벗고 들어오면 일단 거실과 마주치게 된다. 거실을 통해서 화장실도 가고, 주방도 기웃거리고, 또 각 방으로 동선動線이 나눠지게 된다. 거실이 각 동선을 분배하는 일종의 중심공간의 역할을 하고 있다. 그래서 거실은 본의 아니게(?) 중심공간, 집합공간, 작업공간, 단란공간 등으로 다양하게 사용되고 있다.

옛날 살림집으로 치자면 그 거실이 마당이다. 대문을 통해서 들어온 방문객들은 일단 문간門間으로 마중 나온 집주인과 인사를 나눈 다음, 마당을 거쳐서 사랑방이나 사랑채로 안내된다. 마당이라는 완충공간을 통해서 집안 곳곳으로 동선이 배분되는 것이다.

이러한 마당은 그냥 덩그렇게 비어 있었지만, 사실 그 쓰임새는 참으로 다양하다. 지금의 거실처럼 온 가족이 다 모이기도 하고, 공동의 작업을 함께 하기도 했으며, 크고 작은 집안의 이런저런 행사는 이것저것 가릴 것 없이 모두 이 마당에서 치러졌다. 확실히 마당이란 공간이 요즘 아파트의 거실 역할을 한 셈이다. 아니 거실 뿐만 아니라 결혼식장도 되고, 일터도 되고, 때로는 애들 놀이터로도 사용되었다.

그것도 하나가 아니다. 집의 규모에 따라서는 안마당과 사랑마당, 행랑마당으로 나뉘기도 하였는데, 그렇게 따지고 보면 지금의 아파트와는 비교가 되지 않는다. 뒤뜰에는 후원이 있고, 눈을 들어 멀리 앞산을 바라보면 그게 전부 마당으로 들어와서 안빈낙도安貧樂道하는 조경시설이 되었다고 하니, 옛날 우리 조상들의 살림집은 이만저만하게 큰 것이 아니었다.

그래서 그런지 심성도 지금처럼 속 좁고 타산적이지 않았다. 사는 형편이 어려웠어도, 호방하고 자연스러웠다. 때로는 동양화의 여백과 같이 그저 텅 비어있는 배경인줄로만 알았던 그 마당이 사실은 그게 아니었던 것이다.

■ 비워두는 것이 지혜

요즈음은 집을 짓고 마당 한 가운데에 나무를 심는 것을 아주 당연한 것으로 알고 있다. 그러나 예전에는 담장 안에 큰 나무를 심지 않았다. 큰 나무가 드리우는 시원한 그늘의 고마움도 알았고, 겨울철 바람을 막아주는 나무의 고마움도 익히 알고 있었지만, 나무로 인한 피해도 고려하지 않을 수 없었기 때문일 것이다.

봄, 여름의 녹음방초綠陰芳草시절엔 어느 곳을 둘러보아도 신록의 아름다움이 정말 온 누리에 가득 차 있다. 이럴 땐 누구라도 담장 안에 나무도 심고, 텃밭도 가꿔보고 싶은 충동이 일게 된다. 그러나 항상 그런 것은 아니다. 가을에는 낙엽을 떨어뜨려서 불필요한 노동을 강요하기도 하고, 겨울에는 따뜻한 햇볕을 차단해서 일조일사량을 줄여 버리기도 한다.

그런데 그것으로만 끝나는 것이 아니다. 나무의 뿌리는 땅속으로 깊게 파고드는 성질이 있으므로 해서 건축물의 기초를 흔들기도 하며, 세찬 태풍이 몰아칠 때는 나무가 뿌리째 뽑혀 건축물을 들이받기도 한다. 보기 좋게 하자고 울안에 심었던 나무가 우리의 안전을 위협하게 되는 것이다.

그래서 그런지 예전에는 마당 안에 나무를 심는 것을 금기시 하였다. 나무를 심지 않았을 뿐만 아니라 여인네가 반듯하게 머리에 쪽을 짓고 하루를 시작하는 것처럼, 아침마다 마당을 깨끗하게 쓸고 나서 정성껏 하루를 시작하였다.

건물 주변에 나무를 심을 때, 우선 뿌리가 깊고 멀리 뻗어나가는 나무는 피했다. 나무뿌리가 땅속을 파고들면서 건물기초를 건드릴 수도 있고, 설사 키가 크게 자란 나무라도 여름태풍에는 맥없이 쓰러져 지붕을 사정없이 덮쳐버릴 수도 있기 때문이다.

이렇게 직접적인 피해는 아니더라도, 가시 돋친 나무나 자극적인 냄새가 나는 나무 그리고 붉은 색의 과실나무는 울안에 심지 않았다. 대추나무나 동백나무는 붉은 색의 열매나 꽃이 피기 때문에 잡귀뿐만 아니라 조상신祖上神까지 쫓는다고 믿었기 때문에 심지 않았고, 탱자나무나 은행나무 그리고 밤꽃이 필 무렵마다 바람 타고 풍겨오는 비릿한 냄새 때문에 밤나무도 사람이 사는 집 근처에는 심지 않는 것을 상식으로 여겼다. 일종의 연상 작용을 경구警句로 활용했던 것 같다.

그렇게 따지고 보면, 마당은 우리에게 단순한 옥외공간 이상의 의미를 지녔다고 볼 수도 있다. 욕심껏 채우기보다는 마당을 비워둠으로서 시시각각

차오르려는 욕심까지 덜어내려고 무던히 노력하였던 것이다.

그래서 굳이 내 집 마당 안에만 정원을 들이려 하지 않았고, 가까운 앞산과 뒷산이 전부 '우리의 정원'이라는 여유를 가질 수 있었다. 무엇이든 내 마당 안에 심고 가꿔야만 직성이 풀리는 이 조급한 시대에 마당을 비워두던 우리 조상들의 지혜가 한결 새롭게 다가온다.

■ 빌려다 쓸 줄 아는 지혜, 차경借景

창덕궁의 뒤편에 있는 정원을 지금 우리는 비원秘苑이라고 부르고 있지만, 옛날에는 비원이 아니라 후원後苑이었다. 또 궁궐의 정원이라는 뜻으로 금원禁苑이라고도 불렀고, 간혹 궁궐의 북쪽에 있다고 해서 북원北苑이라고 부르기도 하였다. 그런데 그 후원이 일제시대를 거치면서 지금의 비원秘苑으로 바뀌게 되었다고 한다.

한옥은 보통 그 특성상 사랑채, 행랑채, 안채 등으로 나뉘게 되는데, 마당도 거기에 따라서 각각 사랑마당, 행랑마당, 안마당으로 구분된다.

그런데 바깥손님이 들락거리는 사랑마당이나 행랑마당 그리고 안주인이 기거하는 안마당조차도 옛날에는 대부분 행사나 작업공간으로 빈번하게 활용되었던지라, 조경은 자연스럽게 건축물의 뒤편 한쪽으로 자리 잡게 된다. 이렇게 다소곳하게 비켜서있던 후원이, 사실 옛날 우리 조경造景의 특징을 잘 보여주고 있다.

창덕궁의 내전內殿 중에서 왕비의 정침正寢인 대조전의 동쪽 끝 담장을 끼고 경사진 고개를 넘어서 들어가게 되면, 눈앞에 전개되는 낮은 야산과 골짜기 그리고 그 사이사이의 평지 등으로 구성된 넓은 터에 자리 잡고 있는 비원을 만나게 된다.

언뜻 보면 연못에 살짝 떠있는 것 같은 부용정芙蓉亭과 애련정愛蓮亭도 좋지만, 연경당 마루귀퉁이에 세상시름일랑 모두잊고 잠시 걸터앉아 있으면 조경과 버무려진 자연스러운 공간연출에 저절로 빠져들게 된다.

그것이다. 옛날 우리 조상들은 지금 우리들처럼 애써 돌과 나무와 꽃을 집안 앞마당으로 끌어들여서, 인위적으로 다시 심고 쌓아서 가둬놓으려고 하지 않았다. 눈을 들면 앞산에 있는 나무와 돌과 하늘을 시원스럽게 나는 새가 다 조경의 대상이었고, 그것이 그대로 안빈낙도安貧樂道의 소재들이었다.

그래서 일부러 앞마당을 꾸미거나 가꾸려고 애쓰지 않았다. 있는 그대로의 자연을 빌려다 쓸 줄 알았던 것이다. 그 지혜와 여유, 그걸 차경借景이라고 한다. 할 수만 있다면 지금이라도 다시 빌려다 쓰고 싶다. 옛날 우리 조상들들의 한량없던 그때 그 심미안審美眼을……!

창덕궁 후원에 있는 애련정

7 기단基壇과 주춧돌

■ 더 이상 내려갈 수 없는 기단基壇

기단이 만들어놓은 토방

지금도 마찬가지지만, 관공서에 들어서면 일단 높은 계단과 만나게 된다. 어쩔 수 없이 그 계단을 오르고 나면, 건물의 주출입구에는 으레 정복차림을 한 입초立哨가 근엄하게 서있다. 경찰서나 군부대는 보안상 어쩔 수 없다고 하더라도, 일반 시민이 자주 들락거리는 시청이나 군청, 구청까지도 그렇다면 그건 다시 한 번 생각해볼 문제다. 그런데 당초 의도가 어디에 있든 간에, 그게 건축에서 일종의 연출이라면 어떤 생각이 들까?

관청을 지을 때는 대부분 그 부지선정에서부터 주변보다 높은 터를 우선적으로 물색하게 된다. 물론 풍수지리설에서 말하는 명당을 구하느라 그랬는지 모르지만, 주위를 제압하듯 한눈에 내려다 볼 수 있는 장소를 선호한 게 사실이다. 심지어 관공서 주변으로는 그 건축물보다 더 높은 건축물이 들어서지 못하도록 고도지구高度地區를 설정하여 강제하기도 하였다. 위로 솟아오르는 상승욕구를 제도적으로 막아놓았던 것이다.

그러다가 한때 은행을 필두로 '문턱 낮추기', '문턱 없애기' 홍보가 활발하게 이루어지기 시작하였다. 건축물의 입구에 문턱을 낮추고 사라지게 했으므로, 여신업무도 그렇게 낮은 자세로 거침없이 처리하겠다는 일종의 이미지 광고였는데, 그 파급효과는 상당했다.

그 탓인지는 몰라도 예전의 묵직하고 고압적이었던 것에 비해서, 지금의 공공건축물들은 상당히 낮아졌다. 집터도 일부러 평지를 찾고, 계단의 숫자와 높이도 상당히 줄었다. 주출입구에 다가가면 자동문이 저절로 스르르 열리고, 이젠 근엄한 입초立哨대신 상냥한 아가씨가 비록 판에 막힌 미소일망정 반갑게 마주보고 웃어준다.

정말 많이 바뀌었다. 그런데 아무리 낮추고 숙인다고 하더라도 그렇게 해서는 안 되는 것이 있다. 목조건축물에서 기둥을 받치는 주춧돌과 기단基壇

생략...

이 그렇다.

예전부터 흔히 '기둥뿌리 썩는다' 는 말이 있는데, 기단이 없거나 낮아지면 사실 그 기둥뿌리가 썩게 된다. 처마 낙숫물이 바람 때문에 들이치거나 흙바닥에 부딪혀 튀게 되면, 곧바로 기둥 하부로 빗물이 젖어들게 되어 실제 목조기둥은 썩을 수도 있기 때문이다.

보통 한옥의 기둥 하부를 자세히 들여다보면 그 하부가 희뿌옇게 변해있는 것을 볼 수 있다. 비가 들이쳐서 그 밑에 묻어두었던 소금이 위로 배어 올라온 탓이다. 그런 저런 이유로 목재로 짓는 우리한옥은 지면으로부터 그 기둥뿌리를 일단 들어 올리는 것이 좋다.

그래서 기단을 두게 되는데, 마당으로부터 겨우 계단 한단 정도의 댓돌을 나지막하게 두른 여염집의 외벌대 기단이 있는가 하면, 조금 형편이 나은 사대부 집에서는 두벌대 또는 세벌대로, 두 겹 세 겹 겹쳐서 기단을 만들게 된다. 이렇게 옛날에는 집의 크기와 높이, 그리고 집주인의 성격에 맞춰서 기단의 높이가 정해지곤 하였다.

그런데 요즈음은 주변과의 통일성을 유지하기 위해서라든지, 또 과거의 그 묵직한 권위주의를 탈피하기 위해서, 그리고 장애인시설을 쉽게 설치하기 위해서, 일단 기단부터 낮추고 줄이려 한다. 아니, 어떤 집은 아예 그 기단 자체를 과감하게 없애버리기도 한다.

물론 장애자시설은 중요하다. 또 과거의 권위주의를 탈피하는 것도 좋고, 주변과의 조화도 포기할 수 없는 일이다. 그러나 그것보다도 기둥뿌리가 썩도록 방치해서는 안 된다. 더구나 기단이 사라진 건축물은 천지인天地人 삼원三元사상으로 표현되던 우리건축물에서 '땅' 을 잃어버린 꼴이 된다.

이제 현대건축물은 좀 더 다양한 사회적인 기능을 요구받고 있고, 그것까지 소화해야 하는 의무를 걸머지게 되었다. 그만큼 설계는 더 어려워지게 된 것이다. 그러나 아무리 그렇다고 하더라도, 이제 기단만은 더 이상 그 밑으로 내려가지 말았으면 좋겠다.

■ 언제나 당당한 주춧돌礎石

보통, 건축은 잘 몰라도 주춧돌은 우리에게 아주 친숙한 낱말이다. 고구려의 유리왕琉璃王이 어렸을 때, 정처 없이 길을 떠났다가 아버지 동명성왕東明聖王의 증표證票를 찾은 것도 바로 주춧돌 밑이었고, 흔히 어렸을 때 집 안에서 혼이 나면 뒤뜰로 몰래 도망가서 깔고 앉아 찔끔찔끔 눈물을 짜던 곳도 주춧돌이었기 때문이다.

지금은 기계로 정교하게 잘 다듬을 수 있어서, 거의 대부분 네모반듯한 형태의 주춧돌로 기둥을 받치게 되지만, 옛날에는 그게 쉽지 않은 일이었다. 주로 자연석을 이용한 막돌초석(덤벙주초)을 사용하였고, 그래서 주춧돌 하나에서도 소박한 자연미가 절로 묻어났던 것이다.

그런데 궁궐이나 사대부집에서는 그 안에 사는 선비의 반듯한 기상이나 양반의 체통을 생각했기 때문인지, 잘 다듬은 정초석定礎石을 더 선호하였다. 그래서 간혹 주춧돌에 문양을 넣은 것도 있었고, 마치 기둥처럼 주춧돌이 길게 서 있는 경우도 있었다.

막 생긴 주춧돌을 사용하게 되면 대부분 기둥뿌리와의 접합부가 잘 맞지 않게 된다. 그걸 보완하기 위해서 기둥밑 부분을 주춧돌 윗면의 모양대로 깎아내는데, 그걸 '그렝이질[14]' 이라고 한다. 기둥을 넘어지지 않게 세우기 위한 하나의 방편이었지만, 상당히 정교한 기법이었다.

사찰에 갔을 때 처음 만나게 되는 일주문—柱門의 경우, 기둥은 좌우로 하나씩 단 두 개뿐인데도 그 무거워 보이는 지붕이 넘어지지 않고 절묘하게 서 있는 것을 볼 수 있을 것이다. 그게 모두 다 '그렝이질'의 공덕이다.

주춧돌은 그렇게 도도한 존재였다. 삼천 배를 해야 겨우 만날 수 있었다던 옛날 그 어느 스님처럼, 아무에게나 함부로 친견親見을 허락하지 않았다. 어쩔 수 없이 그 위에 서야 하는 기둥에게조차도 주춧돌에 맞게 제 몸 밑 부분을 도려낼 것을 요구하고, 그렇게 해야만 비로소 접촉을 허락했던 것이다.

주춧돌은 처음 집을 지을 때부터 그렇게 당당했다. 아니, 그 정도는 되어야 적어도 집 한 채를 송두리째 떠 바칠 수 있는 것 아닌가? 요샌 사회 어느 분야에서나 그러한 당당함을 좀처럼 찾아볼 수 없게 되었다. 그래서 저렇게 땅위에 딱 버티고 앉아있는 주춧돌을 볼 때마다, 절로 부러워지는 것인지도 모른다.

---

14) 주춧돌의 표면에 맞게 기둥 밑 부분을 깎는 것으로서, 글겅이질의 사투리.

8 땅과 하늘의 연결, 기둥

■ 층층시하層層侍下의 시집살이, 기둥

기둥은 그 단면모양에 따라 우선 원형기둥[圓柱]과 각형기둥[角柱]으로 나눌 수 있다. 원주圓柱는 다시 원통형기둥과 민흘림기둥 그리고 배흘림기둥으로 나눌 수 있고, 각형기둥은 4각기둥이 대부분이지만 간혹 6각기둥이나 8각기둥도 있었다. 그리고 기둥의 배치에 따라서도 평주平柱와 우주隅柱, 고주高柱 등으로 나눌 수 있다.

그런데 기둥의 모양과 이름이 무엇이든지간에, 기둥은 일단 상부의 하중을 받아서 땅에 전달하는 수직부재다. 그래서 기둥은 언제 어디서나 '신뢰'가 우선이다. 금방 무너질 것 같으면 아무리 지붕곡선이 멋있고 처마선이 빼어나게 유장하더라도 모두 다 허사가 되고 만다.

그래서 목수가 처음 목재를 고를 때, 가장 신경 써서 고르는 부재가 다름

줄지어 서있는 기둥

아닌 기둥이다. 기둥으로 쓰일 목재는 우선 곧고 단단해야 하며, 부재의 상
하부 직경차가 별로 없어야 한다. 또 우리한옥은 상대적으로 지붕이 무겁게
내려누르는 것 같은 느낌을 주기 때문에 결코 얄팍해서도 안 된다.

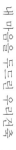
어느 집에서나 기둥은 평생 서있어야 하는 운명을 타고 태어난다. 무겁다
고 짐을 내려놓을 수도 없고, 잠시 앉아서 쉴 수도 없다. 그것도 저 혼자만
서있는 것이 아니라, 기와지붕과 그 지붕 속 알매흙[15]까지 제 어깨에 지고 서
있어야 한다.

그것뿐만이 아니다. 서까래와 도리, 장여, 심지어 대들보[大樑]와 종보[宗樑]

---

15) 기붕에 기와를 이끌 때, 지붕바탕 위에 이겨서 까는 흙.

까지 한꺼번에 감당해야 하는데, 그렇게 이고 진 것들이 하나둘이 아니다. 흡사 고난을 이고 지고 건너가는, 이 시대의 가장家長들 같다.

그래서 사는 게 가끔 허허로워질 때마다 기둥을 손바닥으로 쓸어보기도 하고 두 팔로 안아보기도 하지만, 그러나 제가 타고난 운명을 난들 어찌하랴! 그만큼 꼿꼿하고 잘 난 덕분에 어느 날 그만 목수木手에게 간택揀擇 당하여, 저렇게 층층시하層層侍下의 시집살이를 하고 있는 저 하염없는 기둥의 팔자를……!

■ 뿌리를 다듬는 그렝이질

철근콘크리트구조나 철골구조의 기둥은 보통, 기초에 단단하게 정착되어 있다. 시쳇말로 기초와 기둥은 죽어도 같이 죽고, 흔들려도 같이 흔들리는 운명공동체인 것이다.

그런데 한옥은 그렇지가 않다. 기초가 되는 주춧돌은 말 그대로 석재고 기둥은 목재이다 보니, 이게 구조적으로 도저히 한 살이 될 수 없는 처지다. 그렇다고 해서 그냥 기둥을 주춧돌 위에 얹혀놓자니 넘어질까 불안하고, 그 둘을 강하게 결박하자니 딱히 묘수가 떠오르지도 않는다.

그래서 생긴 게 '그렝이질'이라고 하는 전통적인 결구結構방식이다. 어떻게 보면 그렝이질은, 제 스스로 존립하고 싶어 하는 기둥이 주춧돌에게 의지하는 것이다.

그런데 원래 기둥은 그렇게 염치없는 존재가 아니었나 보다. 그냥 부탁만 하는 것이 아니라, 제 몸의 일부를 주춧돌의 형태에 맞게 도려내는 아픔도

그렝이질을 하고 있는 모습

마다하지 않는다. 기둥이 먼저 그렇게 나오자 주춧돌도 차마 거절(?)하기가 힘들었을 것이다.

주춧돌 윗면의 형태에 따라 금을 그리고, 그려진 금대로 목수가 '기둥밑 부분'을 도려내 놓으니, 자연적으로 주춧돌의 윗면과 기둥뿌리는 마치 찰떡궁합처럼 잘 맞아떨어지게 된다. 이것을 '그렝이질'이라고 한다. 알고 보면 뭐 별것도 아니다. 그런데 이게 그 육중한 기와지붕과 대들보, 도리, 그리고 서까래 등의 주요부재를 흔들림 없이 지탱해주는 비밀이 된다.

그러나 그러한 주춧돌도 형태가 모두 제각각이다. 그래서 '그렝이질'하는 과정을 보면, 목수가 일일이 주춧돌의 모양에 따라서 본을 잘 뜨는 게 첫째다. 그리고 그 그려진 본대로 기둥밑 부분을 끌과 칼로서 정성스럽게 파내야 한다. 음양陰陽을 맞추는 것이다.

그러다 보니 어느 기둥 하나도 그 '기둥뿌리'가 똑같은 게 없다. 그래도 그렇게 해야만 한다. 그래야 건축물이 흔들리지 않고 굳건하게 서있을 수 있기 때문이다. 어찌 보면 우리 세상살이하고 비슷하다. 서로 자라온 환경이나 성격이 전혀 다른 두 사람이 만나서, 한 가정을 세워나가는 과정과 너무나 흡사하다.

그런데 기둥과는 달리 우리 사람들은 정말 '하나가 되기 위해서' 그렇게 헌신하지는 않는다. 또 과감하게 제 몸을 도려내지도 못한다. 아니, 제 몸을 도려내기는커녕 반대로 주춧돌이 반듯하게 다듬어지지 않았다고 책망하기 일쑤다. 심지어 주춧돌을 바꾸어 오라고까지 한다.

물론 그럴 수도 있는 일이다. 옛날에도 주춧돌이라고 해서 항상 자연석만을 고집했던 것은 아니다. 으리으리한 양반집이나 대궐에서는 요즘처럼 잘 다듬어진 주춧돌을 사용하곤 했다. 그렇게 되면 어느 기둥이나 가리지 않고 잘 맞았다. 그것을 자연스럽게 막 생긴 '막돌초석'에 대비되는 개념으로 '정초석定礎石'이라고 불렀다.

이렇게 원형圓形초석이나 방형方形초석 등의 정초석이 아닌 다음에는, 사실 그 형상 그대로 기둥이 제 밑면을 주춧돌에 맞춰낼 줄 알아야 한다. 그래야 기둥뿌리와 주춧돌이 빈틈없이 잘 어우러져서 굳건하게 서있을 수 있는 것이다.

그래서 때로는 양보할 때 쉽게 양보할 줄 알고, 또 덜어내 줘야 할 때가 다가오면 조금도 망설임 없이 덜어내 버리는 저 무심한 기둥에 그렇게 자꾸만 눈길이 가는 것인지도 모른다.

■ 기둥뿌리도 썩는다

무슨 일이든 그 근본이 송두리째 흔들릴 때, 우리는 흔히 "기둥뿌리가 흔들린다"고 표현한다. 무서운 일이다. 기둥뿌리가 흔들리게 되면, 그것이 지붕이든 대들보든 모든 부재는 아예 그 존재의미를 상실하게 되고 만다.

그런데 사실 따지고 보면 원래 기둥뿌리라는 것은 따로 없었다. 기둥이 땅에 뿌리를 박고 자라는 나무가 아닌 다음에야 그 뿌리가 있을 리 만무하다. 굳이 '기둥뿌리' 라고 한다면, 기둥이 주춧돌에 맞닿은 '기둥밑 부분' 을 말하는데, 콘크리트나 철골구조처럼 그렇게 강하게 정착되어 있는 게 아니라, 그저 살짝 얹혀있는 정도다. 그래도 그 육중한 집 한 채가 흔들리지 않고 굳건하게 서있는 것을 보면 참 희한한 일이다.

그러나 아무리 그렇다고 하더라도 돌과 나무는 어쩔 수 없는 이질재료다. 그 접합면에서는 당연히 문제가 생기기 마련이다. 때로는 감당할 수 없는 외력에 곧잘 흔들리기도 하고, 또 처마 끝에서 들이치는 빗물에 의해서 기둥뿌리는 쉽사리 썩기도 한다.

그래서 어쩔 수 없이 그 기둥 밑부분을 우묵하게 파고 거기에 소금을 한 주먹 채워 넣게 된다. 그 덕에 오랜 된 기둥은 그 밑 부분이 희뿌옇게 변해있는 것을 볼 수 있는데, 그게 다 소금이 빗물에 녹아서 기둥뿌리로 스며들었던 흔적이다.

어쨌든 우리한옥은 기둥뿌리가 쉽게 썩고, 또 강하게 정착되어 있지 않은게 사실이다. 그 때문에 기둥상부의 하중은 좀 무거운 게 좋다. 무거울수록 주춧돌과 기둥뿌리가 빈틈없이 더 밀착되기 때문이다.

그러한 측면에서 보면 우리네 인생살이와 흡사하다고 할 수 있다. 그래서 가끔 이런저런 애환으로 우리네 '삶의 뿌리' 마저 송두리째 흔들리게 될 때, 그럴 땐 정말 '소금 한주먹' 으로 단련된 저 기둥이 새삼스레 부러워지곤 한다.

내 마음을 두드린 우리건축

■ 건축에서의 착각, 배흘림(entasis)¹⁶⁾

한때 제주도에 '도깨비 도로'가 있다고 해서 화제가 된 적이 있었다. 물론 실제 '도깨비 도로'가 아니라 일종의 착시錯視였다.

사람의 얼굴도 마찬가지다. 매일 아침 거울을 보면서도 우리는 사실 그대로의 제 모습을 보는 것이 아니고, 뇌에 저장되어 있는 이미지만 확인하게 된다고 한다. 그때그때의 기분에 따라서 거울 속에 비치는 얼굴이 볼 때마다 살짝살짝 달라 보이는 것도 이 때문이다. 그래서 사람마다 얼굴의 좌우가 조금씩 다른데도 그걸 쉽게 인식하지 못하게 된다는 것이다.

또 운전을 하다 보면, 도로의 노면路面 좌우가 반듯하게 수평을 이루고 있는 것이 아니라, 노견路肩 쪽으로 조금 기울어져 있다는 사실도 알게 된다. 빗물처리 때문에 일부러 그렇게 도로의 노면에 경사를 준 탓이다. 그리고 그 단점을 보완하기 위해서 자동차의 바퀴 축 자체도 반대로 약간 기울여 놓았다고 한다. 그렇게 해야만 차내에서는 다시 수평으로 인식할 수 있겠기 때문이다. 그런데도 우리는 그런 걸 잘 느끼지 못하고 있다.

물론 자동차나 사람얼굴만 그런 것은 아니다. 우리 눈은 알게 모르게 자주 착각에 빠지곤 한다. 그러면서도 때로는 그 착시를 당연한 것으로 받아들이고 있다. 그렇게 착각을 하는 것이 훨씬 더 편리하기(?) 때문이다. 그래서 예로부터 형태를 다루는 조각이나 건축에서는 일부러 그러한 착시를 적절히 활용하곤 하였다.

---

16) 2007년 8월 29일 〈전북일보〉 연재.
　각 주요정당마다 제 17대 대통령 후보를 선출하느라 부산할 때 쓴 글이다.

잘 알려진 대로, 기둥을 세워놓으면 기둥의 위와 아래보다도 가운데 배 부분이 잘록하게 들어가 보이게 된다. 그걸 보완하기 위해서 미리 배 부분을 기둥의 위아래 직경보다도 약간 더 크고 볼록하게 처리해왔다. 그걸 건축에서는 엔타시스(entasis, 배흘림)라고 한다.

우리 한옥만 그랬던 것은 아니다. 그리스의 파르테논(parthenon) 신전도 그랬고, 에렉테이온(erectheion) 신전도 그랬다. 동서고금을 막론하고 누가 먼저랄 것도 없이, 기둥에 나타나는 이 착시에 신경을 쓰지 않을 수 없었던가

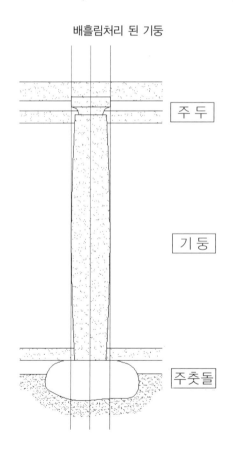

배흘림처리 된 기둥

주두

기둥

주춧돌

보다. 아예 처음부터 착시를 기정사실화하고, 일부러 그렇게 만들어놓은 것이다.

긴 수평선이 대담하게 드러나 보이는 건축물의 처마 곡선도 마찬가지다. 처마를 정확하게 수평선으로 그어놓으면, 양 끝단보다도 역시 중앙부분이 쳐져 보이게 되는데, 거기에도 이러한 착시를 끌어들였다. 미리 지붕처마선 좌우 끝단을 살짝 들어올려놓은 것이다. 그렇게 해야만 더 안정적으로 보이게 되기 때문이다. 더구나 그것이 때로 버선코처럼 날렵하

내 마음을 두드린 우리건축

다는 찬사까지 듣게 된다면, 착각이 또 하나의 새로운 감각기관으로 느껴지기까지 한다.

그런데 착각도 착각 나름인 모양이다. 요즘 대선주자大選走者들이 궁색하게 늘어놓는 제 변명이 그렇고, 입신양명하기 위해서 학력을 위조해놓고도 천연덕스럽게 '착각'이라고 둘러대는 경지에 이르게 되면, 이건 요지경도 보통 요지경속이 아니다.

그러한 측면에서 보면 남이야 어떻게 보든 말든, 처음부터 '배흘림'이라고 하는 착시를 아예 운명처럼 알고 장중하게 서있는 저 기둥들이, 차라리 훨씬 더 품격 높은 존재인지도 모르겠다.

9 도리道理를 알고 싶다는 도리道里

■ 상량문

기둥에 대들보[大樑]를 건 뒤 그 대들보 위에 대공[17]을 세우고 종보[宗樑]를 건 다음, 다시 또 그 위에 올려붙이는 부재를 한옥에서는 종도리宗道里라고 한다. 이 종도리가 사실상 건축물의 가장 높은 부위에 걸쳐지게 되므로 흔히 상량上樑이라고 하는데, 이 상량을 걸 때 보통 상량식上樑式을 치르게 된다.

상량이 올라가고 나면 대부분 집의 형태가 윤곽을 드러내게 되고, 그동안 땀 흘리던 공사는 대충 반환점을 돌게 된다. 그리고 또 이 상량이라는 것이 집의 가장 높은 장소에 올리는 부재이다 보니, 예로부터 다른 어떤 부재보다도 상량 올리는 것을 중요하게 취급하였던 것이다.

---

17) 들보 위에 세워서, 다른 보나 보다 도리를 받치는 짧은 기둥.

상량식을 할 때에는 보통 떡과 돼지고기, 쌀, 과일 그리고 술을 준비하여 목수와 인부들에게 푸짐하게 먹임으로서, 그동안의 노고에 감사한다는 뜻을 전달하였다. 물론 앞으로 남은 일정도 지금처럼 무탈하게 집을 지어 달라는 집주인의 당부도 잊지 않았다.

이러한 상량식은 그저 단순하게 고사告祀만 지내는 것이 아니라 건축 당시의 상황을 자세히 적어놓기도 하였는데, 이것을 보통 상량문上樑文이라고 한다. 이 상량문에는 집 지은 까닭과 집 지으면서 생긴 자초지종을 다 적고, 온 가족이 편안무탈하고 대대손손 부귀공명을 누리게 해달라는 덕담과 희망 그리고 소원까지 함께 정성껏 기록하였다고 한다.

아울러 생각이 깊은 어느 집주인은 훗날 후손이 집을 수리할 때 쓸 수 있도록 상량문 갈피 속에 금은보화를 한 뭉치 넣어두기도 하였다고 한다. 언제가 될지 모르지만, 혹시 집을 수리할 때 어떤 형편에 처할지도 모르는 후손들의 살림에 보태 쓰라는 사랑과 정성을 뭉쳐 넣는 것이다.

그래서 상량문은 가끔 그 건축물의 해체나 보수 때에 발견되어 건립연도나 그 당시의 사회상황을 짐작하게 하는 중요한 자료가 되기도 하는데, 사실 봉정사 극락전極樂殿이나 부석사 무량수전無量壽殿이 그렇게 오래된 목조건축물이라는 것도 모두 이러한 상량문을 발견했기 때문에 가능한 일이었다.

이렇게 목수의 노고를 위로하는 잔치를 벌이고, 안녕을 기원하는 고사를 지내며, 또 후대를 위해서 상량문까지 쓰는 것은 그 당시 우리사회가 갖고 있던 일종의 정신적 여유이자 사랑이라고 해야 할 것이다.

지금은 상량식을 하더라도 예전처럼 그렇게 번잡하게 돼지머리 차려놓고 떡과 음식을 준비하는 것이 아니라, 그저 간단하게 돈 봉투를 대신 주고받는 세상이 되었다. 어떤 때는 봉투의 두께를 놓고 흥정을 벌이다가 얼굴을 찌푸리는 일이 벌어지기도 한다.

그동안 알게 모르게 우리 곁에서 사라져간 다른 숱한 사연들처럼, 이제 건축에서도 그 작은 여유 하나가 사라져가고 있다. 사람냄새 풀풀 풍기며 때로는 밀고 당기다가도, 서로 위로하고 감사하던 상량식이라고 하는 의례 하나가, 어느새 우리 곁에서 슬슬 뒷걸음질 치면서 떠나가고 있는 것이다.

■ 누워서 바라보는 양상군자梁上君子

입주상량立柱上樑을 하고 기와지붕을 덮으면 이제 한옥의 뼈대는 거의 완성이 된다. 그래도 도리道里 등의 가로부재는 허공에 떠있게 된다. 그런데 가만히 살펴보면 그 도리 위에는 정말 장정壯丁 한두 명 정도가 거뜬히 걸터앉아 있을 만한 공간이 존재한다.

그래서 남의 집에 몰래 들어왔다가 들키게 되자, 그만 얼른 도리道里 위에 숨었다는 양상군자梁上君子의 일화가, 한옥에서는 얼마든지 가능한 일이다. 설사 도둑질을 하다가 들켰더라도 막다른 골목에 몰리지 않고 이렇게 숨을 공간을 배려했다는(?) 것은 참으로 다행한 일이다.

한옥에 살다보면 양상군자가 올라앉았다는 도리뿐만 아니라, 누워서 천정을 바라보는 즐거움도 만만치 않다. 낮고 그저 평평한 천정에 커다란 샹델리어(chandelier)가 전부인 아파트에서는 도저히 상상할 수도 없는 일이겠지만, 올망졸망한 서까래들이 죽 나열되어 있는 풍경과 그 사이를 듬성듬성 지나가는 보와 도리들이 얽히고설킨 천정풍경은, 볼 때마다 보는 이의 마음을 심

양상군자가 걸터앉았을 법한 공간

심찮게 달래주기도 한다.

거기다가 띠살문과 완자살의 창호지에 달빛마저 어른거리게 되면 세상에 이만한 안복眼福은 아마 따로 없을 것이다. 그저 사는 것이 고맙고 감사하다. 집이 단순히 잠만 자고 밥만 먹는 공간이 아니라는 사실을 체험하게 되는 것이다.

10 완충공간의 지혜, 마루

■ 마루의 정체

정갈하게 닦아놓은 마루

밖에 나갔다가 집으로 돌아오면, 일단 댓돌에 신발부터 벗어놓고 마루로 올라오게 된다. 이를테면 마루가 현관이 되는 셈이다. 아니, 그저 단순한 현관이라고 하기엔 그것도 적절하지 않다. 보통 각 방에 들어가기 위해서는 마루를 지나다녀야 하는데, 그렇다면 마루를 복도라고 해야 할까?

햇볕이 따스한 봄날, 마루에 걸터앉아 오순도순 얘기하는 단란한 풍경을 보면 거실 같기도 하고, 어떻게 보면 테라스(terrace)같기도 하다. 또 겨울철에 썰렁하게 방치된 대청마루를 보면, 이건 그저 을씨년스럽기만 한 공간으로 남는다.

그런데 이렇게 알쏭달쏭한 마루에 '높다'는 의미가 숨어 있다고 하면, 믿을 수 있을까? 높으니, 존엄하고 신성하다. 그래서 그랬던지 옛날 신라의 임금은 한때 '마립간麻立干'이라고 하였다. 그때만 해도 정치와 더불어 제사는 아주 중요한 일이었는데, 그 제정祭政을 모두 마루에서 주관했기 때문에 그렇게 불렀다는 것이다.

지금도 라오스(Laos)[18]에서는 마루 아래는 속된 공간, 마루 위는 신성한 공간으로 구분해 놓고 있다고 한다. 그래서 마루 아래는 축사나 창고로 쓰이고, 마루 위는 조상의 영혼을 모시는 성스러운 공간으로 사용된다.

또 어원적인 측면에서도 마루는, 북방 퉁구스(Tungus)족들 간에 가옥家屋 속의 신성神聖한 장소를 뜻하였는데, '마루' 또는 '마로'로 불린 이 장소는 그 종족이 믿는 신령의 빌미나 조상의 신주를 모시는 제단祭壇이자, 가장 높은 손님이 앉는 '고귀한 자리'였다고 한다.[19]

우리나라에서도 신주神主를 모시는 제청祭廳을 대청에 차리고, 또 제사를

155

---

18) 동남아시아 인도차이나 반도의 중부에 있는 나라.
19) 이규태, 『우리의 집이야기』, 기린원, 1991, 88쪽.

대청마루에서 지내며, 신주단지나 신성시하던 뒤주를 대청마루에 놓는 이유도 이러한 어원과 무관하지 않은 것 같다. 신성장소에서 파생되어 마루는 종宗, 곧 조상이나 신령을 뜻하게 되었고, 다시 산마루처럼 신령과 맞닿는 정상의 뜻으로 분화해 나간다.

이렇게 높고 존엄하다는 의미를 지니고 있는 마루는, 남태평양의 열대기후지방인 동남아시아에서 발생하여 한국에 토착화된 것인데, 차가운 시베리아지방에서 이입된 온돌구조와 함께 옛날 우리 살림집의 가장 큰 특징을 이루고 있다.

어쨌든 마루는 서양의 테라스와는 확연히 다른 것으로서, 신발을 신고 생활하는 테라스에 비해서 실내공간에 좀 더 가깝지만, 그렇다고 해서 실내공간이라고도 할 수도 없다. 점이漸移공간, 매개媒介공간 또는 완충緩衝공간이라는 다소 모호한 성격을 지닌 공간이기 때문이다.

마루의 성격을 굳이 계절로 짚어본다면, 봄 여름 가을 겨울 그 자체가 아니라, 어쩌면 그 사이에 끼어 있는 환절기라고 할 수 있다. 또 수水 화火 목木 금金 자체가 아니고, 그걸 중재하고 돌리는 토土에 해당한다고 할 수도 있다. 그렇게 우리건축에서 알쏭달쏭한 존재, 그게 바로 마루라고 하는 공간이다.

■ 저 높은 곳에서 내려온 마루

옛날 마루는 참 높기도 높았다. 고대광실 대갓집은 더했다. 그렇게 마루는 집주인의 신분과 위엄을 상징하는 주요 건축소재였다. 물론 거기에는 그럴 만한 이유가 따로 있었다.

비록 지금은 마루에 걸터앉아 있을 일도 별로 없고, 또 마루라고 해봐야 가끔 음식점에서 신발을 벗고 방에 들어설 때, 잠시 몇 발짝 디디게 되는 하잘 것 없는 존재로 여기고 있지만, 원래 마루는 그런 것이 아니었다.

옛날 왕조시대에 가장 지엄한 존재인 왕의 묘호廟號에는 대부분 '종宗'이라는 호칭이 따라붙는다. 태종, 세종, 성종, 중종 등이 그 예인데, 이게 모두 다 '마루 종宗'이라고 하는 글자로 되어있다. 왕의 존칭이 마루와 연관되어 있는 탓이다. 아무리 그래도 왕이 마루라니, 쉽게 이해가 되지 않을 것이다.

그런데 신라시대 때, 왕권이 강화되기 시작하던 내물왕부터는 왕을 '마루'라고 불렀다는 기록이 있다. 물론 지금의 마루와는 그 소리가 조금 다른 '마립간'이었다. 마립간은 '머리' 또는 '마루'라는 뜻을 지니고 있었는데, 단군왕검의 전설이 서린 강화도 마니산도 '머리頭산'에서 유래되었다고 하니, 곱씹어볼수록 의미심장한 말이다. 이래저래 마루는 가장 높고, 으뜸이라는 의미를 담고 있다.

이렇듯 마루는 높은 존재를 상징했던 탓에, 건축물에서도 그 특성상 가장 높은 부위에 설치되는 부재의 이름을 '용마루'라고 한다. 그것도 그냥 마루가 아니라, 왕을 상징하는 '용龍[20]'까지 덧붙여서 용마루라고 했다. 또 마룻대공이나 종보宗樑는 다른 부재보다도 더 위에 설치되는 것을 특별히 지칭하게 된다. 그래서 그런지 옛날에도 사람이 죽으면, 그 지붕 용마루로 올라가서 고인의 흰 적삼을 허공에 흔들며 초혼招魂을 하는 절차가 따로 있었다.

어쨌든 마루가 '높은 존재'라는 사실이 다소 거슬렸던지, 아예 용마루 자

---

20) 실제 임금이 앉는 자리는 용상龍床이라 하고, 또 임금의 얼굴은 용안龍顔이라고 한다.

157

체를 없애려고 한 흔적도 있다. 경복궁에 가보면 강령전康寧殿이나 교태전交泰殿이 있는데, 그 기와지붕에는 이상하게도 용마루가 없다. 가장 지엄한 왕과 왕비의 거처인데, 그 위에 감히 용마루를 더 얹어놓는다는 것은 당시로서 상당히 불경스러운 일이라고 생각했던 모양이다.

그래서 왕과 왕비가 살던 강령전이나 교태전을 자세히 보면 용마루를 없애고, 대신 그 지붕 꼭대기를 회반죽으로 하얗게 발라놓은 것을 볼 수 있다. 지금 생각해보면 뭐 그럴 것까지 있었겠냐 싶지만, 건축은 그런 것이다.

사실, 지금은 마루라고 해봐야 그저 액세서리 정도로 밖에 취급받지 못하고 있지만, 마루의 시작은 그렇게 심히 장대하였다. 그 드높은 뜻을 함축하고 있던 마루가 언제부턴가 건축물의 한 소재로서 우리 곁에 슬그머니 내려와 있다. 그것도 사람들의 냄새나는 발밑을 천연덕스럽게 제 온 몸으로 떠받치고 있는 것이다. 그래서 설사 지금은 낮은 곳에서 초라하게 웅크리고 있다고 해서 허투루 볼일만은 아닌 것 같다. 세상일이란……!

■ 열린 공간의 시작, 대청大廳

한옥이라고 하면 우리는 보통 고색창연한 기와지붕 아래, 널따랗게 자리 잡고 있는 대청마루를 연상하게 된다. 마당을 향해서 시원스럽게 열려있는 대청마루는 온돌과 함께 사실상 우리 한옥을 특징짓는 요소였다.

실내공간도 아니고, 그렇다고 실외공간도 아닌 어쩌면 다소 성격이 애매한 매개媒介공간, 전이轉移공간, 혹은 완충緩衝공간이라고도 할 수 있는 이러한 대청大廳이 때로는 양반들의 의식과 권위까지 상징하던, '열린 공간'이었다.

대청은 그와 연결된 다른 공간의 용도에 따라서 보통 안대청과 사랑대청으로 나뉘게 되는데, 어떤 대청이든 건축물의 중심으로 자리 잡게 된다. 그래서 손님이 찾아오면 우선 대청마루로 모시게 되고, 주안상酒案床도 대청으로 차리게 되며, 주인마님이 하인을 부를 때도 대청마루에 떡 버티고 서서 큰 기침소리와 함께 "이리 오너라!"하고 외쳤던 것이다.

대청바닥은 보통 바람이 솔솔 잘 통하도록 우물마루로 짜게 되는데, 아침저녁으로 반질반질하게 항상 잘 닦아놓았기 때문에 댓돌을 밟고 올라설 때부터 누구든 제 행동거지부터 살피지 않을 수 없게 된다. 대청마루에 올라서면서 슬쩍 눈길에 와 닿는 천정에는 줄줄이 노출되어 있는 서까래와 그 서까래 사이사이마다 하얗게 칠해져있는 회반죽의 단아한 분위기도 상큼하다.

북풍한설이 매섭게 몰아치는 한겨울에는 대청마루 분합문을 내려서 걸어 잠그게 되지만, 바람 한 점 없이 찌는 듯한 여름 한낮에는 다시 그 분합문을 열고 또 접어서 들쇠에 걸어놓게 된다. 그렇게 접어서 들어 올린 풍경은 우리 한옥을 바라볼 때마다 마당과 안방, 사랑방이 대청을 통해서 하나의 연속된 공간이라는 사실을 일깨워준다. 이를테면 유기적有機的 건축의 완성을 보게 되는 것이다.

지금 우리사회는 각 분야마다 열린 교육, 열린 공간, 열린 행정이라고 외치면서 '열린' 것 자체를 이 시대의 화두로 삼고 있지만, 이렇게 대청마루를 자연조건에 따라서 일찍부터 열고 닫는 공간구조를 만들었다는 것 자체가, 어떻게 보면 '열린 공간'의 시작은 아니었는지 모르겠다.

■ 발코니에 대한 미련[21]

요즘 새로 짓는 아파트들은 발코니 때문에 고민이 많다. 발코니를 없앨 수 있도록 건축법은 개정되었지만, 그것이 그렇게 반가운 일만은 아니기 때문이다. 물론 언론의 보도대로 확실히 거실은 넓어지고 방은 더 환해질 수 있다.

그러나 문제는 많다. 원래 발코니는 건축허가를 받을 때부터 서비스 공간으로 제공되었던 곳이다. 굳이 누가 뭐라고 하지 않아도 발코니에는 으레 알루미늄새시를 달아서 화단이나 창고로 알뜰하게 사용해 왔다. 그 발코니를 없애고 방이나 거실로 넓혀서 쓴다면, 그만큼 창고나 다용도실이 좁아지는 결과가 된다. 그렇지 않아도 수납공간이 가뜩이나 부족한 우리 아파트에서는 이제 허드레 물건 하나 제대로 놓을 장소조차 없어지게 된다.

문제는 또 있다. 건축법이 바뀌기 전에도 발코니는 분양면적에 계산되지는 않았지만, 분양품목에는 포함되어 있던 공간이었다. 그런데 이제 그 서비스를 하지 않겠다는 것이다. 당연히 분양가격은 그만큼 오르게 되어 있다.

건축물의 유지관리 측면에서도 문제는 도사리고 있다. 위아래 층이 동시에 난방을 하지 않으면 결로가 쉽게 생길 수 있으며, 화재가 발생할 경우에도 지금보다 훨씬 더 위험한 순간에 직면하게 된다. 건설교통부에서 대안으로 제시한 대피공간만으로는 분명 그 한계가 있다.

그러나 무엇보다도 우리 주거공간에서 '여유'가 사라진다는 것이 아쉽다.

---

21) 2006년 1월 3일 〈전북일보〉 연재.

발코니는 원래 '완충공간'이었다. 흑백으로 분명하게 나누어진 실내공간과 옥외공간사이에서 '회색지대' 역할을 했던 것이다. 옛날 우리한옥의 마루와 같은 일종의 '여유공간'이었던 셈이다. 그런데 실내공간이 좁다는 이유로, 지금 그 여유공간을 거둬들이자는 합의가 이뤄지고 있는 것이다.

위아래와 앞뒤로 사방이 꽉 막힌 아파트에서 그나마 밤하늘이라도 한번 올려다 볼 수 있던 곳, 담배 한 모금 빨면서 답답한 가슴을 달래던 곳, 또 빨랫감을 널면서 이웃과 눈인사라도 가볍게 나눌 수 있었던 곳, 그러한 인간적인 공간이 이제 우리 곁에서 영영 사라지려 하고 있다. 슬며시 잃어버렸던 옛날 그 마루처럼…….

11 다시 기대고 싶은 바닥, 온돌

■ 정말 유난스러운 촉각

　다른 민족에 비해서, 우리 한국 사람들은 유난히 육감肉感이 더 발달해있다고 한다. 그래서 그런지 설사 직접 보고 듣지 않았다고 하더라도, 그걸 쉽게 감지하고 믿는 경우가 허다하다. 간혹 비과학적인 태도라고 비판을 받아오기도 했지만, 그래도 그걸 쉽사리 버리지는 못할 것 같다. 그러한 성향이 그저 하루 이틀에 생긴 게 아니라, 아주 까마득히 먼 옛날, 우리 조상 때부터 저절로 몸속에 체화體化된 것이기 때문이다.

　앉아 있을 때도 그렇고, 잠을 잘 때도 마찬가지다. 우리건축에 구들방이 자리 잡으면서부터, 우리는 우리의 신체 표면을 가급적 방바닥에 많이 접촉하는 자세로 살아왔다. 신체접촉이 많아지니 자연적으로 촉각이 발달하게 되고, 육감마저 도드라지게 된 것이다.

설사 지금은 그렇게 구들방에 등을 붙이고 생활하지는 않는다고 하더라도, 아마 우리 몸 한 구석 어딘가에는 오랜 세월동안 거기에 길들여진 생체시계가 여전히 작동하고 있는 것 같다. 그래서 지금도 정확하게 재고 계량計量하는 것보다는, 오히려 '육감'에 더 의존하게 되는지도 모른다. 그 흔적은 우리생활 여기저기에서 쉽게 찾아볼 수 있다.

흙을 반죽해서 사용할 때도 우리건축에서는 배합비율이 따로 존재하지 않는다. 모두 다 토수土手의 경험과 재량을 따른다. 그것뿐만이 아니다. 지붕의 처마곡선을 정할 때도 마찬가지다. 대부분 목수의 눈썰미에 의존하게 된다. 그런데 그게 놀라우리만큼 정확하다.

물론 합리적인 방식은 아니다. 그래서 이제는 그걸 계량화하자고 주장하기도 한다. 맞는 말이다. 그런데 그건 다른 측면에서도 곰곰이 한번 생각해봐야 할 필요가 있다. 알다시피 자연 상태에서 흙의 함수율은 모두 다 제각각이다. 또 채취시기에 따라서도 다르다. 고온건조한 날이 다르고, 다습多濕한 날이 다르다. 이러한 경우에는 물을 일정한 비율로 섞어서 반죽하는 것이 오히려 문제가 된다. 고려해야 할 변수가 하나 더 많아졌기 때문이다.

목수가 정하는 처마곡선도 마찬가지다. 건축물의 길이와 폭에 의해서 지붕곡선이 정해지게 되면, 한층 더 쉽고 간결해질 텐데 우리 목수들은 그렇게 하지 않았다. 그런데 답은 의외로 간단하다. 하나를 더 계산하고 있었기 때문이다. 그 건축물의 처마만 생각하는 것이 아니라, 저 멀리 보이는 자연배경까지 직감적으로 고려하고 있었던 것이다.

지폐를 셀 때도 그 놀라운 감각은 사라지지 않는다. 손에 와 닿는 미세한 차이 하나로, 그게 천 원짜리인지 만 원짜리인지 쉽게 구분해낼 정도다. 그럴 정도로 우리민족의 손기술은 탁월하다.

그러니 박물관이나 전시장에서 아무리 '손대지 마시오'라고 경고를 해봐도 소용이 없다. 정말 관심이 있고 알고 싶어지면, 먼저 만져보고 더듬어봐야 직성이 풀린다. 무엇이든지 몸을 통해서 직접 체감을 해봐야 하는 것이다. 그렇게 일상생활 여기저기에서 우리민족은 항상 그 촉각을 곤두세우며 살아왔다.

유난스레 촉각이 발달하고, 육감까지 진화한 민족, 거기에 정감情感까지 곁들여져서 활기차게 어울려 살 줄 아는 민족……, 그 밑바닥에는 우리 몸을 뜨끈뜨끈하게 달궈 주던 옛날 그 온돌방이 자리 잡고 있었다.

■ 아주 오래된 습관

가끔 "세 살 버릇 여든까지 간다"거나, 또 "제 버릇 개 못 준다"고 하기도 한다. 그만큼 한번 몸에 밴 습관은 고치기 어렵다는 뜻이다. 그런데 그건 주거생활에서도 마찬가지다.

우리는 실로 오랜 세월동안 좌식坐式생활을 해왔다. 물론 요즘 새로 짓는 현대건축에서는 제법 운치 있게 벽난로를 설치하기도 하고 굴뚝을 세워 놓기도 하지만, 우리에게는 그저 뜨끈뜨끈한 온돌방 아랫목에 몸을 뉘이고 등짝을 착 붙이고 쉬는 게 제일이다.

그래서 그런지 긴장되어 있던 의식 상태를 조금만 벗어나게 되면, 우리는 옛날 그 습관 그대로 다시 돌아가려는 탄성(彈性, elasticity)이 되살아나곤 한다. 아무리 현대화된 최신 아파트에 거주한다고 하더라도, 실생활에서는 좌식생활습관을 쉽게 벗어나지 못하고 있는 것이다. 식사를 하거나 휴식을 취할 때 보면 그게 여실히 드러난다.

처음 집안에 식탁을 들여놓으면 다들 거기에서 식사를 잘 하다가도, 때가 되면(?) 곧잘 밥상을 들고 다니게 된다. 또 소파(sofa)에 앉아서 텔레비전을 보며 편안하게 쉬는가 싶었는데, 어느새 슬그머니 방바닥으로 내려와서 앉아 있는 것이다. 그것뿐만이 아니다. 침대까지 들여놓았는데도, 아침에 일어나 보면 침대 밑에서 웅크리고 누워 자는 애들도 적잖다.

왜 그럴까? 물론 여러 가지 서로 다른 복합적인 요소가 작용한 탓이겠지만, 일단 바닥에 몸을 붙이려고 하는 심리가 무의식중에 그렇게 발현發現된 것이다. 방바닥에 몸을 많이 접촉하면서 살던, 우리 몸의 생체습관이 그렇게 원래 자세로 자꾸 되돌아가려고 하는 것이다.

우리건축의 특질을 찾으려는 시도가 여러 방면에서 다양하게 이뤄지고 있지만, 촉감觸感을 넓혀준 것 역시 두드러진 특질 중의 하나라고 하지 않을 수 없다. 그래서 우리는 일상생활 속에서도 불가피하게 신체접촉을 많이 하게 되고, 그것이 때로는 불필요한 오해를 불러일으키면서 촉각을 곤두세우게 하는 원인이 되기도 한다. 아주 오래된 우리의 주거습관 하나 때문에…….

■ 시행착오

온돌방은 확실히 불편하다. 우리 몸에 걸치는 옷이 변했고, 먹는 음식이 변했으며, 사고방식마저 황량하게 변해버린 지금, 그래서 온돌방만이 유익한 주거방식이라고 예찬할 수만은 없게 되었다. 확실히 서양의 주거방식인 입식立式생활은 불편을 줄이는 방향으로 변화를 거듭한 반면, 온돌방으로 대표되는 우리의 좌식생활은 지금도 여전히 우리에게 불편을 강요하고 있는 것만 봐도 그렇다.

그래서 그런지 아파트가 대량 보급되기 시작하면서부터, 우리들의 주거생활방식은 몰라보게 달라졌다. 거실에는 소파(sofa)를, 그리고 안방에는 침대를, 또 식당에는 벽 한 쪽으로 붙여서 식탁을 설치하는 것이 이제 당연한 것으로 알게 되었다. 어느덧 입식생활이 거스를 수 없는 대세가 된 것이다.

그러나 무의식중에 나타나는 우리들의 생활습관을 보면 꼭 그런 것만도 아니다. 수천 년 동안 좌식생활에 익숙해져 있던 탓인지, 소파 위에서 점잖게 앉아 있다가도 무료하고 피곤해지면 얼른 양반자세를 취하기도 하고, 사무실 의자에 앉아 있다가도 긴장이 풀리면 자신도 모르게 양다리를 꼬고 양반자세로 되돌아가곤 하는 것이다. 아니, 아예 방바닥으로 내려앉아 버리는 경우도 허다하다.

물론 무의식적인 경우가 대부분이다. 몸이 아직 완전히 바뀌지 않았다는 얘기도 된다. 또 생활습관이란 것 자체가, 물리적인 환경이 몇 개 바뀌었다고 해서 그렇게 쉽사리 변하지 않는다는 것도 알 수 있다.

그렇다고 해서 우리의 온돌방이 무조건 좋고, 또 우리의 생활방식이 바뀌지 않았기 때문에 다시 좌식생활로 돌아가자는 얘기는 아니다. 분명 입식생활의 '편리함' 못지않게 우리의 온돌방에도 나름대로의 많은 장점이 숨어있다. 일부러 그것까지 손사래쳐가며 부인할 필요는 없다는 것이다.

아주 오래전 서울에 아파트가 처음 도입되었을 때, 양식洋式 주거형태 그대로 설계되었다고 한다. 그런데 당시로서는 그야말로 최신식 아파트였지만, 얼마 지나지 않아서 문제가 생기기 시작하였다. 춥진 않았지만 뭔가 부족했던 것이다. 등 따숩고 배부르게 살고 싶었는데, 배는 불렀지만 등은 따숨지 않았던 모양이다.

　그래도 처음에는 불편을 감내하며 살던 입주민들이 위 아래층의 눈치를 슬슬 보다가, 어느 순간 누가 먼저랄 것도 없이 모두 방바닥을 뜯어내고 집을 고치기 시작하였다. 그리고 그 바닥에는 예전처럼 따뜻한 보일러를 깔고, 소파는 걷어치웠다. 지금은 어느 아파트나 당연한 것처럼 깔려있는 바닥 난방이 그렇게 요란한(?) 시행착오를 거쳐서 지금 여기까지 오게 된 것이다.

■ 운동과 노동

　어쨌든 입식생활은 의자를 습관적으로 사용하게 되므로 해서 허리와 종아리 부분에 자극을 주지 않게 되고, 그래서 허리는 굵어지고, 종아리는 약해져서 실핏줄이 터질 확률이 그만큼 더 높아진다고 한다. 무릎 아래만 과도하게 사용하는 입식생활방식은, 생활에 편리를 제공해 줄지는 몰라도 몸의 건강까지 챙겨주지는 못한다는 것이다.

　그런데 온돌방은 다르다. 원래부터 온돌방은 우리 신체의 굴신屈伸작용이 훨씬 많도록 만들어져 있다. 그것 때문에 때로는 불편하다고 홀대를 받기도 하였지만, 그렇게 생각할 일은 아니었다. 아니, 어쩌면 그 '불편'이 오히려 고맙고 감사한 것인지도 모른다.

　사실 우리 현대인들의 몸에 생기는 병은 지난 과거와는 달리, 이젠 너무 잘 먹고 너무 몸이 편해져서 생기는 병이 많아졌다고 한다. 이른바 현대병인 셈이다. '가사노동으로부터 해방'이라는 기치 아래, 급속도로 발전을 거듭해온 가전제품의 출현은 그것을 더욱 부채질 하게 되었다.

몸이 편하다 보니 불필요한 살은 자꾸 찌게 되고, 시간은 남는다. 그래서 찜질방이나 헬스클럽, 그리고 스포츠센터로 다이어트를 하러 다니게 된다. 고생을 사서 하러(?) 다니는 것이다. 열심히 뛰고, 열심히 들고, 정말 땀을 뻘뻘 흘리고 있다.

예전 같으면 집에서나 들판에서 흘릴 땀을, 이젠 시대가 바뀐 탓인지 운동을 한답시고, 장소를 옮겨서 그렇게 땀을 뻘뻘 흘리며 고생을 하고 있는 것이다. 오죽하면 '살과의 전쟁'까지 치르겠는가?

물론, 그러한 사회풍조가 건축분야에 한정되어 있는 것만은 아니다. 그렇지만 요즘의 아파트는 편해도 너무 편해졌다. 이젠 손끝하나도 까닥하지 않으려고 한다. 편리한 것도 좋고 운동도 좋다. 그런데 다시 한 번 곰곰이 생각해보자. 정말 운동과 노동은 다른 것인가?

그래, 운동과 노동은 분명히 다르다. 그리고 가정에서의 움직임 자체를 운동이라고 할 수는 없는 일이다. 그것은 누가 뭐라고 해도 확실히 노동이다. 그런데 아무리 그렇다고 하더라도 가정에서의 동선까지 굵고 짧게 할 필요가 있을까? 아파트에서 한쪽 벽면은 길어야 10미터 남짓이다. 동선을 편리하게 짧게 줄인다고 해서 과연 얼마나 보행거리가 단축되고, 또 얼마나 편해질 수 있을까?

유명한 장수촌마다 공통된 특징이 하나 있다고 한다. 생활 자체가 노동이고, 그것이 곧 운동이라는 사실이다. 편리하고 안락한 것만 추구하지 않는다고 한다. 또 무엇이든지 손수 움직여야 하는 일이 대부분이라고도 한다. 일상생활 속에서 많은 노동(?)이 저절로 강요되고 있다는 것이다.

그러한 측면에서라도 그동안 우리생활을 불편하게 만들었다고 원망하고 홀대했던, 그 옛날 우리 살림집을 다시 한 번 되돌아봐야 하는 것 아닐까?

■ 구들방 아랫목

사람 사는 데는 예나 지금이나 등 따숩고 배부른 게 제일이다. 요즘이야 뭐 먹고 사는 것이 웬만해져서 배곯는 일은 이제 거의 다 없어졌다고는 하지만, 그것도 그렇게 오래 된 옛날 일이 아니다. 아니, 각종 선거 때마다 후보자들이 그걸 한번 잘 해결 해보겠노라고 모두들 경쟁적으로 나서는 것을 보면, 그게 그렇게 쉬운 일은 아닌 모양이다.

그런데 옛날 우리 건축물은 그 역할을 할 줄 알았다. 배곯고 가난한 시절에도, 집에 들어오면 구들장을 데워서 저녁마다 등 따숩게 품어주곤 하였던 것이다. 세계 어디에서도 그 유래를 찾아보기 힘든 '온돌'이란 난방방식을 지금까지 간직해오고 있기 때문이다.

온돌溫突은 원래 '구운 돌'이란 뜻의 '구들'에서 유래되었다고 한다. 돌을 구워서 난방을 하는 방식이다. 아궁이에서 불을 지펴 돌을 데우고, 그 돌이 간직한 열기熱氣를 이용해서 추위를 이겨나가는 것이다. 어떻게 보면 지극히 단순한 난방방식이라고 할 수도 있다.

그러나 그 차이는 의외로 컸다. 벽난로와 비교해보면 그걸 쉽게 알 수 있다. 벽난로 앞에 앉아 있으면, 먼저 얼굴이나 가슴은 그 열기로 벌겋게 달아오르지만, 등背은 여전히 서늘하다. 앞은 따뜻해지는데 뒤는 차가워지기 때문이다. 그래서 나란히 마주 보고 정답게 얘기하다가도 앞뒤 온도차가 심해지면, 서로 등을 돌리고 돌아앉는 풍경이 심심찮게 연출되기도 한다.

그런데 우리 온돌은 처음부터 그렇게 앞뒤가 다르지 않았다. 또 앞부터 따뜻하게 해주는 것이 아니라, 눈에 잘 뜨이지도 않는 등에서부터 따뜻한 열기

셋째마당 건축에 담긴 우리 생각

구들 시공과정

를 전해주게 된다. 그래서 고단한 하루 일과를 마치고 돌아와서도, 두 다리
쭉 뻗고 누워서 피곤을 풀 수 있었다.

그 맛을 우리는 지금도 잊지 못하고 있다. 온돌방 경험이 없는 세대라고
하더라도 먼 옛날 조상 때부터 우리 몸에 체화되어 있던 생체시계가 가끔 그
기억을 다시 불러내곤 하기 때문이다.

그래서 그럴 듯하게 잘 지은 집에 벽난로를 설치해놓고도 그걸 장식품으
로 밀어둔 채, 마음이 아프거나 몸이 무겁게 느껴질 때면 잘 달궈진 뜨끈뜨
끈한 온돌방 아랫목을 저절로 찾게 되는 것이다.

더구나 세상 사는 일이 고단하고, 점점 더 허접해지는 요즘 같은 세밑에는
그저 뜨끈뜨끈하게 잘 달궈진 구들장 아랫목을 골라 지친 등짝을 바닥에 착
붙이고, 길게 한 숨 푹 자고 싶어진다. 그런 간절함이 점점 더 깊어지는 동지
섣달 한겨울이다.

12 새로운 세계와의 첫 만남, 창호

■ 두드려 보고 싶은 문^門

문 앞에 다가서면 나는 항상 가슴이 설렌다. 새로운 공간에 대한 기대와 흥분 때문이리라. 아침에 눈을 떠서 방문을 열고나서면 동트는 그날 새아침과의 만남으로 가슴 설레고, 사무실 문 앞에 다다르면 다들 밤새 잘 있었는지 궁금해서 가슴 설레고, 남의 집 대문 앞에 서서 초인종을 누를 때는 그 집 주인 얼굴이 다가오는 것 같아서 또 가슴이 설렌다. 그래서 문 앞에 서있는 짧은 그 순간, 옷매무새를 가다듬고 헛기침을 하면서 그렇게 긴장을 하게 되는 것인지도 모른다.

그런데 원래 문은 그러한 것이었나 보다. 우리건축에서도 옛날부터 문은 단순히 출입구라는 개념을 넘어서 일종의 의미와 의식을 담고 있었다.

아기가 태어나자마자 금줄을 대문에 먼저 내거는 것도 그렇고, 밖에서 굿

창호

은 일 보고 돌아올 때, 문간에 지핀 불을 발로 밟고 넘어 들어서는 것도 그렇다. 또 이제 막 무얼 시작하는 것을 입문入門이라고 하고, 한 학교에서 배운 사람들끼리는 동문同門이라고 하면서 서로 똘똘 뭉치는 것만 봐도 그렇다.

그러한 문도 집의 규모와 그 집주인에 따라서 여러 종류로 나뉘게 된다. 삽살개가 드나들던 단순한 형태의 사립문(삽짝)에서부터 사찰입구에 흔히 세워져 있는 일주문과 일반 민가의 밋밋한 평대문, 그리고 중앙지붕이 좌우 행랑채 지붕보다도 더 높이 솟아 있는 솟을대문 등이 있다. 그것뿐만이 아니다. 옥문玉門이나 하문下門은 새로운 생명을 잉태하는 여자의 성기性器를 뜻하고, 열두 대문은 으리으리하게 큰 집을 일컫는 말이기도 하다.

문은 재료에 따라서도 각각 달리 불린다. 널쪽이나 판자로 짜 맞춘 널문과 판문이 있는가 하면, 싸리나 댓가지로 대충 엮어서 만든 싸리문도 있었다. 또 헛간이나 뒷간에서 거적만으로 그 입구를 간신히 가려놓은 거적(덕석)문이라는 것도 있었고, 때때로 큰 집에서 방과 방을 필요에 따라서 나누어 쓰던 분합문分閤門도 있었다.

그런데 문은 원래 사람이 출입할 수 있도록 만들어진 것이지만, 종종 그 출입이 제한되기도 한다. 내외구분이 분명하던 시절, 밤이 되면 대감마님이 안주인의 방으로 찾아가던 비밀스러운 편문便門이 그랬는가 하면, 사당이나 제실의 대문 중에서 일반사람은 다니지 못하도록 항상 잠가놓는 중앙의 신문神門도 그랬다.

아니, 그것뿐만이 아니다. 우리 현대인들의 가슴에 나있는 '마음의 문'도 마찬가지다. 만나는 사람마다 그 마음의 문을 두드려보고 싶지만, 좀체 열릴 줄 모르고, 날이 갈수록 점점 더 그 출입이 엄격히 제한되어(?) 가고 있기 때문이다.

■ 창窓에게서 배우는 지혜

건축이란 벽과 기둥을 세우고 그 위에 지붕을 덮는 일이다. 비바람을 막고 맹수의 피해를 벗어나기 위한 것이라고는 하지만, 그것은 일단 외부환경조건과의 단절을 의미하기도 한다. 이러한 차단을 통하여 빛이 사라진 건축공간은 마치 동굴 속처럼 깜깜해진다. 그렇게 빛이 존재하지 않는 그 건축 공간 내부로 빛을 끌어들이고 기류를 조절하기 위해서 그동안 건축물에는 참으로 다양한 형태와 의미를 가진 창과 문이 설치되어 왔다.

우리 전통건축에서는 보통 띠살[22]이나 아자亞字살[23] 또는 완자卍字살[24]로

---

22) 문 울거미에 가는 살을 똑같이 좁은 간격으로 수직으로 짜 넣고, 다시 거기에 수평 방향으로 4~5줄씩 상중하 3곳에 보낸 창호.

울거미를 만들고 그 위에 창호지를 바른 문을 '띠살문'이나 '아자살문' 그리고 '완자살문'이라고 불러왔다. 그러나 이러한 통상적인 문[창] 이외에도 채광과 통풍전용의 창이 따로 존재했다. 우리가 흔히 사용하는 일상용어 중에 작은 바지주머니를 '봉창封窓'이라고 부르곤 하는데, 바로 이 봉창이 그렇게 작고 요긴한 형태의 창이라는 뜻을 담고 있다.

이 봉창과 더불어 '교창交窓'이나 '눈곱재기창' '넉살무늬창' 그리고 '바라지창' 등이 모두 우리 살림집에서 빛을 받아들이고 통풍을 하기 위해서 설치한 작고 귀여운 일종의 채광전용 창이었다. 또 '불 밝힘'이라는 뜻을 가진 '불발기창'은 안팎을 싸서 바르는 맹장지형 사분합문의 중간쯤에, 빗살이나 아亞자살 그리고 만卍자살을 무늬로 만들어 채광창으로 사용되었다.

창덕궁 연경당의 대청마루에 달린 불발기창과 경북 성주군 한계마을 월곡댁의 불발기창, 그리고 충남 대덕군 회덕면 동춘당의 불발기창은, 한번 보고나면 쉽게 잊히지 않는 아름다운 형태의 문살을 가진 채광창들이다. 이러한 작은 창들은 빛과 환기를 위해서 꼭 필요한 만큼만 뚫어놓고 겸손하게 잘 갈무리되어 있다는 특징을 갖고 있다.

본래 제 역할을 다소곳이 수행하면서도 저를 바라봐주는 모든 이들에게 아무 차별 없이 차지도 않고 넘치지도 않는 인생의 지혜와 겸손을 제 몸으로 직접 보여주고 있는 것 같아, 우연히 눈을 마주칠 때마다, 창窓 그 이상의 의미를 저절로 느끼게 된다.

내 마음을 두드린 우리 건축

23) 창살의 짜임새를 亞자 모양의 무늬로 짠 창으로서, 짜임새가 아기자기하여 안방과 같이 여성적인 공간에 많이 사용된다.

24) 창살을 卍자 모양의 무늬로 짠 창으로서, 卍자는 본래 산스크리트[梵語]의 만萬으로서 '부처의 가슴에 있다는 길상해운吉祥海雲의 뜻'이다. 이 만萬을 완으로 하는 것은 중국 발음으로 만을 '완'으로 하기 때문이라고 한다.

■ 꽃무늬 문

일찍이 원효대사는 '대도大道는 무문無門'이라고 했다. 깨달음에 이르는 길에는 일정한 문이 따로 있는 것이 아니고, 팔만 사천 개나 되는 모든 문이 다 깨달음에 이를 수 있다는 뜻이라고 한다. 팔만대장경의 법문法門도 그러하지만, 사실은 우리가 살고 있는 건축물도 그렇게 수많은 문들로 구성되어 있다.

역사가 깊고 규모가 큰 사찰일수록 문은 더욱 다양해지고 그 의미는 함축되어 있게 마련인데, 보통 세속과의 경계인 일주문을 시작으로 사천왕문과 불이문不二門이 차례로 배치되어 대웅전 안마당까지 쉼 없이 연결되어 있다. 그러나 문은 여기에서 끝나지 않는다. 대웅전의 벽면전체를 장식하고 있는 또 다른 문이 방문객들을 기다리고 있는 것이다.

갖가지 신비로운 꽃과 식물들의 모양을 정교하게 장식해 놓은 대웅전 벽면의 문들을 가만히 들여다보고 있노라면, 그 문 한 짝을 만드는데 들인 공력功力

꽃무늬가 아로새겨진 문

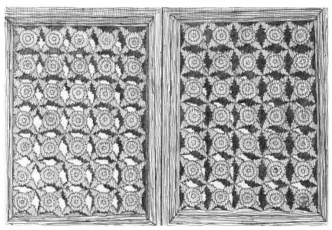

셋째마당 건축에 담긴 우리생각

의 깊이가 저절로 느껴져 숙연해지지 않을 수 없게 된다. 더욱 놀라운 것은 이렇게 정성을 들인 문짝들이 어느 특정한 장소에 국한되어 있지 않다는 사실이다.

우리 국토의 등줄기인 백두대간을 넘어 대구 팔공산으로 달려가면 동화사라는 절이 있는데, 그 동화사 대웅전 문에는 국화꽃이 아로새겨져 있고, 충남 공주의 마곡사 대광보전에도 섬세한 솜씨가 유난히 돋보이는 꽃문이 달려 있으며, 부안 내소사 대웅보전에도 모란꽃 무늬문이 새겨져 있다.

유서 깊은 김제 금산사를 찾아가서 소슬모란꽃이 새겨진 문살을 가만히 바라보고 있노라면, 비록 억겁의 세월 속에 찰나와 같은 인생일망정, 사찰건축에 정성을 다하고자 했던 옛날 그 어느 이름 모를 장인의 숨결이 저절로 느껴지는 것 같다.

■ 그 얇디얇은 한지 하나로?

한옥은 춥다. 어렸을 때 우리가 살던 한옥은 정말 추웠다. 윗목에 물을 떠다놓고 아침에 일어나면 그 물이 얼 정도였으니까 추워도 보통 추운 게 아니었다. 사실 그 얇디얇은 문종이 한두 장을 문과 창에 바르고 매서운 겨울을 지냈다는 것은 지금 생각해도 정말 대단한 일이었다.

그러나 이제는 손을 호호 불며 우물가로 물을 길러 나갈 필요도 없어졌고, 세수하러 나왔다가 손이 문고리에 쩍쩍 달라붙는 고초를 겪을 필요도 없어졌다. 아파트라고 하는 현대문명의 이기利器가 등장하면서 지금은 모두들 훈훈한 실내에서 수도꼭지만 틀면 온수가 펑펑 쏟아지고, 또 그 물로 매일 샤워를 하고 있으니 밖이 아무리 춥다한들 실내에서 체감하는 겨울은 그다지

겨울 같지가 않게 느껴진다.

그런데 그렇게 따뜻한 겨울풍경에도 적잖은 문제가 도사리고 있다. 아파트는 그 공간구조상 위아래 층과 좌우 옆 세대에서 함께 난방을 하게 되니 웃풍이 들어올 일은 물론 없어졌다. 그리고 실내온도도 바닥과 천정의 구분 없이 똑같다. 보일러만 틀어놓으면 겨울에도 속옷차림으로 생활할 수 있게 되어 있다. 문제는 바로 거기에 있다. 실내기온이 따뜻하다고 하는 이면에는 사실 실내기류가 순환되지 못하고 정체되어 있다는 것을 의미한다. 요즘 우리 현대인들의 주생활住生活 습관이 문제가 있는 것이다.

지난시절, 우리는 매서운 겨울추위를 잘도 이겨냈다. 간혹 한지를 바른 한옥에는 웃풍이 많아서 춥다고 비판하는 사람들도 있지만, 사실 웃풍이란 종이 자체의 결함보다는 외를 엮어서 맞벽을 친 벽의 틈새 때문이었다. 문에 문풍지를 다는 것도 문틈에서 생기는 바람을 막기 위한 장치였다. 어디를 둘러봐도 한지 자체의 결함은 별로 찾아볼 수가 없다. 아니 어쩌면 그 연약하고 가는 몸매로 북풍한설 차가운 겨울을 이겨낼 수 있었는지 생각할수록 대견스럽기만 하다.

그러나 한지는 우리가 가치를 제대로 모르고 천대하는 바람에 점차 우리 곁에서 사라지게 되었다. 그리고 가끔 한지공예나 무슨 행사를 할 때만 요란하게 등장하는 슬픈 존재로 우리 머릿속에 각인되어 있다.

알다시피 한지는 닥나무로 만든다. 닥나무껍질에서 뽑아낸 인피섬유를 원료로 하여 사람 손으로 직접 뜨게 되는데, 예로부터 사람의 손이 백번이나 가야 만들어진다고 해서 백지百紙라고도 불렸다. 한지는 만들기가 어려워서 그렇지, 일반 종이가 가지지 못한 여러 가지 장점을 가지고 있다. 우선 여름날 작열灼熱하는 태양빛이나 으스름한 달빛을 거르고 여과하는 기능을 가지고 있다. 또 한지는 통기성이나 보온성이 탁월하다. 특히 요즈음과 같은 환절기에는 실내습도조절까지 겸함으로서 그 안에 거주하는 사람들의 건강까지 지켜줄 수 있었다.

그것뿐만이 아니다. 한지는 질기고 부드러우며, 섬유질이 가늘고 길어서 오래 보존될 뿐만 아니라 좀벌레도 좀처럼 침입할 수 없다고 한다. 게다가 한지를 바른 띠살문의 방안으로 은은한 달빛마저 숨어들어온다면, 한지에 묻혀 사는 즐거움이 저절로 느껴지게 된다.

한지는 그렇게, 투명하리만큼 얇은 제 피부를 통하여 우리가 사는 주거공간을 그만큼 더 깊이 있고 풍부하게 연출하는 포인트로 자리 잡아갈 수 있는 특징을 지니고 있다.

■ '포르르' 떨던 문풍지의 추억

건축물에 틈이 있으면 대부분 부실공사라고 생각한다. 단열이 제대로 안 되었다고 책망까지 한다. 맞는 말이다. 그러나 나는 그 틈을 좋아한다. 물론 옛날처럼 아궁이에서 직접 연탄을 땔 때, 집안의 빈틈은 연탄가스를 불러들이는 죽음의 통로였던 시절이 있었다.

또 한겨울에 북풍한설이 매섭게 몰아칠 때면 그 작은 틈으로 황소바람이 파고들기도 한다. 그래서 찬바람이 불면 혹시 있을 지도 모르는 집안의 빈틈을 찾아서 그 틈을 막는 것이 월동준비의 시작이었던 그런 때도 있었다.

그렇게 꽉꽉 틀어 막다보니 그동안 우리가 절약하는 알뜰살뜰한 지혜를 배우기는 했지만, 실내공기의 순환이라는 자연과의 교감장치는 그만 잃어버리게 되고 말았다. 지금 우리가 '새집증후군'이라고 하며 부산을 떨고 있는 것도, 사실 알고 보면 너무나 기밀성이 뛰어난 창문새시를 사용해서 방안의 공기를 제때 제대로 갈아주지 못하기 때문에 생기는 증상들이다.

그런데 예전처럼 집안 곳곳에 빈틈이 존재하고 있다면, 실내에서 발생한 이산화탄소나 포름알데히드(formaldehyde)라는 유해물질은 외부공기와 희석이 되면서 조금씩 엷어지게 된다.

요즘 아파트에 비하면 옛날 한옥에는 참 틈도 많았다. 문에는 문틈이 있었고, 벽에는 벽틈이 있었으며, 문종이 자체에도 공기구멍이 성글게 여기저기 나 있었다. 그래서 그걸 가리기 위해서 겨울에는 병풍을 두르고 살았고, 바람이 불 때마다 '포르르' 떨던 문풍지도 달고 지냈던 것이다.

그렇게 흙과 나무와 종이로 지은 집에는 어쩔 수 없이 틈이 존재하게 되는데, 웃풍이 생긴다고 그렇게 미워했던 바로 그 작은 틈들이 밤낮으로 공기정화기 역할까지 했다면 믿을 수 있을까?

그래서 지금처럼 단열을 한다고 꽉꽉 틀어막기보다는, 빈틈도 다시 한 번 새겨 볼 수 있는 여유가 있어야 하겠다. 집을 지을 때 자연소재들이 만들어내는 그 작고 여린 '틈' 하나가, 그 동안 우리가 무심히 잊고 지냈던 자연과의 교감장치였기 때문이다.

■ 진드기도 털어내는 환기

집을 짓는다는 것은, 기본적으로 땅 위에 기둥과 벽을 세우고 그 위를 지붕으로 덮어서, 일단 자연 상태의 '빛과 공기'를 차단하는 일이다. 그리고 다시 그 벽과 지붕에 문을 내고 창문을 뚫어서 여과된 자연의 조건을 받아들이는 것, 그것이 건축이다.

그런데 그렇게 임의로 막고 뚫어놓은 창을 통해서 공간내부로 들어온 '빛과 공기'는 실내에서 여러 가지 변화를 주도하게 되어 있다. 쾌적한 실내 환경을 연출할 수도 있는가 하면, 그 '빛과 공기'가 적절하지 못할 경우 사람이 살기 위해서 지은 집이 순식간에 각종 미생물의 삶터로 변하기도 한다. 사람만 살고 있는 줄로 알았던 방안 구석구석에 미생물들이 잔뜩 웅크린 채, 우리와 동거同居를 하고 있었던 것이다.

그것도 한두 마리가 아니다. 아니 한두 종류만도 아니다. 개미나 바퀴벌레뿐만 아니라 몸길이가 채 1밀리미터도 안 되는 수많은 집 먼지 진드기들이, 사람이 머물러 있는 곳이라면 어디든지 따라다니면서 우글거리고 있다고 한다.

이러한 집 먼지 진드기들은 우리 피부에서 떨어져 나온 각질 부스러기나 공기 중의 수분을 먹고 생존하게 되는데, 그것으로만 그치지 않고 사람도 수면 중에 진드기가 분비하는 '알레르겐(allergen)'이라고 하는 알레르기(allergy) 유발물질을 자연스럽게 들이마시게 된다고 한다. 그 결과 동거파트너였던 우리 인간이 원인도 제대로 알 수 없는 각종 알레르기 질환으로 고생을 하게 되는 것이다.

이제 봄이다. 겨우내 어쩔 수 없이 막고 가렸던 건축물의 외벽과 지붕에 숨통을 틔워주어야 할 때가 되었다. 다들 창문을 활짝 열어젖히자. 열어젖힌 창문 사이로 그동안 정체되었던 공기를 몰아내고, 이미 봄 냄새가 한껏 배어있는 맑은 공기가 방안을 한 바퀴 제대로 휘돌아 나갈 수 있게 기류를 순환시켜줘야 하겠다.

그렇게 가끔씩 자연조건을 아무 여과 없이 맘껏 실내로 받아들이게 되면, 눅눅해져 있던 실내가 뽀송뽀송해지면서 여기저기 징그럽게 우글거리고 있던 집 먼지 진드기들도 슬그머니 자취를 감추게 될 것이다.

13 건축의 하늘, 지붕

■ 천지인天地人의 하나, 지붕

요즈음은 대부분 건축물에 지붕을 올리지 않는다. 경제적인 이유에서 출발
하긴 했지만, 지붕대신 평평한 옥상을 만든다. 옥상에 비가 새지 않도록 방수
를 해놓고, 그 공간에 빨랫줄을 만들거나 텔레비전 안테나를 세워놓는다.

그리고 점차 시간이 흘러서 더 시들해지면, 그 빈 공간에 쓰지 않는 물건
들을 마치 창고처럼 수북이 쌓아놓게 된다. 쓰레기장 취급을 하는 것이다.
그래서 조금만 더 높은 곳에 올라가 다른 집 옥상을 내려다보게 되면 참으로
을씨년스럽다. 저런 지저분한 건물 밑에서 우리가 밥을 먹고, 단꿈을 꾸고,
사랑을 나누고 있었다니……! 보지 않았으면 모르되, 보고 나면 잠자리마저
뒤숭숭해진다.

가을추수가 끝나는 대로 새 짚을 잘 추려서 이어 만든 초가지붕이나, 또

버선코처럼 살짝 들어 올린 고래등 같은 기와지붕은 아니더라도 우리는 건물을 지으면서 그 위에 지붕을 얹어놓아야 한다는 사실을 그만 까맣게 잊어버리고 살았다. 그 결과 우리 주변의 올망졸망한 산들처럼 그렇게 둥글둥글하던 지붕곡선과 그 처마 끝에서 흘러내리던 낙숫물소리, 그리고 길고 짧은 고드름이 제각각 장단 맞추듯 아롱다롱 달려있던 그 아련한 풍경마저 우리 곁에서 사라져버린 것이다.

이제는 농촌에서조차 빨간 벽돌집을 그럴듯하게 지어놓고, 지붕대신 그냥 평평한 옥상을 만드는 것이 상식처럼 되어버렸다. 아니, 그 옥상에 고추도 말리고 창고처럼 물건도 쌓아두는 정말 요긴한 공간이라고 흐뭇해하기까지 한다. 사람으로 말하면 지붕은 머리에 해당되는데 그 머리가 슬그머니 사라져버린 셈이다.

그런데 그냥 단순히 지붕만 사라져버린 것이 아니다. 예로부터 우리사회에 깊이 똬리를 틀고 있던 천지인天地人 삼원三元사상에서 하늘[天]이 사라져버린 것이고, 오랜 세월동안 우리 한민족의 핏줄에 발효되어 있던 옛날 그 '반듯한 정신'이 사라져버린 것이다.

■ 건축에서의 삼三

작은 집도 사람이 사는 집이라면 우리건축에서는 한 칸이 아니고, 세 칸이다. 초가삼간草家三間이다. 이른바 원룸이 아니고, 기둥 여섯 개로 세 칸을 지었다. 그래서 달 한 칸, 나 한 칸에 청풍淸風 한 칸을 들이고 살았던 것이다.

기둥 네 개가 모여서 이루어지는 것을 우리는 보통 한 칸이라고 부르는데,

집의 규모를 결정하는 이러한 칸[間]에만 삼三이라는 숫자가 대입되었던 것이 아니라, 집을 구성하고 있는 지붕과 기단基壇과 벽체도 각각 천지인을 상징하는 삼원三元사상을 의미하고 있다. 지붕이 하늘이라면, 땅을 상징하는 기단위에, 우리 사람이 사는 공간이 마련되어 있는 것이다.

그래서 지금 현대건축처럼 지붕을 줄이거나 아예 없애지 않았다. 집을 지을 때마다, 평면의 간살을 정하고 나서 지붕의 재료와 형태를 구성하는 것이 무엇보다도 중요한 일이었다. 그 때문에 옛날 우리건축물들은 거의 다 그렇게 지붕이 필요이상 강조되어 있었다.

또, 지붕은 우리 한국 사람들에게 있어서 이승과 저승의 경계가 되기도 하였다. 사람이 죽으면 혼魂이 먼저 빠져나가는 것으로 알았던 우리 조상들은, 임종臨終을 맞이하게 되면 그 사람의 저고리를 들고 지붕 위로 올라가, 이제 막 먼 길 떠나려는 고인의 혼魂을 향해서 그걸 휘이휘이 흔들어대며 안타까워했다.

체온과 체취가 스며있는 그 저고리를 보고 제발 혼백魂魄이 돌아와 달라는 간절한 기원이 담겨있었던 것이다. 그것을 초혼招魂이라고 한다.[25]

■ 차마 버릴 수 없는 처마

도시라고 해서 시원한 집을 지을 수 없는 것은 아니다. 계절에 따라 거기에 걸맞은 자연의 원리를 적용하면 시원한 집을 지을 수 있을 텐데, 현대 기

---

25) 이규태, 『우리의 집이야기』, 기린원, 1991, 59쪽.

계문명의 편리에 익숙해져 버린 우리는 어느새 자연의 지혜를 빌리는 일에 소홀해져 버린 것 같다. 에어컨이 이 무더위를 해결해줄 것 같아 거실과 사무실 그리고 자동차마다 에어컨을 설치하고 틀어대지만 무더위는 좀체 수그러들지 않고, 오히려 우리 인체의 저항력만 떨어뜨리고 있는 실정이다.

현대식으로 지은 양옥집이나 아파트는 우선 보기에 위생적이고 편리해 보일지는 모르지만, 한 여름이나 한 겨울의 자연조건을 극복하는 데는 많은 문제가 도사리고 있다. 열대야熱帶夜를 이기지 못해 밤에도 잠을 이루지 못하고 몇 번씩 샤워를 하거나, 돗자리를 들고 밖으로 나가 맥주를 마시고, 그래도 잠을 설쳐 급기야는 토끼 눈을 하고 다음날 출근을 하는 진풍경은 사실 자연환경에 적응하지 못한 현대식 건축물이 빚은 결과다.

일반적으로 태양높이는 여름에 가장 높이 뜨게 되는데 하짓날 태양높이는 약 70도로 정말 해가 중천中天에 이글거리게 되고, 동짓날 태양높이는 35도 정도로서 낮게 깔리게 되는데, 이러한 태양의 남중고도南中高度 때문에 우리 땅에 짓는 건축물은 싫든 좋든 기본적으로 처마를 만들어야 한다.

깊은 처마는 여름철 한낮의 뙤약볕을 가리는 것은 물론, 집 앞마당에 서늘한 그늘을 만들게 된다. 바로 이 그늘이 차고 더워진 공기에 의해서 일어나는 대류현상의 원인이 되고, 무더운 여름에도 집안을 시원하게 하는 비밀이 된다.

■ 지붕위의 잡상雜像

우리가 건축물을 감상할 때 별로 관심을 갖지 않고 쉽게 보아 넘기는 것들이 몇 가지 있는데, 아마 지붕도 그 중의 하나일 것이다. 멀리서 건축물을 바

지붕 위의 잡상

라보며 다가갈 때는 거리가 멀어서 잘 보이지 않다가, 가까이 다가가면 관찰자의 눈높이보다 지붕면이 높아져 그만 보이지 않게 된다.

그래서 대부분 지붕의 전체적인 윤곽과 곡선 형태에 대해서는 이러쿵저러쿵 말들이 많지만, 정작 그 지붕 위에 무엇이 놓여있는지에 대해서는 별로 관심을 기울이고 있지 않는 것 같다.

그런데 조금만 더 애정과 관심을 갖고 기와지붕 위를 유심히 살펴보면 궁궐이나 전각殿閣의 추녀마루 위에 진흙으로 마치 주먹만 하게 구워서 만든 짐승이나 동물들을 줄지어 세워놓은 것을 볼 수 있을 것이다.

우리 전통건축에서는 이것을 잡상雜像이라고 부르는데, 단순히 동물이나 짐승만이 아니라 우리가 어렸을 때 즐겨 읽던 『서유기西遊記』의 주인공들인 삼장법사와 손오공, 사오정, 저팔계 등도 줄지어 세워놓은 것을 발견할 수 있다.

건축물로 침입하는 악귀들을 막고 액막이 역할을 한다고 믿은 데서 세워지기 시작한 이 잡상은 경복궁의 근정전勤政殿이나 경회루慶會樓 그리고 숭례문崇禮門의 지붕 추녀마루 위에서 우리는 쉽게 찾아볼 수 있다.

저마다 익살스러운 모습을 한 채 마치 제 본연의 역할을 다하려는 듯, 세월의 온갖 풍상에도 아랑곳하지 않고 기와지붕 위에 처연하게 올라앉아 있는 잡상들까지 눈 여겨 볼 수 있다면, 우리 전통건축물을 보는 묘미는 한층 더 깊어질 것이다.

14 여성전용 공간, 부엌

■ 여성만의 공간(?)

지금은 남자도 주방에 들락거리고 전업주부가 되는 세상이 되었지만, 옛
날 부엌은 우리 어머니와 할머니 그리고 그 할머니의 할머니 때부터 여성만

옛날 부엌의 모습

의 전용공간이었다. 구들방의 구조 때문에 어쩔 수 없이 낮게 만들어진 부엌 흙바닥에서 우리 한국의 여인들은 부엌 빗장을 걸어 잠그고 고된 일상을 스스로 위로하며 살았던 것이다.

그래서 때로 부엌은 시집살이 설움에 남모르게 눈물을 훔치는 위로의 공간이 되기도 하였고, 부뚜막에 맑은 정화수井華水를 떠놓고 먼 길 떠나는 자식을 위해서 정성을 다하는 공간이 되기도 하였으며, 목욕탕이 따로 없었던 그 옛날에는, 이슥한 야밤을 골라 여인들이 부엌문을 닫아걸고 목욕을 하는 은밀한 공간으로 변신하기도 하였다.

또 아궁이에 불을 지피다가 부지깽이로 바닥에 글을 쓰고 그림을 그리며 배우지 못한 한을 달래던 공간도 부엌이었고, 농사일이 바쁜 시절에는 그냥 그 자리에 쭈그리고 앉아서 허겁지겁 밥을 삼키던 공간도 다름 아닌 부엌이었다.

울퉁불퉁하게 생긴 흙바닥과 시커멓게 그을린 벽면을 따라 나뭇가지로 대충 얽어서 만든 '살강' 때문에 어떤 때는 비위생적이라고 핀잔을 받기도 하고 업신여김을 당하기도 하였지만, 부엌은 옛날 우리 살림집에서 그렇게 여성만의 전유공간이었던 것이다.

옛날 그 부엌이 지금 우리가 살고 있는 아파트에서는 번듯한 싱크대와 둥그런 식탁으로 대체되었다. 또 장차 미래주택은 홈오토메이션(home automation)으로 무장을 하게 된다고 한다. 전화선을 이용하여 각종 기기들을 제어하는 원격관리시스템으로 설계의 초점도 변화해가고 있다. 어느 광고에서처럼 정말 스위치 하나만 누르면 시간에 맞춰 전기밥솥이 취사를 해주고, 그날 분위기에 따라서 옷도 골라주고, 씻겨주기까지 할 것이다.

그 결과 이제 주방은 가사노동의 해방구가 되었고, 취사와 식사를 하는 단순한 공간으로 변질되었다. 옛날 우리 어머니들처럼 가족을 위해서 정성을 드리고, 고단한 일상에서 잠시 벗어나 스스로 위안을 받던, 그러한 여성 전용공간은 이제 우리 곁에서 찾아볼 수 없게 되었다.

■ 또 다른 역할

그러한 부엌이 한 집안의 살림을 관장하는 장소라서 그랬는지, 예로부터 부엌은 다른 어느 공간보다도 신성시되었다. 그래서 부엌에서는 지켜야 할 금기禁忌도 많았다. 더구나 안팎에서 이리 채이고 저리 부대끼던 아낙네들의 보금자리였던지라, 갖은 애환이 송두리째 녹아 있는 공간이기도 하다.

옛날 부엌에는 솥이 대부분 나란히 두세 개 걸려 있었다. 밥을 짓는 솥과 국물을 끓이는 솥이 각각 따로 있었고, 또 물을 끓이는 솥도 별도로 옆에 걸어놓았다. 그리고 그 솥 밑에는 모두 다 아궁이가 입을 짝 벌리고 있었으며, 그 아궁이 한쪽으로는 불을 땔 때 쓰던 부지깽이와 땔감이 얌전하게 마련되어 있었다.

그런데 그 아궁이 앞에 쪼그리고 앉아서 불을 땐다고 해서, 처음부터 불이 저절로 활활 타오르는 것은 아니었다, 어떤 때는 부지깽이로 땔감을 허적거리면서 공기의 통로를 만들어 불씨를 살려야 했고, 그게 제대로 안되면 어쩔 수 없이 연기를 마셔가며 아궁이 속으로 쉬지 않고 입김을 불어넣어야만 했다. 그것뿐만이 아니다. 때로는 불똥이 톡톡 튀다가 마른 나뭇가지로 갑자기 불이 옮겨 붙기도 한다.

그래서 부엌에는 처음 들락거리는 출입문에서부터 불에 대한 액막이를 하지 않을 수 없었다. 물을 의미하는 수水나 해海라는 글자를 써서 문에 거꾸로 붙여놓는 것이었다. 혹시 집안에 불이 붙더라도 글자모양처럼, 물이 위에서 쏟아져 내려와 불을 꺼달라는 간절한 염원을 담아서…….

물론 거기에서만 그친 것은 아니다. 부엌을 관장하는 조왕신[26]을 따로 또 모셨다. 그래서 집안에 큰 일이 있거나 변화가 생길 때면, 밥솥이 걸려있는 뒤편 중방中枋 근처나 부뚜막 한쪽에 조왕중발竈王中鉢[27]을 올려놓고, 매일아 침 맑은 샘물을 길어다 떠 올리며 온갖 정성을 다했던 것이다.

그러한 믿음이 있었기에 다소 불편하더라도 함부로 부뚜막에 걸터앉지도 못하게 했고, 발을 딛고 올라서지도 않았다. 또 밥솥 아궁이에 불을 지필 때에 는 나쁜 마음도 품지 않으려 애를 썼고, 말도 함부로 입 밖으로 내지 않았다.

그런데 조왕신이 그렇게 대접만 받는, 몰염치한 가신家神은 아니었나 보 다. 아침마다 제일 먼저 저를 찾아주는 아낙네의 마음을 스스로 헤아릴 줄도 알았다. 아낙네의 몸과 마음이 힘들 때면 얼른 부뚜막에서 내려와(?) 말없는 동무가 되어 주곤 하였던 것이다.

그래서 때로는 본의 아니게 푸념과 넋두리를 들어주기도 하고, 또 때로는 불끈 치솟아 오르는 화를 한순간 참지 못한 아낙네가 그만 냅다 부엌바닥을 두들겨 패는 부지깽이의 분풀이 대상이 되기도 하였다.

그렇게 부엌은, 노래방이 따로 없었고 술집도 따로 없었던, 까마득한 옛날 부터 우리 아낙네들의 스트레스를 어루만져주고 풀어주는 아주 살뜰한 여성 만의 공간이었다.

---

26) 부엌을 맡고 있다는 신으로서 조신竈神, 조왕각시, 조왕대신, 부뚜막신, 조왕할멈이라고도 한다.
27) 조왕신에게 드릴 정화수를 떠놓는 그릇.

15 측간側間과 해우소解憂所

■ 화장실의 유래

화장실 공간이 처음으로 살림집 안에 들어온 것은 1941년 영단주택(문화주택)이 시초였고, 지금과 같은 세면기, 변기, 욕조로 구성된 화장실은 1962년 마포아파트가 처음이라고 한다.

옛날에는 화장실을 뒷간, 측간廁間, 칙간(사투리), 정랑(뒷간의 경상도 사투리), 정방淨房, 해우소解憂所, 북수(뒷물)을 사용하는 곳이라 하여 북수간北水間, 재를 많이 뿌렸으므로 잿간, 회간灰間, 신간燼間 등 다양하게 불렸는데 가장 일반적으로는 뒷간이라고 하였다.[28] '뒤를 보는 집'이나 '뒷마당에 자리한 집'이라는 뜻이었을 것이다.

---

28) 이동범, 『자연을 꿈꾸는 뒷간』, 들녘, 2000, 29~30쪽.

이름이야 어떻든 역할은 같은데, 지금의 화장실과 다른 게 하나 있었다. 바로 화장실 인분人糞의 재사용이었다. 인분을 거름으로 사용하자면 인분을 부패 발효시켜야 하는데, 메탄이나 질소 암모니아 등의 가스가 발생하면서 나는 냄새를 없애기 위해서 통풍이 잘 되는 곳에 위치해야 했으므로 뒷간은 보통 살림집에서 멀리 떨어져 있어야 했다. 또 통풍이 잘 되어야만 인분 속에 있는 미생물에게 산소를 공급해 주어서 발효가 더욱 빨라지기도 했기 때문이었다.

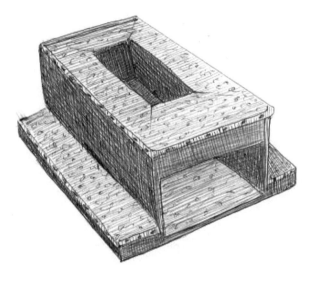

매회틀

임금이나 왕족들의 사용하던 휴대용 변기는 '매우틀' 이라고 하였는데, 이 말은 매회煤灰틀이라는 말에서 나왔다고 한다. 매회는 나뭇재를 말하는 것으로서, 휴대용 변기의 경우에는 변기통 안에 재를 미리 뿌리게 되므로 매회를

담은 틀이라는 뜻으로 '매회틀' 로 불리게 되었다는 것이다.[29]

인분 위에 재를 끼얹으면 우선 냄새가 나지 않을 뿐만 아니라 날벌레와 각종 충蟲들이 접근하지 못한다. 그래서 아궁이에서 재가 나오면 그것을 똥과 버무려서 거름으로 사용하는 것이 서민들의 가장 일반적인 잿간변소가 되었는데, 그것이 바로 '부춛돌 잿간' 이다.

보통의 경우 잿간의 한쪽에 디딤돌 두개를 놓고 앞에는 재를 쌓아두며 뒤에는 똥재를 쌓아두는 방식이었는데, 이 디딤돌을 부춛돌이라고 부른다. 볼일을 본 뒤에 쌓아둔 재를 뿌린 후, 나무 삽으로 떠서 한쪽에 쌓으면 된다. 이 밖에도 똥항아리를 묻어서 분뇨가 일정하게 차면 퍼내는 방식인 농촌의 수거식收去式 뒷간이 있었고, 측간 아래쪽의 분뇨 저장공간에 돼지우리를 둔 똥 돼지간(통시)라는 것도 있었다고 한다.

화장실이라는 말이 나온 유래도 재미있다. 도시의 분뇨투척이 심하던 18,9세기경에 영국에서는 귀족들이 가발을 쓰고 다니는 것이 유행이었는데, 가발을 쓰기 전에 위생처리의 한 방법으로 가발에 파우더(powder)를 뿌렸다. 그래서 귀족들의 침실 한쪽에는 이런 공간으로 분장실(powder closet)이 따로 있었고, 여기에서 가발을 분칠을 한 뒤에 손을 씻어야 했기 때문에 물이 있어야 했다는 얘기다. 그러한 연유로 화장실이 되었고, 덩달아 수세식 변기도 발달하게 되었다고 한다.

그렇다면 우리는 지금 화장실에 갈 때마다 귀족대접을 받고 있는 것이다. 생각할수록 황송한 일이지 않는가?

---

29) 이동범, 『자연을 꿈꾸는 뒷간』, 들녘, 2000, 42쪽.

■ 화장실에서 찾는 건강

옛날에는 화장실을 보통 뒷간이나 측간이라고 하면서 멀리 했지만, 절에서는 '몸에 깃들인 근심을 풀어주는 곳'이라는 의미를 담아서 해우소解憂所라고도 했다. 또 영어로는 '쉬는 장소'란 뜻으로 레스트 룸(rest room)이라고 한다. 같은 공간이라도 이름을 그럴 듯하게 붙이면 이렇게 달라지는 것이다.

그것뿐만이 아니다. 옛날 왕이 볼일을 보는 장소는 이름부터 더 고상하다. '매우梅雨틀'이라고 했다. 여기에서 매梅는 큰것을, 우雨는 작은 것을 뜻한다. 또 왕은 지엄한 존재라서 볼일을 볼 때도 매화처럼 흩날리라는 염원을 담아서 '매화틀'이라고 했다고도 한다. 뒤처리도 그냥 닦고 씻는 것이 아니라 내시가 공손하게 두 손으로 받쳐 들고 비단으로 닦아줬다고 하니, 우리네 보통사람으로는 그저 생각하는 것만으로도 황송한 일이다.

지금 우리가 살고 있는 아파트에서는 대부분 화장실化粧室이라고 부른다. 예전에 그저 변소便所라고 퉁명스럽게 내뱉던 이름에서 '단장을 한다'는 뜻으로 화장실이라고 점잖게 바꿔 부르게 된 것이다. 그것도 변화라면 큰 변화라고 하겠다.

그런데 지금까지 바뀌지 않은 것이 하나 있다. 화장실은 항상 춥다. 더구나 화장실에서는 옷을 내리거나 걷어 올려야 하기 때문에 더 춥게 느껴지는 것이다. 근심을 풀거나 편안하게 사색에 잠기러 찾아가는 장소가 아니라, 어쩔 수 없이 뛰어 들어갔다가 볼일을 보고 나면 부리나케 도망치듯 쫓겨 나와야만 한다. 춥기 때문이다. 이게 문제다.

추위 자체가 몸을 타고 흐르는 혈관을 수축시키기도 하지만, 우선 몸이 춥기 때문에 빨리 대변을 보려고 얼굴을 찡그리고 배에 더욱 힘을 주다가 갑자기 혈압이 올라가서, 그만 생사를 넘나드는 경계를 맞게 되는 경우도 종종 있기 때문이다.

그래서 정말 우리 마음에 깃들인 근심을 풀고, 생각이 깊어지고, 또 고단한 일상에서 잠깐이라도 벗어나서 편안하게 쉴 수 있는 공간으로 화장실이 거듭나려면, 지금처럼 화장실을 아름답게 치장하고 이름만 그럴듯하게 부를 것이 아니다.

우리 주거공간에서 한쪽으로 밀쳐두었다가 필요할 때만 찾는 화장실이란 그 작은 공간에 이제부터라도 따뜻한 기운이 감돌 수 있도록, 자그마한 난방시설 하나라도 세심하게 챙겨놓아야 하겠다.

16 빛나는 조연

■ 작지만, 맵고 단단한 쐐기[30]

우리 사람의 몸에는 수분이 약 60% 정도를 차지하고 있다고 한다. 사람만 그런 것이 아니라, 풀도 그렇고 나무도 그렇다. 거의 모든 생명체는 그렇게 많은 부분을 사실상 물에 의지하고 있다. 수水, 화火, 목木, 금金, 토土라고 하는 오행五行 중에서도 아마 물이 더 중요한 생명의 선행요소라서 그런지 모르겠다.

그런데 그러한 물이 건축에서도 아주 중요한 역할을 하고 있다. 물이 없이는 건축을 할 수도 없지만, 또 반대로 물이 하자의 원인으로 돌변하는 경우가 종종 있기 때문이다. 건축물에 덧대고 포개고 또 잘 짜 맞춰지도록 흙이

---

30) 2006년 6월 1일, 지방선거를 앞두고 〈전북일보〉에 연재.

나 목재를 주요소재로 설계하는 생태건축의 경우, 그 정도는 생각보다 훨씬 더 심각하다.

대부분의 자연소재들은 콘크리트나 플라스틱처럼 습도변화에 초연한 것이 아니라, 대기 중의 수분함유량에 따라서 쉴 새 없이 신축팽창을 거듭하게 되어있다. 어떻게 보면 재료가 '숨을 쉬고 있는 증거'라고 쉽게 생각할 수도 있다. 그러나 갈라지고 벌어지고 뒤틀어져 있는 모습을 직접 보게 되면 그게 그렇게 간단해보이지만은 않는다.

한옥에 살다보면 이러한 상황들을 자주 직면하게 되는데, 봄가을의 건조한 날에는 목재의 이음맞춤부분에서 저절로 틈이 벌어지게 되고, 그래서 걸어 다닐 때마다 마룻장이 삐거덕거리는 소리도 종종 듣게 된다. 또 고온다습한 장마철엔 반대로 문틈이 뻑뻑해지고 잘 여닫혀지지가 않아서 애를 먹기도 한다. 흙이나 목재가 대기 중의 습기를 빨아들이고 내뿜기 때문에 생기는 자연스러운 현상들이다.

그러나 그렇다고 해서 그걸 그냥 보고만 있을 수도 없는 일이다. 우리 한옥에서는 그 틈을 보완하기 위해서 옛날부터 쐐기를 박아왔다. 비록 쓰다 남은 허드레 목재로 뾰족하게 깎아서 만든, 정말 작고 볼품없는 물건이지만 그 효과는 상당했다. 조금 벌어지고 뒤틀어진 부분에 쐐기를 꽂고 적당하게 두들겨 박아놓으면, 마룻장이 이리저리 놀지도 않고 삐거덕거리던 소리마저도 슬며시 자취를 감추었기 때문이다. 이렇게, 미리 준비한 것은 아니지만 그 자리에 없어서는 안 될 꼭 필요한 물건을 우리는 쐐기라고 한다.

지금은 바야흐로 정치의 계절이다. 그래서 각 후보마다 이 지역사회에 꼭 필요한 동량棟樑이 되겠노라고 역설하는 장면을 심심찮게 볼 수 있다. 그러나 지금은 기둥과 대들보가 그렇게 많이 필요한 것이 아니라, 오히려 작고 단단한 쐐기가 더 필요할 시대인지도 모른다. 기둥과 대들보에 나있는 그 작은 틈을 비집고 들어가서 건축물 전체를 빈틈없이 안정되게 하고, 때로는 삐거덕거리는 소리까지 몰아내던 그런 '야무진 쐐기'가 필요한 것이다.

■ 빛나는 조연, 갈모산방

흔히들 한옥은, 그 멋을 지붕곡선에서 찾곤 한다. 사실, 허공으로 날렵하게 버선코처럼 들어 올린 지붕의 추녀마루 곡선은 언제 봐도 아름답다. 더구나 마을 뒷산의 나지막한 산 능선과 어울려져 있는 풍경이라면 더더욱 자연스럽다. 그렇게 우리한옥은 온통 지붕에 그 멋과 맛이 서려있는 듯하다.

그래서 기와지붕을 단순히 눈비바람을 막기 위한 시설로 보면 안 된다. 오

지붕을 들어 올리고 있는 갈모산방

뉴월 따가운 햇살을 가리기 위한 장치도 아니다. 붉고 밝은 알매흙을 지붕 위에 곱게 펴서 바르고, 그 위에 기왓골을 따라 다소곳이 덮어놓은 암수 기왓장 하나하나가 서로 음양陰陽의 힘을 합쳐서 지붕에 연출해놓은 곡선이라고 해야 할 것이다.

어떻게 보면 남해대교의 현수懸垂구조와 비슷하다. 양쪽에서 팽팽하게 잡고 있던 실을 살짝 늘여 놓으면, 실은 곧장 밑으로 처지면서 자연스러운 곡선을 이루게 되는데, 그러한 이미지다. 샌프란시스코에 있는 금문교(金門橋, golden gate bridge)가 그렇고, 부산 광안대교廣安大橋의 난간 곡선이 그렇다. 아마 기와지붕의 처마곡선도 오랜 세월을 거치면서, 그러한 자연의 곡선을 차용해온 것 같다.

이렇게 밑으로 자연스럽게 늘어지는 현수懸垂의 곡선도 아름답지만, 사실 한옥의 기와지붕 곡선에서는 조금 더 색다른 맛이 우러나온다. 밑으로 그냥 축 쳐져있는 것이 아니라, 하늘을 향해서 힘껏 치솟아 있다. 마치 수컷의 힘이 느껴지는 듯하다. 그래서 하늘을 배경으로 펼쳐진 지붕곡선을 바라보고 있노라면 저절로 팽팽한 긴장감이 전달되는 것인지도 모른다.

그런데 자세히 살펴보면, 그 지붕곡선을 만드는 것은 대들보도 아니고, 서까래도 아니다. 잘 알려지지도 않은 '갈모산방'이라고 하는 작은 부재다. 비록 그리 크지도 않고 우아하게 생기지도 않았지만, 지붕곡선을 매끄럽게 처리하는데 있어서, 갈모산방은 절대적인 존재다. 만약 그가 없었더라면 그저 밋밋하게 수평으로 덮였을지도 모르는 지붕을, 갈모산방은 처마 끝에서 그렇게 정성껏 들어 올리고 있는 것이다. 마치 걸을 때마다 신발에 서걱서걱 밟히는 한복치마솔기를 슬쩍 들어 올리고 서있는 여인네의 자태 같다.

그래서 '갈모산방'은 삼각형의 형태로 깎아서 도리道里 위에 직접 얹어놓게 된다. 어떻게 보면 건축물의 몸체와 지붕 사이에 끼워진 채, 육중한 지붕을 들어 올리고 있는 폼이 마치 쐐기 같기도 하다. 갈모산방의 그 힘겨운 역할로 서까래와 부연은 사뿐히 추켜올려지게 되고, 지붕은 그렇게 아름다운 곡선을 연출할 수 있게 되었던 것이다.

이제 사찰이나 고궁에 찾아가게 되면, 처마 끝에 다소곳이 숨어있는 그 갈모산방을 한번 올려다 볼일이다. 모두들 주연으로 스포트라이트만 받으려고 하는 이 조급한 현대사회에서, '갈모산방'은 언제나 그렇게 빛나는 조연으로 만족하고 있기 때문이다.

■ 문지방^{門地枋}

요즘 짓는 집은 다들 문지방이 없다. 문턱이 사라진 것이다. 우리가 지금 살고 있는 아파트만 봐도 그렇다. 현관문을 열고 실내로 들어오면서부터, 바닥은 한 치의 높이차도 없이 정말 미끄러지듯 마감되어 있다. 물론 문턱이 없어졌으니, 각 방을 드나들거나 물건을 이동하기가 예전보다 훨씬 더 수월해진 것은 사실이다.

문지방이란, 문꼴의 양 옆에 설치되어 있는 문설주를 바닥에서 받치고 있는 수평부재로서 자연스럽게 문턱이 된다. 옛날 기와집 문지방이야 이리저리 대패질해서 정갈하게 다듬어 놓았지만, 보통 초가집의 문지방은 그 생김새부터가 우선 투박하다. 그리고 기둥이나 대들보처럼 꼭 그 자리에 쓰기 위해서 일부러 골라놓은 것이 아니라, 쓰다 남은 목재를 대충 다듬어서 문설주 하부에 맞춰놓았기 때문에 그 높이나 형태도 모두 다 제각각이었다.

그런데 그렇게 각기 다른 문지방들도 타고 난 운명은 하나같이 참으로 기박하다. 기둥이나 보, 도리 그리고 서까래처럼 우람하게 돋보이거나 요긴하게 대접받지 못하고, 처음부터 그저 바닥에 바짝 엎드린 채 사람들의 발밑에 밟히는 처량한 신세로 태어난다. 때때로 아무 거리낌 없이 사람들이 제 얼굴에 엉덩이를 대고 척 걸터앉아도 항변 한 마디 하지 못하고, 보폭이 작은 애들이 예사로 저를 밟고 넘나들어도 싫은 내색조차 할 줄 모른다.

아예 모든 걸 운명으로 체념했는지, 여름 한낮엔 고단한 일상을 내려놓고 곤히 잠자는 주인집 아저씨의 목침木枕 역할을 하기도 하고, 북풍한설이 몰아치는 한겨울에는 제 온몸으로 문틈을 여며주는 것도 마다하지 않는다.

아니, 그뿐만이 아니다. 예전에는 세상의 안팎을 가르고 나누는 경계의 구실도 충실히 수행하였다. 엄마 품안에 안겨있던 아기가 조금 더 자라서 방안을 엉금엉금 기어 다니거나 유모차를 이리저리 끌고 다닐 때, 제일 처음 만나는 장애물이 다름 아닌 문지방이었던 시절이 있었다. 그럴 때 갓난아기야 바동거리다가 울어 젖히면 그나마 해결이 될 수 있었지만, 세상 밖이 얼마나 힘들고 낯선 것인지 아마 처음으로 체험하는 계기가 되었을 것이다.

그런데 어느 때부턴가 우리건축에서 그 문지방을 떼어내면서부터, 문이 갖고 있던 본래의 제 기능도 슬그머니 사라지게 되었다. 방문은 여전히 '꽝' 하고 닫히지만, 문 밑은 벌줌 하게 벌려져 있는 것이다. 우리사회 각 분야에서 편리하다는 이유로 지금 '구분과 나눔' 이 예전만 못해진 것도, 혹시 이 '문지방' 이 사라진 탓은 아닌지 모르겠다.

■ 문설주

송홧가루 흩날리는 계절이다. 비록 윤사월은 아니지만 요즈음은 송홧가루
가 뿌옇게 하늘을 뒤덮은 채, 살랑살랑 봄바람에 날아든다. 그렇게 날아온
송홧가루가 지붕위에도 내려앉고, 꽃밭에도 뿌려지다가, 때로는 문틈이나
마루 틈에도 소리 없이 끼어든다.

정말 이맘때는 "송홧가루 날리는/ 외딴 봉우리/ 윤사월 해 길다/ 꾀꼬리
울면/ 산지기 외딴 집/ 눈먼 처녀사/ 문설주에 귀 대고/ 엿듣고 있다"는 박목
월의 「윤사월」이라는 시가 절로 생각나는 계절이다.

그런데 시는 그렇게 애절하지만, 여기에서 문설주를 모르면 그 시를 읽는
감흥이 반감된다. 문설주柱는 그 이름에서 짐작되는 것처럼 기둥이다. 아니,
기둥이라고 하기에는 조금 민망해진다. 문설주는 문을 내기 위해서 문꼴의
좌우에 세워둔 수직부재다. 문설주를 알게 되면 문인방과 문지방도 자연스
럽게 알게 된다. 문설주를 기둥으로 그 위에 수평으로 걸쳐댄 부재를 문인방
이라고 하고, 그 아랫부분에 받쳐놓아서 사람이 넘어 다니는 문턱을 보통 문
지방이라고 한다.

시詩에 나오는 눈먼 처녀도 아마 여느 여염집 처자처럼 수줍음이 많았던
지 차마 방안 풍경을 쉽게 엿보지는 못하고, 그렇다고 마음에 돋아나는 궁금
증을 감추지도 못했나보다. 그래서 아랫마을 박 서방이 사랑방으로 들자마
자, 아궁이에 불을 때다 말고 살금살금 마루로 기어 올라가 어른들의 얘기소
리에 귀를 기울이게 되었을 것이다.

이때 띠살문도 아니고, 하얀 회벽도 아닌, 문설주에 귀를 대고 엿듣고 있

다는 어느 늦은 봄날의 나른한 풍경을 이 시는 스케치해놓고 있다. 물론 그녀가 엿들은 것은 시답잖은 혼담 얘기가 아니었을 수도 있다. 긴 봄날 덧없이 우는 꾀꼬리 울음소리였을 수도 있고, 송홧가루를 흩날리는 바람소리였을 수도 있다. 운치 없이 벌쭉하게 서있던 문설주도 그런 때가 있었다. 이 방 저 방을 펄렁거리며 문지방이 닳도록 들락거리던 애들 때문에 다소 헐렁해진 돌쩌귀를 단단하게 다시 고쳐 박느라, 망치로 이리저리 애꿎게 얻어맞을 때에만 그 존재를 알리던 문설주도 그렇게 행복한 때가 있었다.

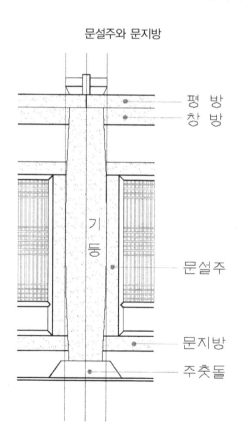

문설주와 문지방

평방
창방
기둥
문설주
문지방
주춧돌

건축은 그런 것이다. 사람이 사는 공간으로서 그저 묵묵히 배경으로서만 존재하다가도, 때로는 이렇게 양념처럼 툭 튀어나와 극중 재미를 더하게 할 수도 있다. 옛날에는 그랬다. 그런데 요즘은 더 이상 그런 걸 찾아볼 수 없게 되었다.

우리인생에서 관객과 배우 그리고 시나리오는 모두 그렇게 제각각 타고난 사주팔자대로 서로 다르게 구성되지만, 어느새 그 무대는 한결같이 아파트만을 배경으로 삼고 있기 때문이다.

넷째마당

내 마음을 두드린 우리건축

건축에 깃든 생각을 찾아서 여기까지 왔다.

이제 그 생각을 발판으로 마음까지 짚어보려 한다.

마음……? 물론 어려운 일이다.

그러나 이생각

저생각을 함께 나눠가면서

건축으로 우리마음을 한 번 두드려보겠다.

1 우리시대의 자화상[1]

이젠 제법 익숙해진 선거철 풍경

1) 지방선거로 한참 들떠있던 2006년 4월 19일 〈전북일보〉 연재.

벚꽃이 만발한 지금은 확실히 정치의 계절이다. 눈에 좀 띨만하다 싶은 주요 네거리 건물마다 대형걸개 인물사진이 보란 듯이 내걸려 있다. 디지털 시대의 사진기술 탓인지, 후보들의 얼굴 하나하나가 마치 건물크기만 하게 커졌다. 그리고 뭐가 그리 기쁘고 좋은지 하나같이 환하게들 웃고 있다.

지금 시민들은 FTA(한미자유무역협정) 협상에 불안해하고, 극심한 빈부격차에 시달리며 이젠 세상 살맛조차 잃어버렸다는데, 그 시민들을 위해서 일을 하겠다고 선거에 나선 사람들은 저렇게 한결같이 말쑥한 차림으로 웃고 있는 것이다. 민심民心은 천심天心이고 정치는 바로 그 민심부터 읽는 것이 먼저라고 했는데, 아마도 민심에는 별로 관심이 없는 것 같다.

환기를 하고, 채광의 통로가 되기도 하고, 또 때로는 조망眺望의 장소가 되라고 만든 창문까지 저렇게 대형걸개사진으로 가려놓은 지금, 우리 시내의 거리풍경은 확실히 달라졌다. 비록 선거당일까지의 한시적인 현상이라고는 하지만, 거리풍경이 바뀌어버린 것이다.

물론, 건물 주인들은 상당히 고무되어 있을 것이다. 건축물이 그동안 단순히 전세를 받고 월세만 받던 고리타분한 대상에서 벗어나, 이젠 본의 아니게 새로운 부업의(?) 시대까지 맞이했기 때문이다.

이럴 줄 알았더라면 건축물을 더 크고, 더 넓고, 또 더 높게 설계하지 못한 것이 못내 아쉬워진다(?). 그러나 그동안 건축물에 덕지덕지 붙어있던 광고간판 때문에 훼손되었던, 건축물의 설계이미지와 도시경관은 이제 다시 새로운 도전에 직면하게 되었다.

어떻게 보면 건축물이 하얀 두건頭巾을 쓰고 있는 것 같기도 하다. 아니, 탈춤을 출 때 얼굴을 가리기 위해서 건축물에 탈바가지를 씌워놓은 것 같다. 속이야 어떻든 거의 모든 후보들이 안동 하회탈처럼 환하게 웃고 있는 것도 인상적이다. 하회탈이라면, 저 몸짓 저 손짓 저 웃음이 모두 다 조롱과 풍자를 담은 가짜라는 얘기가 되는데, 정치란 그 출발인 선거운동 당시부터 그렇게 속과 겉이 다른 가짜라는 사실을 역설적으로 웅변해주고 있는 셈이다.

건축이란 그런 것이다. 어느 시대 어느 사회에서나 그렇게 그 시대를 말없이 비춰주는 거울이 된다. 우리가 살고 있는 우리도시의 주요 네거리마다 보란 듯이 걸려있는 저 대형걸개 인물사진에서, 지금 우리는 우리사회의 혼란스러운 자화상自畵像을 맘껏 비춰보고 있는 것이다.

2 백 년 동안의 사랑

우리들의 일상생활은 대부분 철근콘크리트 속에서 이루어진다. 사람을 만나는 것도 그렇고, 음식을 먹는 것도 그렇고, 잠을 자는 것도 그렇다. 철근콘크리트 건축물이란 철근과 콘크리트를 결합해서 만든 집을 말한다.

그런데 그 철근과 콘크리트가 사랑을 하고 있다면 과연 믿을 수 있을까? 무표정하게 회색빛으로 바보처럼 서있는 것 같은 저 아파트와 빌딩에 사랑의 기운이 배여 있다면 정말 믿을 수 있을까? 그것도 자그마치 백 년 동안이나 헤어질 줄 모르고 밤낮없이 서로를 꽉 껴안은 채……!

철근은 잡아당기는 인장력에 무척 강하다. 반대로 콘크리트는 위에서 내리누르는 압축력에 아주 강한 성질을 지니고 있다. 이 두 재료를 따로따로 놓아두면 그냥 별 볼일 없이 그렇고 그런 재료가 되지만, 둘을 붙여 놓으면 누르든 잡아당기든 엄청난 강성强性을 지니게 된다. 이러한 철근과 콘크리트로 인해서 63빌딩이 가능하고, 월드컵 주경기장이 가능하며, 지금 우리가 살고 있는 20층 이상의 고층아파트가 가능하게 된 것이다.

철근과 콘크리트는 한번 붙여 놓으면 자연적으로 수화열水和熱을 발산하기 시작하는데, 시간이 지나면 지날수록 계속 더 강하게 끌어안고 다시는 풀어놓을 줄을 모른다. 그렇게 무려 50년을 버틴다. 철근의 휘어 돌아가는 울퉁불퉁한 돌기를 따라 콘크리트는 압박을 풀 줄 모르고, 콘크리트의 강한 압박에 철근은 제 몸에 녹이 슬 때까지, 무려 50년 동안이나 운명처럼 끌어안고 있는 것이다. 변덕이 죽 끓듯 하는 우리 인간하고는 아예 비교조차 되지 않는다.

그러나 사랑은 50년 세월도 그저 찰나인 듯, 점점 더 강한 힘으로 끌어안기만 하던 그들도 무심한 세월 속에서 서서히 압박을 풀어놓는 시기가 찾아온다. 헤어지는 것은 어차피 누구에게나 정해진 숙명인 것이므로……!

이렇게 해서 철근콘크리트는 장장 백 년 동안을 견딘다. 그리고 그 사랑의 결실로 그들은 '공간'을 만들어 놓았다. 우리가 지금 살고 있는 아파트와 사무실과 가게는 거의 다 그렇게 해서 만들어졌다. 철근과 콘크리트라는 현대 건축의 두 주요소재를 음양陰陽으로 해서 새로운 공간을 창출해놓은 것이다.

3 각하와 대통령님²⁾

예전에는 대통령을 호칭할 때 '각하閣下'라고 불렀다. 이게 영 어색했던지 김대중 대통령은 각하라는 말 대신에 '대통령님'으로 고쳐 부르게 했다. 사실 따지고 보면 각하라는 용어도 옛날 왕조시대에는 '전하殿下'나 '폐하陛下'였다. 모두 다 왕이나 임금 그리고 황제에게 붙이는 극존칭이었던 것이다.

그런데 엄밀히 구분해보면 각하와 전하 그리고 폐하라는 말에는 분명한 차이가 있다. 일반적으로 황제는 '폐하'라고 존칭하는데, '폐陛'는 '섬돌'이라는 뜻으로 이 세상에 하나뿐인 천자天子를 나타낸다.

황제 앞에서는 세상사람 모두 그가 딛고 서있는 섬돌 아래 조아리고 있어야 하므로 폐하陛下라고 했던 것이다. 그래서 '임금폐하'나 '왕폐하'라고 하면 어색하고 '황제폐하'라고 해야 우리 귀에 익숙하게 들린다.

2) 2005년 12월 13일 〈전북일보〉 연재.

또 황제를 모시는 제후국의 왕은 '전하殿下'라고 한다. 여기에서 '전殿'은 큰 집을 뜻하는 말로서 흔히 왕이나 부처님이 계시는 건축물에 붙이는 호칭이었다. 우리가 잘 아는 경복궁의 근정전勤政殿이나 강녕전康寧殿 그리고 사찰의 대웅전大雄殿과 미륵전彌勒殿 등에 전殿이라는 말이 붙어있는 것을 봐도 그 의미를 짐작할 수 있다. 그 크나큰 집의 지붕 밑에 계시는 분을 옛날 왕조시대에서는 '전하'라고 했던 것이다.

각하閣下라는 말도 마찬가지다. 단순한 맞배지붕이나 합각지붕이 아닌 조금 특이한 지붕을 가진 작은 건축물에는 보통 각閣이란 명칭을 붙여왔다. 보신각이나 동십자각 그리고 누각樓閣, 종각鐘閣 등이 그 좋은 예라고 할 수 있다. 그렇게 작고 기이한 지붕 밑에 사는 사람은 각하閣下라고 한다. 전하殿下와는 그 크기와 중요도에서 확실한 차이가 느껴진다.

그런데 우리가 뽑은 대통령을 우리는 그동안 '각하'라고 불러왔다. 우리 민중 모두의 의사가 제대로 반영되지 않은 대통령이어서 그렇게 호칭했는지 모르겠지만, 어쨌든 전하나 폐하에 비해서 제대로 대접받지 못했다는 의미가 담겨있는, 다소 민망한 존칭이었다.

그래서 '각하'를 버리고 '대통령님'을 선택한 것은 잘한 일이다. 건축물에 붙이는 명칭으로 풀어보면 그렇다는 말이다.

4 머리는 차갑고 발은 따뜻하게

개는 주둥이를 파묻고 자는 습관이 있고, 사람은 발이 따뜻해지면 몸에 긴장이 풀리면서 스르르 잠을 자게 된다. 그래서 그런지 예로부터 '머리는 차갑게 하고 발은 따뜻하게' 하는 것이 건강에 좋다고 알려져 왔다. 이른바 두한족온頭寒足溫인 셈이다.

그러나 안타깝게도 우리가 살고 있는 대부분의 주거환경은 그렇지 못한 것이 현실이다. 아파트는 그 공간구조상 위 아래층과 좌우측 세대가 거의 동시에 난방을 하도록 되어있다. 자연적으로 방바닥과 천정의 온도는 별 차이가 없이 비슷비슷해진다.

그래서 지금과 같은 겨울철에도 아파트 실내에서는 아무 거리낌 없이 얇은 옷차림으로 생활하고 있고, 그것이 마치 현대인의 특권인 냥 여기게 되었다.

그런데 문제는, 기류氣流가 잘 돌지 못하고, 실내공기가 쉽게 정체되어 버리는 우리 주거공간의 특성에 있다. 처음부터 실내외의 소통이 원천적으로 차단되게끔 설계되어 있기 때문이다. 과거 춥고 배고팠던 기억을 떠올리며 건축물을 지을 때마다 단열재 사용을 건축법으로 강제한 탓이기도 하다. 그 결과가 엉뚱하게 실내공기의 정체와 실내공기의 오염이란 이름으로 지금 우리 곁에 다가와 있는 것이다.

어떻게 보면 '순환의 지혜'를 잃어버린 결과라고 할 수도 있다. 날로 치솟는 난방비 걱정과 환기를 하지 않으려는 겨울철 생활습관, 그리고 또 아파트라는 주거공간의 구조적인 문제로 인해서, 지금 우리는 실내기류가 순환되어야 한다는 그 간단한 원리를 잃어버리게 된 것이다.

그러나 사람도 혈액순환이 잘 되어야 건강한 것처럼, 우리가 살고 있는 실내공간도 기류氣流가 잘 순환되어야 쾌적한 공간이 된다. 지금처럼 방바닥과 천정의 온도가 거의 비슷해서 실내기류가 잘 돌지 않고 딱 막힌 공간보다는, 건축물의 틈을 비집고 들어온 외부공기에 의해서 방안 공기는 약간 차가운 것이 좋다.

건축물에 틈이 없다면 차라리 환기라도 자주 해야 한다. 그래서 지금 이 순간부터라도 이른바 '머리는 차갑고 발이 따뜻해지는', 그렇게 건강한 공간을 다시 되찾아야 하겠다.

5 한국과 일본의 차이[3]

독도문제, 역사왜곡문제로 이제 한국과 일본은 더욱 더 막다른 골목을 향해서 치닫고 있는 것 같다. 아무리 가까운 이웃이라고 해도 상식은 있는 법인데, 일본의 몰염치는 그 상식마저 넘어버렸다. 단순한 피해의식이나 감정의 앙금만은 아닐 것이다. 지리적으로도 가깝고, 생긴 모습도 비슷한데, 왜 그렇게 일본과는 반목의 골이 깊을까?

흔히 '그 시대의 거울'이라고 일컬어지는 건축물을 살펴보면 그 차이를 짐작할 수 있다. 건축형태를 통해서 드러나는 동양 삼국의 차이가 확연하기 때문이다.

우선 중국건축은 '천안문'이 보여주고 있는 것처럼 대륙적인 장중한 스케일감이 돋보인다. 건축물의 크기와 색채에 있어서도 매우 대담하고 거침이

---

3) 2005년 4월 19일 〈전북일보〉 연재.

없다. 치켜 올려진 지붕선의 과장도 아주 심하다. 민족성 탓일까? 일본건축은 비교적 단순한 형태에 농염한 색채가 무르녹아 있다. 꾸미고 감추고 아기자기하게 줄여놓은 잔재주가 건축물의 구석구석에서 슬쩍슬쩍 묻어 나오기도 한다.

이에 비해 부석사 무량수전이나 수덕사 대웅전처럼, 우리 한국의 전통건축은 그 외관부터 투박하고 청초하기 그지없다. 대평원의 한복판에 우뚝 서 있기는 했으나 그 존재의 미약함을 감추기 위해서 중국건축처럼 일부러 그렇게 과장을 반복하지도 않았고, 섬나라 일본건축처럼 재료와 공간에 인공의 흔적을 가미해 넣지도 않았다.

그저 생긴 그대로다. 앞산 뒷산에 널려있는 소박한 건축재료를 가져다가 불필요한 부분은 깎고 다듬어서, 마치 원래 거기에 있었던 것처럼 다시 제자리에 돌려놓고 있다.

그 차이다. 같은 건축물이면서도 집을 짓는 민족의 본성이 다르기 때문에 그렇게 서로 다른 집을 짓고 살게 되었다. 그리고 그 민족성의 차이가 지금 요란하게 부딪히고 있는 것이다.

사실 그대로를 표현하고 즐길 줄 아는 민족과 객관적인 사실일지라도 마음에 들지 않으면 일단 감추고, 줄이고, 농염하게 다시 꾸며야 직성이 풀리는 습성을 가진 이웃민족과의 피할 수 없는 충돌이 벌어지고 있는 셈이다.

6 앙드레김의 인테리어[4)]

앙드레김이 인테리어 설계를 했다고 해서 지금 세간의 화제가 되고 있다. 서울 목동에서 분양예정인 55평형 고급아파트인 트라펠리스(trapalace)의 실내디자인을 맡았다고 한다. 어눌한 말씨에 짙은 화장을 한 '김봉남'이라는 의상디자이너가 이제는 인테리어 설계까지 직접 감행敢行 한 것이다.

고급대리석과 여성 취향의 벽지로 치장을 하고, 거기다가 각종 귀족풍의 소품을 얹어서 앙드레김 특유의 여성적이고 우아한 장식미가 한결 돋보이는 로맨틱한 분위기를 연출했다고 한다. 듣고 보면 가히 환상적이다. 또 앙드레김이 설계했다고 하니 솔직히 궁금해지지 않을 수 없다.

그런데 앙드레김의 이러한 외도소식을 접하자, 이상하게도 20여 년 전에 타계한 김수근[5)]이라는 건축사의 독백이 오버랩 된다.

---

4) 2005년 8월 9일 〈전북일보〉 연재.
5) (1931~1986), 건축사. 1966년 종합예술지인 월간 《공간》을 창간하여 후진양성과 건축설계분야에 큰 업적을 남겼다. 대표작으로는 '자유센터', '서울올림픽 스타디움' 등이 있다.

20대 후반의 젊은 나이에 국회의사당 현상설계공모에 당선되고, 그 유명세를 몰아 국내의 굵직굵직한 건축설계를 거의 도맡아 하다시피 한 김수근은 말년에 서울올림픽 스타디움을 설계하고 나서야, 그 유명세 때문에 건축설계를 할 때마다 으레 남과 다르고 뭔가 특이하게 건축물을 디자인하기 위해서, 밤새 머리를 쥐어짜다가 정작 중요한 것은 놓쳤노라고 털어놓은 적이 있었다.

세계 100대 건축사로 꼽히면서 한국을 대표하던 건축사조차 그랬다는데, 한평생 옷만 디자인하던 사람이 건축물의 실내를 디자인했다니, 그 고심의 흔적을 쉽게 짐작할 수 있을 것 같다.

그것도 남과는 뭔가 다르고 지금까지의 인테리어와도 또 뭔가 다르게 꾸미려고 부단히 노력했을 테니, 그것은 대단히 어려운 작업이었을 것이고, 그래서 실내는 더욱 고급스러워지고 화려해지지 않을 수 없었을 것이다. 아무리 건축주와 이해관계가 서로 맞아서 앙드레김의 유명세를 활용했다고는 하지만, 어쨌든 의상디자이너가 주거공간의 인테리어 설계를 했다고 하는 것은 당초 의도대로(?) 확실히 뉴스거리가 된다.

그런데 옛날 그 유명한 '옷 로비사건' 때 국회청문회에 불려나와 앙드레김 특유의 그 어눌한 말투로, 본명이 '김봉남'이라고 밝혀서 실소失笑를 금치 못하게 만들던, 그때 그 화면이 왜 그런지 자꾸만 어른거린다.

7 건축과 파쇼(fascio)

무엇이든지 우리는 겉모습부터 먼저 보고 쉽게 판단하게 된다. 건축물도 마찬가지다. 우선 그 외관을 통해서 대부분 본질까지 한꺼번에 파악하려고 든다. 그래서 건축물을 설계할 때 제일 신경이 곤두서는 것은, 사실 건축물의 외관이다.

그런데 외관이 그렇게 중요하다고 해서 건축사建築士가 조각가彫刻家가 될 수는 없는 일이다. 조각가처럼 외부형태만 만지작거리다보면, 그 내부에서 전개되는 삶의 동선을 놓쳐버리기 십상이다. 또 건축물의 외관이라고 해서 고스란히 그걸 설계하는 건축사 혼자 결정하는 것도 아니다.

우리가 지금 보고 있는 우리주변의 건축물들은 그것이 잘났건 못났건 간에, 대부분 우리사회의 다양한 선행조건들이 적나라하게 투영된 결과라고 해야 할 것이다. 무책임한 변명이라고? 물론 그래도 어쩔 수 없는 일이다.

하나의 건축물을 세우는데 있어서는 세세한 관련법규와 구조안전의 한계,

사용재료의 실익 등 현실적인 한계뿐만 아니라 사회문화 심지어 정치경제적인 문제까지 실로 다양하게 잠복해 있으며, 또 건축주의 고집과 주장도 보통 만만치가 않다.

그런데 그 건축주가 개인이 아니라, 요즘 자치단체장들이라면 문제는 더 심각해진다. 특정이미지만 강조해서 건축물을 돋보이려고 하는 욕심이 실로 대단하다. 업무에 대한 과욕이라기보다는 일종의 사전 선거운동(?)이 아닌가 하는 의혹이 들 정도다. 우선 건축물을 전체의 맥락으로 이해하려는 것이 아니라 하나의 이미지만 연출해내려고 고집을 부린다. 그러다보니 건축물에 대한 진지한 고민과 의견은 곧잘 무시되곤 한다.

사실 건축물의 형태란 내부 평면의 충실한 이해에서 만들어지는 것이지, 갑자기 전지전능한 게시揭示의 결과나 복사물이 아니다. 그런데도 막강한 힘을 가진 자치단체장이나 일부 건축주들은 그것조차 쉽게 허용하려고 하지 않는다. 김희애의 눈에다가 황신혜 코와 김혜수의 입술을 먼저 붙여놓고는, 나머지 부분만 가지고 절세미인을 만들라고 요구하고 있는 것이다. 이렇게 되면 이건 파쇼(?)도 보통 파쇼가 아니다.

그 빗나간 과단성은 지나간 근대역사에서도 찾아볼 수 있다. 제 2차 세계대전 당시, 처음엔 나치독일의 히틀러도 그랬다고 한다. 나치사상을 건축으로 표현하고 싶어 했던 히틀러의 명령에 따라, 당시 꽤나 유능했던 건축가 알베르트 슈페어[6]가 앞장서서 과대망상적인 베를린 도시계획을 집행하게 된다. 건축을 잘못된 개인취향으로 취급하게 되면, 그러한 불행을 자초할 수도 있다. 히틀러와 슈페어는 그걸 가르쳐 주고 떠났다.

6) Albert Speer(1905~1981). 히틀러의 총통관저를 건축한 독일 군수상.

그런데도 요즘 우리 자치단체장들은 이에 아랑곳하지 않는다. 제 기호에 따라 창을 막고 벽도 한꺼번에 헐어내란다. 심지어 구조안전의 중책을 맡고 있는 기둥까지 빼라고 종용하는 경우도 있다.

물론 거기에는 조형 창작인으로 자처하는 건축사建築士들의 직무유기도 단단히 한몫하고 있다. 건축에 대한 진지한 고민이나 일관된 가치관이 없이, 그저 이 건물 저 잡지에서 마음에 드는 요소만 듬성듬성 떼어다가 붙여놓곤 한다. 건축주의 요구에 따라서 그저 잘 팔리는 상품을 이것저것 섞어 포장하듯, 그렇게 외부형태만 열심히 복사해대고 있는 것이다.

지금 우리는, 그걸 보고 있다. 아침저녁으로 어쩔 수 없이 마주치게 되는 우리 도시와 그 안에서 마지못한 듯 도심 가로변에 죽 도열堵列하고 있는, 그저 그렇고 그런 우리 현대건축이 빚어놓은 그 모습 그 풍경 그대로를……

8 이제는 건축도 성형수술 시대

옛날부터 몸에 칼을 댄다는 것은 아주 어려운 일이었다. 더구나 몸이 아픈 것도 아닌데, 단지 예뻐지기 위해서 얼굴에 칼을 댄다는 것은 상상할 수도 없는 일이었다.

그런데 지금은 겉모양을 위해서라면 쌍꺼풀 수술도 하고, 콧대도 들어올리고, 광대뼈도 태연히 깎아낸다. 성형수술을 해서라도 이 치열한 경쟁사회에서 살아남아야 하겠기 때문이라고 한다. 그리고 이제는 그것을 더 이상 문제 삼지 않는 사회가 되었다.

물론 의사들이 성형수술의 필요성을 일부러(?) 만들어낸 측면도 없진 않지만, 어느새 우리사회에서는 눈에 보이는 감각적인 것만 가지고 모든 것을 판단하는 가치체계를 지니게 되었다. 건축도 예외는 아니다. 아니 오히려 눈에 보이는 형태를 만드는 작업이 건축인지라, 그러한 가치관은 더욱 넓고 빠르게 번져가고 있는지도 모른다.

실제 건축물의 구조는 철근과 콘크리트로 했으면서도 흙을 바르고 목재를 몇 개 걸쳤다고 해서 생태건축이라고 하기도 하고, 조립식 패널로 지붕을 만들고 그 위에 이엉을 얹혀놓고는 그게 초가집이라고 우긴다. 그것뿐만이 아니다. 그리스나 로마 신전의 석조건축물들처럼 견고하고 육중하다는 이미지를 차용하기 위해서, 건축물의 겉 표면을 그럴듯한 재료로 위장해놓는 일도 서슴지 않는다.

그런데 그 실상을 알고 나면 심란하지 않을 수 없다. 이제는 눈에 보이는 것조차 믿을 수 없는 세상이 되었다. 어떻게 해서라도 건축물이 다른 사람들의 눈에 띄어서 주목을 받고, 그래서 돈만 벌면 된다는 전도된 가치체계가 지금 우리사회와 우리건축을 이렇게 혼란스럽게 만들고 있는 것이다.

그러한 측면에서 낡은 건축물을 일부 털어내고 다시 그럴싸하게 겉모양만 치장하고 있는 요즘의 리모델링 행태는 좀 더 신중해져야 하겠다. 건축물의 재활용이란 측면에서 리모델링(remodeling)은 분명 새로운 영역이지만 경제적인 가치에만 골몰할 경우, 그 건축물이 서있던 거리는 마치 윤곽만 뚜렷해진 채 개성이 사라진 성형미인들처럼, 그저 그렇게 또다시 무미건조한 형태로 도색塗色될 수도 있기 때문이다.

9 아파트

요즘은 너나 할 것 없이 거의 모두 다 아파트에 살고 있지만, 사실 아파트가 처음 등장한 것은 그리 오래 된 일이 아니다. 1957년 11월 고려대 근처에 종암아파트가 처음 등장한 이후, 서울시내에 중앙아파트와 개명아파트가 차례로 지어졌다고 하니, 우리 아파트 역사는 줄잡아도 50년 정도 밖에 되지 않는다.

그리고 그때까지만 해도 지금과 같은 형태의 미끈미끈한 고층아파트가 아니고, 그저 여러 세대가 한 지붕 밑에서 위아래로 다닥다닥 모여 사는 집합주택정도가 고작이었다. 그러다가 1962년 서울에 마포아파트가 단지개념으로 처음 설계되면서부터, 비로소 본격적인 '아파트 시대'를 맞이하게 된다.

그런데 내공을 쌓지 못한 탓이었던지, 1970년 서울시내 한복판에서 와우아파트 한 채가 그냥 폭삭 주저앉아 버리는 일이 발생하고 말았다. 물론 부실공사가 직접적인 원인이었지만, 그 상처는 의외로 컸다. 한꺼번에 무려 39

명이 중경상을 입고, 33명의 무고한 생명이 목숨을 잃어버린 것이다. 그 여파로 당시 '불도저 시장'으로 한참 명성을 날리던 김현옥[7] 서울시장까지 즉각 물러나게 되었다.

그러나 '아파트'로 상징되는 우리사회의 욕망은 이에 쉽게 굴하지 않았다. 곧바로 1971년, 서울 여의도에 보란 듯이 대규모 고층아파트로 일대 반전을 꾀하게 된다.

그렇게 하늘을 향해서 쭉쭉 뻗어 오르던 고층아파트는 점차 서울의 스카이라인(sky line)마저 바꾸어나가면서, 달동네 서민들에게는 그저 바라보는 것만으로도 꿈을 꾸게 만드는 일종의 유토피아로 작용하였다. 그 결과 1980년대에 접어들면서부터, 우리사회는 부동산 투기의 거센 광풍에 휩쓸리게 되고, 마침내 그 유명한(?) '압구정동 현대아파트'가 등장하게 된다.

이때부터 새로 분양되는 아파트마다 분양신청자가 줄을 서서 날을 새는 진풍경이 벌어지게 되고, 그렇게 한번 과열되기 시작한 아파트 분양시장은 좀체 사그라질 줄 모르며 채 불패신화를 이어나갔다.

그래서 유명아파트 한 채를 분양받고 나면 상상을 초월하는 프리미엄(premium)이 붙어서 거래되기 시작하였고, 각종 '빽'[8]과 '특혜'가 동원되기도 하였다. 정치인, 언론인은 물론이고 허가를 내준 공무원까지 그 직위를 이용해서 특혜분양을 받다가 망신을 당하는 일이 종종 벌어지기도 하였다. 바야흐로 우리사회 전체가 아파트 투기대열에 동참하게 된 것이다.

우리는 지금 그렇게 화려한 과거이력을 지니고 있는 아파트에 살고 있다.

---

7) 조국근대화작업을 앞장서서 추진했던 박정희 시대에 서울시장을 지낸 인물이다(재임기간 1966~1970).
8) 백 그라운드(Back Ground)의 시쳇말로서, 뒤에서 돌봐주는 배경을 의미한다.

그런데 하늘 높은 줄 모르고 무섭게 치솟기만 하던 아파트도 최근 들어 주춤거리기 시작했다. 서울경기지방을 제외한 다른 지방은 그 상황이 더 심각하다.

이건 그냥 쉽게 지나가는 바람 같지가 않다. 아니 어쩌면 지금까지 아파트를 들어 올리고 있던 모든 거품을 한꺼번에 걷어내고 힘없이 무너져 내릴, 또 다른 '와우아파트'의 조짐인지도 모른다.[9]

---

9) 실제 이 글을 쓰고 난 뒤인 2008년 가을, 서브프라임 모기지(비우량 주택담보 대출)가 원인이 된 미국 금융위기에 지금 세계경제가 휘청거리고 있다.

10 이승에서도 아파트, 저승에서도 아파트

우리는 보통 사람이 살기 위해서 집을 짓는 것으로 알고 있지만, 옛날에는 죽은 사람을 위해서도 따로 집을 지었다. 살아있는 사람이 거처하는 집을 양택陽宅이라고 하는데 비해서 죽은 사람의 무덤은 음택陰宅이라고 한 것이다.

아파트와 비슷한 납골당 내부

집도 음양으로 나눠서 생각했다.

사람이 죽을 때가 되면 점점 호흡이 가빠지고 정신精神이 들락거리다가 마침내 혼백魂魄마저 나눠지게 되는데, 이때 혼魂은 가벼운 기운이라 위로 뜨고 백魄은 가라앉아 유골遺骨에 머물게 된다고 한다. 그래서 우리 조상들은 그 혼백이 거처하는 음택에 대해서도 그렇게 지극정성을 다했는지 모른다.

그러나 그 정성도 시대의 흐름 앞에서는 어쩔 수 없는 건지, 지금은 음택도 점차 간편한 방법으로 변해가고 있다. 이리저리 흩어져 있던 무덤들을 하나둘 모아서 집단 취락지聚落地처럼 만드는 장례풍습이 한동안 유행하는 것 같더니, 이제는 그마저도 주춤하고 화장火葬을 선호하게 되었다.

그런데 그 유골을 안치하는 납골당의 형태가 생각해볼수록 참 흥미롭다. 지금 우리가 살고 있는 아파트와 너무나 흡사하기 때문이다. 마치 가로세로로 얽혀서 도심 한복판을 가득 메우고 있는 저 아파트처럼, 어느새 우리의 사후공간이 될 납골당도 점차 그렇게 대형화되고, 또 고층화되어 가고 있는 것이다.

이제는 납골당 전문분양업체마저 여기저기 생겨 지금 아파트를 분양하는 것과 똑같은 방식으로, 납골당의 평수坪數와 인테리어 그리고 납골함의 재료에 따라 각각 가격 차이를 두면서 실제 분양을 서두르고 있는 실정이다.

이렇게 되면 우리는 이승에서도 꽉꽉 막힌 아파트라는 공간을 벗어나지 못하고 살다가, 저승에 가서도 생면부지生面不知의 타인과 상하좌우로 이웃이 되어 납골당으로 직행하게 될 것이다. 이제 우리 현대인들은 언제 한번 내 집 하나 지어보지 못한 채 아파트 몇 동 몇 호 아저씨 아줌마로 불리며 발 동동 구르고 살다가, 죽어서도 또 납골당 몇 동 몇 호라는 숫자 속으로 사라지게 된다.

11 고층건축물과 탄성彈性

강하면 쉽게 부러진다고 한다. 그리고 정말 강한 것은 부드러운데서 나온 다고도 했다. 그래서 그런지 고급무술은 거의 다 물이 흐르는 듯한, 유연한 자세를 기본으로 하고 있다. 마치 춤동작 같기도 하다. 중국의 쿵푸(Kungfu) 가 그렇고, 일본의 유도柔道와 또 우리전래의 택견과 국선도國仙徒가 그렇다.

태풍이 오고 폭풍이 불면 굵은 나무들은 부러지거나 뽑혀나가게 되지만, 그 연약해 보이는 풀꽃들은 그저 흔들리기만 할 뿐, 좀처럼 꺾여 나가지 않 는다. 그래서 대부분의 고산준령에는 비바람에 눕고, 눈에 밟힐 줄 아는 작 은 풀꽃들만이 생존해 있는 것을 볼 수 있다.

우리가 살고 있는 건축물도 마찬가지다. 철근과 철골에다가 거푸집 형틀 을 짜고 거기에 콘크리트를 부어넣으면, 콘크리트는 기다렸다는 듯이 곧바 로 열[水和熱]을 내뿜으면서 단단한 돌덩어리처럼 굳어지게 된다. 그리고 그 렇게 만든 그 강한 구조체 위에 우리는 피아노도 올려놓고, 침대도 올려놓고, 또 아무 불안감 없이 일상생활을 하고 있는 것이다.

그런데 알고 보면 그러한 콘크리트 건축물도 그냥 가만히 서있는 것이 아니라, 사실은 이리저리 조금씩 흔들리고 있다고 한다. 바람이 불면 바람이 부는 대로 흔들리고, 거침없이 내려쬐는 태양열에도 알게 모르게 조금씩 제 스스로 신축팽창을 거듭하면서 휘청거리고 있다는 것이다. 물론 믿기 어려울 것이다.

그러나 우리가 대표적인 초고층 건축물로 잘 알고 있는 서울의 63빌딩도 처음 설계당시부터 조금씩 흔들리도록 설계되어 있다고 한다. 최고 꼭대기 층은 무려 30센티미터씩이나 흔들리고 있는데, 그렇게 거대한 제 몸을 조금씩 흔들어가면서 불필요한 외력을 중화시키고 있다는 것이다.

용수철을 잡아당겼다가 놓으면 다시 원상태로 되돌아가게 되고, 고무공을 세게 눌렀다가 놓아도 어느 한도까지는 다시 제자리로 재빠르게 돌아가는 것을 볼 수 있는데, 그것을 탄성彈性이라고 한다. 보통 초고층 건축물은 그렇게 탄성범위를 넘지 않도록, 제 높이의 1/500 이내에서 조금씩 흔들리도록 설계하고 있다. 그것이 건축물의 구조에 훨씬 더 안전하고 효율적이기 때문이다.

어떻게 보면 사람마음도 마찬가지다. 거친 풍파 속에서 때로는 흔들리기도 하고 때로는 넘어지기도 하면서 살아가는 것이 우리네 인생이라지만, 그것이 일단 탄성한계를 넘어서면 문제가 된다. 오욕칠정의 번민에 시달리다 보면 어떤 때는 정말 탄성한계를 훌쩍 넘어서, 다시 되돌아올 수 없는 소성塑性상태로 접어드는 경우가 종종 있게 마련이다. 그럴 때마다 차라리 당초 설계의도대로 탄성범위 이내에서만 흔들리며 살아갈 줄 아는 건축물이 새삼스레 부러워지기도 한다.

12 돼지우리와 공간싸움[10]

돼지라고 하면 우리는 조건반사적으로 그 뭉툭한 돼지코와 더럽고 지저분한 돼지우리를 연상하게 된다. 그러면서도 돼지꿈은 또 길몽吉夢으로 여긴다. 왜 그런지는 잘 모르겠지만, 옛날부터 우리는 돼지에 대해서 그렇게 이중적인 선입관을 가지고 있었다. 그런데 알고 보니 그건 오해였다. 한 공간에서 먹고 자고 싸는 동물의 대명사로 알고 있던 돼지에 대한 일종의 오해였던 것이다.

돼지를 키워보면 돼지도 제 나름대로 공간을 기능적으로 분화해서 사용하는 능력이 있다는 사실을 알게 된다. 밥 먹는 공간이 따로 있고, 잠자는 공간이 따로 있으며, 휴식을 취하는 공간도 제 스스로 잘 구분해서 사용하고 있기 때문이다. 물론 우리 인간처럼 벽을 만들고 창과 문을 달아놓은 것은 아니지만, 그래도 '돼지우리'라는 제한된 공간일망정 그것을 나눠서 생활하고

---

10) 2006년 6월 28일 〈전북일보〉 연재.

있다는 것은 상당히 놀랄만한 일이다.

그런데 그것뿐만이 아니다. 돼지도 제 활동공간이 비좁거나 동선이 차단되면 우리 인간처럼 스트레스를 받게 된다. 괜스레 꽥꽥거리며 돼지 멱따는 소리를 내지르는가 하면, 갑자기 신경질적으로 돌변해서 난폭하게 행동하기도 한다. 어떻게 보면 옛날 우리모습과 상당히 비슷하다고 할 수도 있다. 우리 인간도 원시시대에는 그렇게 '원형 움막집'이라고 하는 하나의 공간에서 가족전체가 먹고 자고 쉬는 일체의 문제를 해결해온 전력이 있기 때문이다.

아니, 불과 70년대까지만 해도 그랬다. 웬만한 가정에서는 그저 방 하나에 오남매 육남매가 뒤엉켜 살았다. 그렇게 좁은 공간에서 서로 살을 부딪치며 엎치락뒤치락 살면서도 언젠가 때가 되면, 수세식 화장실이 딸린 빨간 벽돌 집에서 그럴듯하게 내 방 하나 꾸미고 살겠다는 그런 꿈을 꾸고 살았다. 다르다면 그게 달랐다.

건축에서 공간은 그런 것이다. 저절로 나둬도 산천동식물山川動植物은 제 스스로 공간을 구분해서 사용하는 능력을 가지고 있다. 비좁으면 스트레스를 받기도 하고, 또 이유 없이 제 공간을 침범당하면 난폭하게 돌변하기도 한다. 그러다가 정말 어떤 때는 아주 좁디좁은 공간 하나에서 찬란한 희망의 메시지(message)를 찾아내기도 한다.

지금 전 세계를 뒤흔들고 있는 월드컵축구도 사실은 공간싸움이다. 미드 필드에서부터 상대공격수의 공간을 미리 강하게 차단하는 압박축구는 전형적인 공간차지 싸움인 셈이다.

그래서 좁은 국토에서 태생적으로 서로 밀치고 제치며 살아온 우리 한국 축구가 상대적으로 더 빠르고 더 강한 압박축구를 구사하고 있는 것인지도 모른다. 건축이란 창으로 들여다보면 그렇다는 얘기다.

13 피라미드와 국회의사당

배와 열차는 교통수단이며, 피라미드(pyramid)는 이집트 왕의 무덤이다. 그런데 어찌된 일인지 요즈음 우리주변에서는 버젓이 땅위에 배가 정박해 있으며, 열차가 엎어져 있기도 하고, 피라미드가 도심 한 복판에 등장하였다.

피라미드

다른 사람보다 좀 특별하게 꾸며서 시선을 끌고 싶은 상술이 오늘날 우리의 도시풍경을 이렇게 우스꽝스럽게 만들어 놓은 것이다.

　그러나 우리는 건축물의 특이한 외관에만 관심이 있을 뿐, 식사를 하기 위해서 배를 타고, 열차에 오르며, 마침내 무덤 속까지 들어가고 있다는 생각은 거의 하고 있지 않는 것 같다. 하긴 피라미드만 탓할 것도 아니다.

　우리가 매일 저녁 9시 뉴스시간마다 아무런 생각 없이 보아왔던 국회의사당도 사실은, 사람이 죽을 때나 볼 수 있는 상여喪輿 모습이라는데 더 큰 문제가 있다(?).

　정치를 잘해서 국리민복을 위하겠다고 선거철만 되면 열변을 토하던 인사들도 국회의사당이라는 상여(?) 속으로 들어가기만 하면 그렇게 고함을 치고, 멱살을 잡고, 또 상식이하의 저질행동을 하는 것을 우리는 그 동안 눈이 아플 정도로 보아오지 않았던가? 살아있는 사람들이 상여 속으로 들어가니 정말 제정신이 없는 모양이다.

　열차나 배의 형태에 마음이 쏠리는 것은, 지금 자신이 처한 현실에 안주하

국회의사당

지 못하고 어디론가 떠나고 싶다는 잠재의식의 표현이며, 피라미드라는 무덤에 눈길이 쏠리는 것도 마음 한 구석에 어느덧 어둠이 드리워져 있기 때문이라고 볼 수도 있다.

요즘 우리 주변에 기기묘묘한 형태의 건축물이 출현하고 있는 것을 다양한 개성의 표출이라고 일단 수긍하기보다, 우리 시대 우리 사회가 안고 있는, 이 극심한 정신적인 혼돈과 방황을 나타내는 또 다른 증표證票는 아닌지 모르겠다.

14 세계적인 건축물

흔히 우리나라에는 세계적인 건축물이 없다고 한다. 아울러 세계적인 건축사建築士도 없다고 여기고 있다. 아니, 건축만 그런 것이 아니라 지금은 사회 각 분야마다 세계적인 것들을 찾고, '세계화'나 '글로벌(global)'이라고 하는 말이 이 시대의 화두가 된지 오래다. 세계적인 것만이 이제 유일한 가치를 지니게 된 것이다.

그런데 문제는 세계적이라는 것 자체가 현대문명을 주도한 서구西歐의 가치기준을 그대로 따르고 있다는데 있다. 더 정확하게 말하면 다분히 미국 지향적이라고 할 수도 있다.

골프도 미국에서 우승하면 세계적인 선수가 되고, 비록 한국에서는 버림받았더라도 미식축구 선수로 성공하면 세계적인 스타라고 생각하게 되었다. 혼혈에 대한 우리사회의 뿌리 깊은 편견과 차별 속에서도, 서구인의 피가 섞이면 때로 흠모의 대상이 되기도 한다.

공부도 미국에서 해야 되고, 운동도 미국에 가서 해야 된다. 그래서 너나 할 것 없이 미국으로 건너가고, 미국에서 좁쌀만 한 인정이라도 받으려고 야단법석이다. 건축도 미국의 가치기준에 맞으면 한국에서는 금방 세계적인 건축물로 통한다. 이제 우리사회의 각 분야마다 그런 미국중심의 가치기준이 글로벌 스탠더드(global standard)라는 이름으로 확연히 뿌리를 내린 것 같다.

물론, 그렇다고 해서 동양의 신비주의가 사라진 것은 아니다. 일본건축의 간결한 분위기에 매료된 건축사도 있었고[11], 장중한 중국건축과 인도사상에서 지금까지와는 뭔가 색다른 건축언어를 찾으려고 노력한 경우도 있었다.

그런데도 결과적으로 우리는 서구인들의 입맛에 맞을 것 같은 동양의 신비적인 몇 가지 요소만을 찾아내서, 그것을 근대건축에 덧칠하는데 그쳤다. 그리고 그들이 시키는 대로 그것이 정말 가치 있고, 세계적인 것이라고 받아들이게 된 것이다. 그렇지만 건축의 본질을 좀 더 진지하게 고민해 본다면 문제는 많다.

건축물이란 그 시대의 사람들이 그 땅에 세워놓은 그 당시 의사결정의 결정체라고 할 수 있다. 그래서 그 시대를 반영하는 거울이라고도 하는 것이다. 군이 세계적인 건축사를 찾고 세계적인 건축물을 찾아야 하는지, 다시 한 번 곰곰이 생각해볼 일이다.

---

11) 미국의 건축사 프랭크 로이드 라이트. '동경제국호텔' 등을 설계했다.

15 새집증후군(sick house syndrome)

건강하게 오래 살고 싶다는 우리 인간의 희망은, 어느 날 갑자기 우리사회에 '새집증후군(sick house syndrome)'이라는 이상야릇한 병을 만들어냈다. 새로 지은 집에 이사해서 살게 되면 건축자재에서 발산하는 해로운 물질 때문에 병에 쉽게 노출된다는 것이다. 이제 새집을 장만했다는 기쁨보다도 새집에 들어가기가 겁나는 세상이 되었다. 그런데 예전에는 그러한 문제가 없었단 말인가?

짚어보면 새집증후군만 있는 것은 아니다. 새차증후군도 있고, 새옷증후군도 있다. 아니 굳이 따지자면 새사람증후군도 있고, 새환경증후군이라는 것도 있다. 이처럼, 무엇이든지 새로운 것에 적응하려면 다소 시간이 걸리게 된다. 그런데 새집증후군의 문제는 새로운 환경이나 새로운 사람을 만났을 때 자연스럽게 생겼다가 없어지는, 그렇게 일시적인 긴장이 아니라는데 있다.

그동안 별다른 기준이 없었던 탓에 우선 보기 좋고, 값싸게 만들어야겠다는 욕심만 갖고 건축자재를 생산해 온 것이 사실이다. 그것으로 우리는 건축을 하고, 또 그것을 무심코 지켜보며 그 속에서 우리들의 일상생활을 꾸려 나가고 있다. 그 때문인지 건축에서도 원목原木이 아니면서 원목인 체하고, 진짜가 아니면서 진짜인 체하는 인테리어가 유행처럼 번져나가고 있는 것이다.

우리가 살고 있는 방이나 거실을 꾸미려면 원래 자연 그대로의 나무나 흙으로 꾸미는 것이 좋다는 것쯤은 누구나 다 잘 알고 있는 일이다. 그런데 원목이나 흙은 우선 보기에도 깔끔하지가 않다. 주위 환경에 따라 틀어지기도 하고, 갈라지기도 하면서 때로는 볼썽사납게 내려앉고 주저앉기도 한다. 그러면서도 또 값은 턱없이 비싸다.

그래서 건축업자들은 석고보드나 인공목재로 벽이나 바닥을 만들고 거기에 나무 색깔을 입히고 싶은 유혹을 받게 된다. 그렇게 하면 그 마감 표면이 더 나무 같고 더 깔끔해진다. 값도 비교할 수 없을 정도로 싸다는데 더 큰 매력이 있다. 당연히 우리가 살고 있는 실내는 가짜로 치장하게 된다. 그런데 그렇게 가짜를 진짜처럼 치장하는데서, 지금 우리가 염려하고 있는 실내오염의 문제가 도드라져 나오게 되는 것이다.

실내공기환경의 질은 보통 20℃ 상온에서 가스 형태로 존재하는 유기화합물의 총량으로 판단하게 된다. 얼마 전의 보고에 의하면, 우리나라 대부분의 아파트 실내에서 휘발성 유기화합물(VOC)은 그 기준치인 1.0ppm을 훨씬 초과한 것으로 나타났다. 또 우리가 잘 알고 있는 이산화탄소도 그 기준치 1000ppm을 이미 넘어선지 오래 되었고, 발암물질로 알려져 있는 포름알데히드(formaldehyde)[12]는 그 농도가 기준치인 0.08ppm을 훨씬 뛰어넘어 무려

---

12) 메탄올의 산화로 얻어지는 기체로서, 자극적인 냄새가 나고 물에 잘 녹는 성질이 있다. 일반적으로 포르말린이라고 한다.

0.6ppm까지도 측정되었다고 한다.

그런데 그 수치자체도 문제지만, 실내 환경의 오염원이 아주 다양하게 분포되어 있다는 데 더 큰 문제가 있다. 실내공기 오염의 주범이라고 알려진 벤젠(benzene)은 담배연기나 접착제 등 우리 주변에서 쉽게 발생할 수 있으며, 포름알데히드는 단열재나 페인트, 합판접착제 등에서 수시로 우리 호흡기를 자극하고 있다는 것이다. 그리고 톨루엔(toluene)과 크실렌(xylene)은 바닥용 왁스 또는 니스와 염료에서 발생한다고 보고되었다.

그렇게 따지고 보면 우리 주변 모두가 사실상 오염원汚染源인 것이다. 이러한 유해물질은 설사 극미량이라도 장기간에 걸쳐 노출되게 되면 속이 매스껍고, 머리도 아프게 되며, 눈이나 코 그리고 목의 점막에 심한 자극을 주기도 한다고 알려져 있다. 특히 노약자에게는 더욱 치명적일 수밖에 없을 것이다.

새집증후군은, 도시화의 진행으로 우리 인간이 자연으로부터 멀어진 후유증이자 일종의 경고인 셈이다. 유해하든 말든 우선 싸고 깔끔하면 된다는 경박한 사회풍조와 또, 진짜가 아닌 것을 진짜처럼 속이고 감추려는 천박한 상업주의가 그 증상을 더욱 악화시켰다는 사실에 우리 모두 주목해야 하겠다.

16 건축물의 사용설명서

건축물에 관심을 갖고 애정을 느끼게 되면 점차 불편을 호소하게 된다. 텔레비전이나 휴대전화 하나를 사도 사용설명서가 첨부되는데, 우리 인간의 생활을 송두리째 담고 있다는 건축물에는 그 흔한 사용설명서 하나 붙어있지 않기 때문이다. 어디로 가스배관이 지나가고, 건축물의 주요구조부는 어디 어디인지, 또 벽면에 실금이 가기 시작하였는데 과연 괜찮은 것인지 도무지 알 수가 없다.

그렇다고 무슨 전문적인 지식이 필요한 것도 아닌데, 건축물의 사용에 대해서는 모르는 게 오히려 정상적인 세상이다. 아니 알려고 해도 알 수가 없고, 건축의 특성상 웬만한 설비시설은 전부 감춰지기 때문에 어디서부터 손을 대야 할지 정말 막막할 때가 한두 번이 아니다.

이러한 문제 때문에 설계도면을 비치하라는 제도[13]도 있었지만 단순히 설계도면 몇 장 가지고 해결될 문제는 아니었다. 전자제품의 회로도가 필요한 것이 아니라, 전자제품의 사용법이 일반 소비자에게는 더 필요한 것이기 때문이다.

더구나 요즈음은 신축이나 증축보다도 리모델링이 점점 더 많아지는 추세에 있다. 그때마다 설비배관시설이나 주요구조부를 제대로 파악하고 있지 못해서 우왕좌왕하는 경우가 많다. 어쩔 수 없이 이것저것을 일단 뜯어내고 잘라낸 다음에 결정을 하게 되니, 낭비나 불편도 이만저만하지 않았을 것이다.

물론 어쩔 수 없는 경우도 더러 있겠지만, 만약 간단하게나마라도 건축물의 사용설명서가 비치되어 있다면 그 시행착오는 지금보다 훨씬 더 줄어들 것이 분명하다.

건축 재료와 기술의 괄목할만한 발전에 따라 건축물의 수명도 이제 그만큼 더 늘어나게 되었다. 처음에 짓고 꾸미는 것만이 중요한 게 아니라, 건축물에도 유지보수관리가 필요하게 된 것이다. 때맞춰 건축법에도 그에 관한 규정이 추가되었다.[14]

무조건 헐고 새로 짓는 것보다 건축물의 유지관리보수와 유효적절한 사용을 위해서라도, 이제 우리건축물을 건축할 때마다 그에 걸맞는 사용설명서가 첨부되었으면 좋겠다.

---

13) 1992년 건축법 시행규칙 제 18조(도서의 관리)에 처음 제정이 되었다가, 어느 날 부턴가 슬그머니 사라지게 되었다.

14) 건축법 제35조(건축물의 유지관리).

17 프라이버시(privacy)라는 이름으로

개인의 사생활보호는 우리 주거생활에서 중요한 비중을 차지하고 있다. 아주 먼 옛날에야 움막을 짓고 그 안에서 남녀 구분 없이 다함께 살았으므로 뭐 굳이 따로 가리고 살필 필요가 없었겠지만, 지금 우리 현대건축은 달라졌다. 좀 지나치다싶을 정도로 프라이버시에 대해서 신경을 곤두세우고 있는 것이다.

현대주택은 어느 집이나 다들 굳게 닫혀있다. 예외 없이 각 세대마다 육중한 철문으로 외부와 차단되고, 그 차단된 집 내부에서도, 각각의 방들은 또 다른 공간과 빈틈없이 닫혀 있다. 왜 그럴까? 꼭 그렇게 나와 남을 나누어야 하는 것일까?

그런데 현대건축만 그런 것은 아니다. 옛날 우리 한옥도 자세히 살펴보면 개인생활의 프라이버시(privacy)를 아주 소중하게 취급하였고, 그걸 보장할 수 있는 장치가 집안 곳곳에 마련되어 있었다. 아낙네들이 거주하는 안채를,

남정네들이 기거하는 행랑채나 사랑채와 아예 채棟 자체로 구분하여 놓기도 하였고, 마당이나 마루라는 중성적인 공간을 통하여 각 방들을 실질적으로 분화해 놓기도 하였다. 그렇지만 그저 그 정도에서 그쳤다. 단지 구분해놓았을 뿐이지, 차단하려 하지는 않았다.

물론, 한 채에서 모든 살림이 이루어지는 일반 서민살림집의 경우에는 프라이버시 측면에서 다소 문제가 발생하는 게 사실이다. 현재 아파트처럼 기밀성이 확보된 창호가 설치되어 있는 것도 아니고, 각 방의 용도가 일정하게 주어지지도 않았다. 때로는 안방이 응접실이 되기도 하고, 침실이 되기도 하다가, 또 거실이 되기도 한다.

어디 그뿐인가? 집안에서 큰일을 치를 때는 다양한 행사공간으로 사용되기도 하고, 놀이공간도 된다. 실로 '다용도실'이었다. 현재 아파트 평면에 길들여진 우리 시각으로 보면, 옛날 살림집은 참으로 불편하기 짝이 없는 노릇이었다.

그런데 꼭 그렇게 생각할 것만도 아닌 것 같다. 프라이버시라는 개념을 우리 머릿속에서 잠시 지워버리기만 한다면, 지금 아파트와는 분명히 다른 우리건축의 또 다른 맛을 느낄 수 있게 된다. 지금보다 훨씬 더 공간이 유기적이었고, 화목했으며, 또 각 공간이 치밀하게 배려되어 있기 때문이다.

사람이 사는 집에서 프라이버시는 새삼 강조할 필요도 없이 정말 중요하다. 그렇지만 우리가 살고 있는 살림집에서 다른 조건들은 다 밀쳐 둬도 될 정도로, 정말 프라이버시만이 그렇게 중요한 항목일까?

지금 분양되고 있는 아파트 평면을 유심히 살펴보면 극단적으로 강조된 '프라이버시'를 심심찮게 만날 수 있게 된다. 가족 간의 친밀한 소통疏通이란 것을, 그저 거실에는 소파를 놓고 그 맞은편에 장식장을 진열한 뒤, 주방

넷째마당 내 마음을 두드린 우리건축

에는 둥그런 식탁을 배치하면 되는 것쯤으로 대수롭지 않게 생각하고 있는 것 같기도 하다.

그리고는 제각각 제 방문을 꼭꼭 걸어 잠그고 들어앉는다. 그 방에 틀어박혀 공부도 하고, 컴퓨터 게임도 하고, 또 혼자 잠도 잔다. 그렇게 각 개인의 프라이버시는 철저하게 보장되도록 처음부터 설계되어 있다. 밖에서 무슨 일이 벌어지는지에 대해서는 일부러 귀를 기울여야만 한다. 그렇게 완벽하게 프라이버시가 보장되는 아파트에 지금 우리는 살고 있다.

안방은 또 어떤가? 정말 그게 방일까? 잠만 자는 호텔처럼 완벽하지 않던가? 전용화장실이 있고, 전용 드레스 룸이 있으며, 전용 탁자가 있다. 그 공간만 딱 잘라서 놓고 보면, 그건 호텔의 객실과 조금도 다르지 않다. 살림집인데도 안방은 그저 잠만 자는 공간으로 설계되어 있는 것이다.

프라이버시가 확보된 은밀한 공간도 물론 좋다. 그러나 우리 일상생활을 담는 그릇이 바로 건축이라고 한다면, 그렇게 프라이버시만을 우선적으로 보장하려고 해서는 안 된다. 프라이버시가 아무리 중요하다고 하더라도, '우리 집'이라고 하는 울타리 안에서 함께 살고 있는 가족과의 소통을 차단시킨 후 얻어지는 프라이버시라면, 사실 별 의미가 없는 것이기 때문이다.

'프라이버시라는 이름으로' 우리 살림집을 이제 더 이상 굳게 걸어 잠그지 않았으면 좋겠다.

내 마음을 두드린 우리건축

18 강제로는 빼지마라

재목으로 쓸 목재는 생장기인 봄과 여름 그리고 가을을 지나 요즘과 같은 겨울에 베는 것이 좋다. 개구리와 뱀은 겨울잠을 자기 위해서 가을에 충분히 먹고 영양분을 제 몸 속에 지닌 채 땅속으로 들어가게 되지만, 나무는 그동안 자라는데 필요한 영양분을 생명의 근원인 뿌리에 잠시 내려놓고 겨울에는 휴식을 취하게 되기 때문이다. 그래서 겨울에는 나무의 줄기와 가지에 수분이 빠져있게 되므로 이때 벌목伐木을 하는 게 좋다는 것이다.

옛날에는 건축을 하려고 하면, 보통 몇 년 전부터 미리 눈여겨 봐두었던 재목을 골라서 겨울에 베어 두었다가, 자연 상태에서 서서히 건조시킨 뒤, 그걸 기둥과 보로 사용해왔다. 그런데 요즘은 그렇게 오랜 세월을 기다릴 수도 없고, 또 나무를 건조시킬만한 마땅한 장소도 없으므로, 벌목伐木하는 시기를 가리지도 않고, 그저 아무 때나 베어서 강제건조를 시키게 된다. 이렇게 할 경우, 목재의 함수율은 기준치 이하로 떨어지게 되므로, 우선 그 수치를 기준으로 해서 별 이상이 없다고 강조할 수도 있다.

그런데 문제는 거기에 도사리고 있다. 증기로 쪄서 강제로 건조된 목재는 제가 본래 지니고 있던 습도 조절능력을 상실하기 때문이다. 그렇게 준비된 목재가 기둥이나 서까래의 부재로 사용되게 되면 대기 중의 습도변화에 제대로 적응하지 못한 채, 그 중심 부위부터 서서히 썩어 들어가기도 한다.

그러한 측면에서 보면 그동안 비과학적이라고 매도당했던 전통적인 목재의 벌목시기와 그 건조방법이 참으로 지혜롭다고 하지 않을 수 없게 된다. 우선 벌목시기부터 따지고 가렸다. 아무 때나 벌목을 하는 것이 아니라, 우선 요즘과 같은 늦가을이나 겨울철을 일부러 택해서 벌목을 했다.

그리고 벌목을 하게 되면 즉시 껍데기부터 벗겨냈다. 겨우내 살 곳이 막막한 벌레들이 목재를 파고들지 못하도록 그 근거를 일시에 제거해버린 것이다. 설사 아무리 목재가 잘 건조된다고 하더라도 벌레가 목재를 파고 들어가면 별 소용이 없기 때문이었다. 그런 다음 그늘에서 서서히 건조시키는 과정을 거쳐서 대기 중의 온습도 적응능력을 점차 배양시켜 나갔던 것이다.

다르다면 그게 달랐다. 자연조절능력을 믿고 기다리는 것과 기계기술만을 믿은 채, 거두절미하고 강제로 빼는 것과의 차이……! 어쩌면 바로 그게 또, 현대건축과 전통건축을 가름하는 기준인지도 모른다.

19 쓰면 쓸수록 좋아진다(?)

사람이 살지 않으면 집은 쉽게 폐가廢家가 되고, 무너지게 된다. 이상한 일이다. 집도 사람이 만든 물건이니, 사용을 하는 것보다는 사람이 살지 않고 가만히 잘 모셔두는 것이 더 오래 갈 텐데, 집은 그렇지 않은 모양이다. 물론 옛날 집만 그런 것은 아니다. 요즘 현대식으로 잘 지은 콘크리트집이나 벽돌집도 마찬가지다. 집을 비우고, 사람이 떠나면 금방이라도 귀신이 나올 것처럼 을씨년스럽게 변한다.

여름 납량특집에 단골메뉴처럼 등장하는 가슴 서늘한 집들은 대개가 그렇게 사람이 떠나버린 '빈집'들이다. 그런데 사실 거기에는 그럴만한 이유가 따로 있다. 상생상극相生相剋이 작용하는 탓이다. 상생이라고 해서 뭐 그리 어려운 것이 아니다. 보통 물[水]을 자양분으로 해서 나무木가 생존하게 되는데, 이를 오행에서는 수생목水生木이라고 한다. 물과 나무는 서로 돕고 살리는 상생관계라는 얘기다.

이와 반대로 잘 타는 불길도 물을 끼얹게 되면 삽시간에 불은 꺼지게 되는데, 이것은 물과 불이 서로 상극으로 작용하기 때문이다. 나무는 어린 묘목 때부터 물을 먹고 자란다. 물이 나무를 길어주는 것이다. 이른바 절대적인 상생관계다. 어떻게 보면 다정한 연인사이 같다. 그런데 무심한 게 세월인지라, 그 끔찍하던 관계도 슬며시 변하게 된다. 연인의 마음도 변하게 되고, 나무도 변하게 된다. 변하면 태도가 바뀌게 되는데, 사실 그때부터가 문제다.

생목生木일 때와는 달리, 물이 필요 없게 된 재목材木은 이제 정반대로 물을 아주 싫어하게 된다. 하루라도 안보면 못 살 것 같던 연인들이 하루아침에 쌀쌀맞게 돌아서는 것과 흡사하다. 이른바 상생관계에서 상극단계로 돌변해버리기 때문이다.

집은 대부분 목재로 그 뼈대를 만들게 되는데, 그것도 반듯하게 잘 자란 나무를 잘라서 집을 짓는다. 그렇게 나무는 죽어야 재목이 된다. 그런데 생사를 달리하게 되면 모든 게 반대로 뒤집혀지는 모양이다. 그래서 살아있을 때와는 달리, 집의 뼈대를 구성하고 있는 목재도, 한 때 그토록 다정했던 물과 철천지원수 같은 상극관계가 형성되는 것이다. 자연적으로 집에는 팽팽한 상극의 기운이 감돌게 된다.

그것을 불火이 중재를 한다. 집에 사람이 살게 되면 자연적으로 불을 사용하게 되는데, 불이 집의 근간을 이루고 있는 목재의 기운을 북돋워주고[木生火], 마치 원수처럼 달려드는 물을 눌러주게[水剋火] 된다. 불로 인해서 물과 나무는 절묘한 상생상극관계로 균형을 이루게 되는 것이다.

물론 빈집은 그게 되지 않는다. 화기火氣가 빠졌기 때문이다. 그래서 이번 장마 때는 눅눅한 집안공기도 바꿀 겸, 기분전환도 할 겸, 아니 무엇보다도 집안에 수기水氣를 막을 화기火氣를 북돋우기 위해서라도 가끔씩 집안에 불을 지펴보는 것이 좋겠다.

20 이제는 빛도 공해

우리는 빛이 있는 곳에서만 형태를 볼 수 있다. 그런데 요즈음은 그 빛이 문제다. 너무 환하고 밝아졌기 때문이다. 어둠을 헤쳐낸 전기불빛의 발명은 실로 위대했지만, 지금은 때와 장소를 가리지 않고 무차별적으로 쏟아지고 있는 불빛 때문에, 우리는 어느새 일상생활 속에서 당연히 누려야 할 평안과 휴식을 잃어버리고 말았다.

이제 해가 뜨면 나가서 일하고, 해가 지면 돌아와서 쉬는 전통적인 생활리듬은 찾아볼 수가 없게 되었다. 깊은 밤에도 잠을 이루지 못하고 먹고, 마시고, 일하느라 정신이 없다. 휘황찬란한 불빛이 밤과 낮의 구분마저 허물어버린 것이다.

그러면서도 현대인들은 너나 할 것 없이 모두 바쁘다고들 아우성이다. 지금이 밤인지 낮인지 하는 시간개념이 중요한 것이 아니라, 내가 활동을 하면 낮이고, 잠자리에 들면 그것이 바로 밤이라고 인식하기에 이르렀다.

그런데 그 결과는 의외로 심각하다. 잠을 자고 일어나도 좀처럼 잔 것 같지가 않고, 몸은 마치 물먹은 솜처럼 항상 피곤하고 무겁게 느껴진다고 하소연이다. 이게 모두 다 우리들의 생활공간으로 찬란하게 쏟아지고 있는 인공불빛 탓이다. 불빛 때문에 우리 현대인들은 밤이 찾아와도 쉽사리 잠을 이루지 못하고 있는 것이다.

아무것도 아닌 것 같지만, 사실 밤에 숙면을 하지 못하게 되면 뇌파는 불안정해지고, 뇌에서 정상적으로 밤새 분비되어야 하는 멜라토닌(melatonin) 호르몬조차 급격히 저하된다고 한다. 그렇게 멜라토닌 호르몬이 원활하게 분비되지 못하니, 자연적으로 우리 몸의 면역기능은 떨어지게 되고, 그것이 질병의 원인으로까지 확대되는 것이다. 심지어 암의 원인이 될 수도 있다고 하니 놀라지 않을 수 없다.

사람만 그런 것이 아니다. 양계장이나 축사에서도 대낮같이 환하게 밝혀 놓은 불빛 때문에 동식물들조차 심한 스트레스를 받으며 살고 있다.

그렇게 생각해보면 정말 옛날이 좋았다. 옛날에는 먹고 살 것이 부족해서 그랬지, 해가 지고 어둠이 내리면 밤하늘을 올려다 볼 수도 있었고, 칠흑 같은 어둠을 배경삼아 정말 잠 하나만은 충분히 잘 수가 있었다. 거기에 비하면 지금 우리 주택가에서는 숙면을 하지 못하도록 하는 여러 조건들을 너무나 잘 구비하고 있는 셈이 된다. 차마 주거지역이라고 하기가 민망해질 정도다.

그래서 이제는 그 '빛'에 대해서도 곰곰이 짚어봐야 할 때가 되었다. 화려한 현대문명의 상징으로 군림하고 있는 인공불빛의 피해는 밤을 잊은 한두 사람만의 문제가 아니다. 어쩌면 소음공해나 시각공해처럼, 빛도 어느새 '빛공해'라고 하는 신종공해로서 우리 곁에 바짝 다가와 있기 때문이다.

21 즐거운 곳에선 날 오라 하여도

덥다. 더워도 아주 덥다. 그래서 이렇게 한여름 휴가철만 되면 다들 물 따라 산 찾아 떠나느라 정신이 없는 모양이다. 이제 웬만한 바다나 계곡은 가는 곳마다 북새통을 이루고, 피서지마다 초만원이다. 이러한 여름철에는 그저 바람 솔솔 통하는 누마루에 누워 살살 부채질을 하거나, 심산유곡을 찾아 시詩 한 수에 차 한 잔을 곁들이면 제격이겠지만, 그것도 이제는 고서화古書畵에서나 찾아볼 수 있는 낯선 풍경이 되고 말았다.

이럴 땐 정말 자그마한 별장이라도 하나 있었으면 좋겠다. 가고 오느라 이리저리 지치고, 또 이 사람 저 사람에게 시달리느니 차라리 이것저것 가리고 감출 것도 없이, 그저 덥다 싶으면 웃통을 훌훌 벗어젖힌 뒤, 발 담그고 수박 한 조각이라도 베어 물 수 있도록, 개울물 졸졸졸 흐르는 계곡 위에 그럴듯한 별장이라도 하나 지었으면 좋겠다.

물론 그건 현실적으로는 어려운 일이다. 우리나라에서는 지적법상 지목이

대(垈)나 잡종지에서만 건축을 할 수 있도록 되어 있기 때문에, 우선 건축허가부터가 사실상 어렵다. 또 시원한 계곡이나 하천 근처에 지어놓은 집들은 처음엔 제법 그럴 듯 해보이지만, 제철이 지나면 대개 빈집으로 남게 된다. 편안한 거주공간으로 자리 잡지 못했다는 얘기다.

시원한 하천이나 계곡을 배경으로 한 건축물 중에서, 가장 유명한 것은 누가 뭐라고 해도 미국 펜실베이니아 주에 있는 '낙수장(落水莊, Kaufman House)'이다. 프랭크 로이드 라이트(F.L.Wright, 1867~1959)의 대표작인 이 집은 처음에 카우프만 씨의 주택으로 설계되었지만, 아쉽게도 지금은 사람이 살지 않은 채, 주정부에 기증되어 그저 관광객들이나 드나드는 형편이라고 한다.

설사 그러한 별장이 아니더라도, 요즈음은 다들 수려한 경관을 찾아서 때로는 바닷가나 계곡근처에 집터를 잡곤 하는데, 사실 거기에는 미처 고려하지 못한 이런저런 많은 문제점이 도사리고 있게 된다.

이것저것 챙겨서 떠날 때 보면 아주 안 돌아올 것처럼 다들 서둘러 일상에서 벗어나곤 하지만, 시원한 계곡이나 바닷가 절경에 자리 잡은 콘도(condo)나 펜션(pension) 그리고 별장도 사나흘이다. 그렇게 며칠이 지나다보면 다시 집이 그리워진다. 그래서 '즐거운 곳에서 날 오라하여도 내 쉴 곳은 작은 집, 내 집 뿐'이라고 했는지도 모른다.

22 전원주택 단상斷想

최근 몇 년 새, 전원주택에 대한 관심이 부쩍 높아졌다. 그동안 우리 도시 주변에 둥그렇게 둘러쳐져 있던 그린벨트가 사실상 해제된 것과 주말을 연이어 쉬는 주 5일제가 한 몫 한 것 같다. 그래서 그런지 지금 당장 집을 짓지 않더라도 전원주택 부지敷地를 미리 구입해 놓으려는 사람들이 예전보다 훨씬 더 많아졌다.

그런데 그러한 열망에 비해서 우리는 아직도 집을 어떻게 지을 것인지에 대해서는 별로 고민을 하고 있지 않는 것 같다. 그저 단순하게 아파트의 기본평면을 전원주택의 부지에 옮겨놓으려 하거나, 그 위에 뾰족지붕만 얹어놓으면 되는 것으로 생각하고 있다. 위아래와 좌우로 겹겹이 포개어 토지의 효율성을 높이고 시행회사의 경제성을 추구하려는 차원에서, 어쩔 수 없이 출현한 네모반듯한 아파트를 좋은 집의 표준으로 삼고 있는 것이다.

아마 아파트에 오랫동안 살다보니 그 아파트가 제공하는 인공환경에 어느

빗쟁마당 내 마음을 두드린 우리건축

새 중독되어 버린 탓인지도 모른다. 집안에서의 동선은 짧을수록 좋고, 창호 새시는 외부와 더 완벽하게 차단되어야 하며, 우선 보기 좋고 편리하다면 비록 화학제품 자재라도 별로 개의치 않겠다는 눈치다. 그래야 분양시장에서 제대로 대접을 받을 수 있고, 또 잘 팔릴 수 있다고 믿고 있기도 하다. 그렇게 보면 이제 집이 우리들의 삶을 소중하게 담아내는 공간이라기보다는, 그저 세탁기나 냉장고처럼 하나의 편리한 가전제품으로 변질되어버린 것 같다.

물론 동선이 편리한 것도 좋고, 안락한 것도 좋다. 그리고 프라이버시를 확보하는 것도 중요한 일이다. 그러나 우리건축이 '인간의 생활을 담는 그 릇'이라는 차원에서 볼 때, 거기에는 그것들보다 훨씬 더 중요한 요소들이 빼곡히 숨겨져 있다는 사실을 잊지 말아야 한다.

크건 작건 전원주택을 짓는다는 것 자체는, 여러 가지 현실적인 제약조건 들을 극복하고, 그동안 아파트로 대표되던 도심 속에서의 피로를 말끔히 풀어내겠다는 의지의 표현이기도 하고, 다시 제 본성本性으로 돌아가려는 시도 이기도 하다.

그렇다면 건축도 거기에 걸맞게 만들어 낼 줄 알아야 한다. 몇몇 시공업체 가 제공하는 일부 한정된 조건만을 검색한 채, 결국 아파트를 다시 그대로 전원으로 옮겨와서는 안 된다. 물론 다소 불편하고 서툴고 또 힘들 수도 있 다. 그러나 어렵게 전원으로 돌아가는 뜻이 바로 거기에 있는 것 아닌가? 아 파트를 그대로 베껴서, 결국 장소만 옮겨 앉는 불행한(?) 건축주가 되지 않기 를 바란다.

23 건축물의 이름

○○각, ○○루라고 하면 얼핏 음식점이 연상된다. 그러나 원래 각閣이나 루樓라고 하는 것은 음식점을 나타내는 명칭이 아니었다. 서울의 보신각普信閣이나 남원의 광한루廣寒樓, 전주의 한벽루寒碧樓를 생각해 보면 이해가 갈 것이다. 그 만큼 많이 변했다. 또 그동안 집의 이름을 너무 소홀히 취급해 왔다는 얘기도 된다.

일반적으로 각閣이라고 하는 것은 지붕모양이 층이 진 집을 말한다. 보통의 지붕양식에서 조금 벗어나 있다는 의미도 담겨 있다. 또 루樓라고 하는 것은 누마루가 있는 집을 나타낸다. 광한루도 누마루가 있었기에 이몽룡이 그 누마루에 올라서서 그네를 타고 휘날리는 춘향의 치마 깃을 훔쳐볼 수 있었을 것이다. 이렇듯 예전에는 건물의 명칭만으로도 그 집의 형태나 용도를 대강 짐작할 수 있었다.

그런데 요즈음은 조금 달라졌다. 집의 이름을 지어서 현판을 걸어놓는 것이 다시 유행처럼 번지고 있긴 하지만, 주택에다가 ○○제齊, ○○헌軒이라고 써 놓은 것을 보면 그저 아리송해지지 않을 수 없다. 주택이라는 뜻인지, 아니면 제청祭廳이라는 뜻인지 생각해볼수록 애매해진다.

물론 이것뿐만이 아니다. 얼마 전까지 대통령을 지칭하던 각하閣下라는 말도 그렇다. 각閣이 전殿보다 작은 건물을 뜻하는 것이므로 전하나 폐하에 비해 그 격이 낮추어진 것이다. 그런데도 우리는 지금까지 각하閣下라는 호칭을 극존칭으로 태연히 사용해왔던 것이다.

보통 이름을 지을 때, 우리는 어떤 희망이나 염원을 담아서 짓게 된다. 아기이름을 지을 때도 그렇고, 처음 개업을 하면서 가게이름을 지을 때도 그렇다. 건축물이라고 해서 예외일 수는 없다. 이제 우리 건축물도 좀 더 애정 어린 눈으로 바라보고, 거기에 걸맞는 희망을 담아내야 하겠다.

> 내가 그의 이름을 불러주기 전에는/ 그는 다만/ 하나의 몸짓에 지나지 않았다./ 내가 그의 이름을 불러주었을 때/ 그는 내게로 와서/ 꽃이 되었다./ 내가 그의 이름을 불러 준 것처럼/ 누가 나의 이름을 불러다오./ 그에게로 가서 나도/ 그의 꽃이 되고 싶다./ 우리들은 모두/ 무엇이 되고 싶다./ 너는 나에게 나는 너에게/ 잊혀지지 않는 하나의 눈짓이 되고 싶다.

우리 건축물에게도, 이제는 하나씩 "내게로 와서 꽃이 될 수 있는" 그러한 이름을 지어줘야 하는 것 아닌가?

내 마음을 두드린 우리건축

24 한옥의 조영造營사상

금산사 미륵전

우리 건축물은 김제 금산사의 미륵전이나 구례 화엄사의 각황전 그리고 속리산 법주사의 팔상전처럼 외관상 보기에는 2층이나 3층, 4층으로 구성되어 있는 것도 있지만 대부분 단층으로 건축되어 있고, 또 설사 여러 층으로 되어 있는 건축물이라고 하더라도 내부는 큰 불상佛像을 안치하기 위해서 통층通層으로 되어 있는 경우가 많다.

그래서 우리는 2층 이상의 건축물을 만들 수 없었을 것이라고 지레 짐작하고 있는 경우가 더러 있다. 그러나 그것은 터무니없는 오해다.

절집에 가면 세속과의 경계인 일주문을 먼저 만나게 되는데, 거기서부터 솔 향내 맡으며 자박자박 조금 걸어들어가다 보면, 곧이어 사천왕문四天王門과 금강역사문金剛力士門이 연이어 나타나고, 대웅전 안마당에 진입하기 바로 직전 우리는 만세루의 컴컴한 마루 밑을 지나가게 된다.

이러한 사찰의 만세루뿐만 아니라 밀양의 영남루와 진주 촉석루, 남원 광한루와 서울 경회루 그리고 김제향교만 눈여겨봐도 우리 전통건축은 충분히 2층을 만들 수 있었다는 사실을 짐작할 수 있다. 누마루 된 2층에는 범종梵鐘을 설치하거나 혹은 연회를 베풀기도 하였고, 외부 사람은 그 마루 밑으로 고개를 숙이고 진입하도록 의도적으로 설계되어 있는 것이다.

2층을 건축할 수 있었으면서도 굳이 단층을 고집한 이유는 무엇이었을까? 아마 우리 전통건축의 조영造營사상에서 찾아봐야 할 것 같다. 사람이 사는 공간 위에 다시 바닥을 만들어 그 위에 발을 딛고 산다는 것 자체가 당시의 조영사상으로는 용납하기 어려운 일이었으며, 인구밀도가 지금처럼 높지 않았으므로 굳이 그럴 필요를 느끼지도 않았을 것이다. 또 목조로 2층이나 3층을 만들 경우 겨울이 유난히 길고 추운 우리나라에서 겨울을 이기는 난방장치인 구들을 설치할 수가 없었기 때문이기도 하였다.

25 조선시대 건축법

어느 시대나 그 시대정신이 퇴색하게 되면 우선 의식주가 화려해지기 시작한다. 조선시대에도 세종이 즉위하여 정국이 어느 정도 안정되자, 사대부들의 살림집이 필요 이상으로 커지고 화려해지기 시작하였다. 이에 세종은 1431년 가사家舍를 규제하도록 집현전에 어명을 내린다.

물론 당시사회는 지금처럼 사회구성원 간의 이해관계가 첨예하게 대립되어 있지도 않았고, 건축물도 비교적 단순명쾌하였으므로, 건축규제 자체도 훨씬 간결하였지만 상당히 구체적인 경우가 많았다.

기둥 4개가 모여서 이루어진 공간을 한옥에서는 보통 한 칸間이라고 하는데, 수양대군이나 안평대군 등 대군이 사는 집은 60칸이 넘지 못하도록 하였고, 왕자와 공주가 사는 집도 50칸 이내로 제한하였다. 일종의 건폐율과 용적률 등 건축물의 규모를 규제였던 셈이다.

이 밖에도 2품 이상의 신하들은 40칸 이내, 3품 이하는 30칸 그리고 평민들은 아무리 재산이 많다고 할지라도 10칸을 넘지 못하도록 하였다. 물론 집의 규모뿐만 아니라 주춧돌의 형태와 처마 밑에 접시모양으로 달려 있는 공포棋包에도 일정한 제한을 두었다. 공포와 함께 오행五行색으로 치장하여 화려함의 극치를 이루던 당시의 단청丹靑도 임금님이 거처하는 궁궐이나 불상이 안치된 사찰이 아니면 일체 사용하지 못하도록 엄명을 내렸다.

그러나 한 칸의 실제적인 길이와 기둥높이에 대한 규정이 미흡했던 탓에 여전히 큰 규모의 살림집이 지어지게 되자, 세종은 다시 척도尺度를 제한하여 건축물을 규제하였다. 아마 지금처럼 쫓고 쫓기는 단속과 위반이 반복되었던 모양이다.

그러다가 성종과 문종시대에 와서는 당시 사회 분위기 탓이었던지 규정이 다소 느슨해지게 되었고, 마침내 중종과 선조시대에 이르러서는 일부권력계층의 집에서 심심치 않게 단청도 하게 된다. 이렇게 건축법은 시대상황에 따라서 탄력적으로 운영되었던 것이다.

그런데 '집에 대한 욕심'은 예나 지금이나 매한가지였던지, 건축법을 둘러싸고 벌어지는 이러한 숨바꼭질은 하나도 변한 게 없다. 지금도 건축규제는 날이 갈수록 계속 강화되고 있으나, 현실적으로는 가재기 하나 둘러치지 않은 집이 없는 실정이다.

시대정신이 퇴락한 탓일지도 모른다. 아니면 어차피 지키지 못할 규정을 양산하는 건축법에 대한 민초들의 소리 없는 저항인지도 모른다. 건축이란 창으로 우리가 사는 세상을 가만히 들여다보면, 그렇다는 얘기다.

26 궁궐도 제각각[15)

　궁궐이라고 하면 우리는 흔히 경복궁과 창덕궁 그리고 덕수궁을 떠올리게
된다. 그런데 이 궁궐들이 모두 조선시대에 지어진 궁궐이면서도 다 같은 궁
궐이 아니라는데, 우리 전통건축을 보는 재미가 있다.

　일반적으로 임금의 거처는 모두 궁궐이라고 하는데, 조선시대에 사용된
궁궐은 개국 초기에 임시로 사용되던 개성의 고려궁궐을 제외하고도 경복궁
과 창덕궁, 창경궁, 경희궁, 덕수궁 그리고 광해군이 잠시 거처하던 인경궁
등 모두 6개의 궁궐이 있었다.

　그런데 이 6개의 궁궐을 전부 정궁正宮이라고 하지 않고, 오직 경복궁만을
정궁이라고 하였다. 하늘에 태양이 하나이듯 임금도 한 분이며, 그 임금이 거
처하며 국사를 돌보던 정궁도 하나이어야 한다는 생각 때문이었다고 한다.

---

15) 2000년 10월 17일 〈전북일보〉 연재.

그래서 조선시대에는 경복궁만을 정궁이라 불렀고, 궁성밖에 마련된 임금의 거처는 별도로 이궁離宮이라고 하였다. 경복궁을 제외한 창덕궁과 창경궁, 경희궁, 덕수궁 그리고 인경궁이 바로 이러한 이궁에 해당한다. 이와는 별도로 임금이 궁성 밖으로 행차할 때 임시로 머무는 별궁은 행궁行宮이라고 따로 구분하여 두었다. 뒤주 속에 갇혀 억울하게 죽은 아버지 사도세자의 넋을 위로하고자, 자주 수원으로 행차하던 정조대왕은 수원의 행궁에 머물렀던 것이다.

얼마 전까지만 해도 여름휴가 때면 어김없이 대통령이 청와대靑瓦臺를 떠나 청남대靑南臺라는 대통령 전용별장에서 새로운 정국구상을 가다듬곤 하였다고 한다. 이때 청와대를 정궁이라고 한다면 청남대는 바로 이궁이라고 할 수 있게 된다.

그런데 바로 이 청남대가 일반시민들의 품으로 돌아왔다. 이제 마음만 먹으면 궁궐(?)에도 마음대로 드나들 수 있게 된 것이다. 그것도 요즘 우리들의 호사好事라면 호사라고 할 수 있을지 모르겠다.

27 전통성 논란

전통이란, 아니 전통의 계승이란 건축에서뿐만 아니라 어쩌면 우리사회 각 분야에 걸쳐서 한 번씩 세차게 대두되는 화두話頭라고 해야 할 것이다. 70년대 중반에 접어들면서부터, 한때 우리건축에서도 전통 찾기는 열정적으로 시도되었던 적이 있었다. 그러나 전통적인 요소를 구체적으로 어떻게 채용할 것인가에 대해서는 제각각 의견이 달랐다.

그래서 전주역사全州驛舍나 전주박물관, 소리문화의 전당 그리고 전주 월드컵경기장 등 하나의 의미 있는 건축물들이 들어설 때마다 각계각층에서 논의를 활발하게 거듭하고 있긴 하지만, 아직까지도 분명한 해답은 서로 찾아내지 못하고 있는 실정이다.

그러다 보니 건축에서 전통이란 아예 의미가 없는 것으로 치부하는 경우도 있고, 또 옛날 기와집을 콘크리트로 살짝 흉내내놓고 그것을 전통이라고 주장하기도 한다. 심지어 관청에서도 전통적인 건축물을 만든답시고 지붕은 아예 처음부터 기와지붕으로 설계하도록 강요하는 경우도 심심찮다.

물론 이는 초가지붕이나 기와지붕만이 우리의 전통건축이라고 생각하는 데서 오는 일종의 편견이라고 해야 할 것이다. 마치 고대소설인 홍길동전이나 심청전을 그 당시 그 문체 그대로 다시 쓰고 인쇄해서 읊조리자는 것과 별반 다르지 않다. 전통을 어쭙잖게 얘기할 땐, 이렇게 항상 어려운 벽에 먼저 부딪히게 된다.

그래서 전통을 재해석하는 방법으로 건축에선 흔히 다음과 같은 세 가지 방법이 논의되고 있다.

첫째, 위의 논란과 같이 건축물의 형태를 직설적으로 모방하는 방법이다. 우선 알기 쉽고 보기가 좋아, 그럴 듯 해 보인다. 그런데 모든 것이 변했고 또 자꾸 변해가고 있는데, 그 형태만 베낀다고 하는 것이 과연 어느 정도 의미 있는 것일까?

그 다음으론 건축물의 내용에서 전통을 찾는 방법이다. 지금처럼 덩그렇게 아파트 한 채만 서있는 것이 아니라, 사랑방이나 안방 건넛방으로 평면이 분화되어 있고, 거기에 다시 툇마루를 걸쳐놓음으로 해서 각 공간끼리 서로 유기적으로 연결되어 있던, 바로 그러한 옛날 건축평면의 내용을 요즘 현대식으로 번안飜案하자는 방법이다. 물론 이것도 어디까지나 번안이라고 하는 한계에 부딪히게 된다.

또 다소 애매모호하긴 하지만, 건축물에 깃든 조영造營사상에서 전통의 요소를 찾아내고, 그것을 다시 계승하자는 방법도 있다. 집을 짓던 그 당시 집주인과 목수의 마음, 그리고 그들이 신봉했던 풍수지리사상 등을 이어받는 것이다. 물론 어려운 일이다. 그러나 지금 이렇게 '뜻'으로 우리건축과 우리마음을 조금씩 풀어가다 보면, 그게 그렇게 꼭 어려운 일만은 아닐 것 같다.

28 소나무

소나무는 예로부터 의리와 절개의 상징이었다. 그래서 그런지 죽기를 각오하고 단종복위를 도모하던 성삼문조차도 소나무에게만은 속절없는 제 속내를 털어놓는다.

이 몸이 죽어가서 무엇이 될고 하니
봉래산 제일봉에 낙락장송 되었다가
백설이 만건곤할 제 독야청청 하리라

그렇게 소나무에게는 쉬이 범접하기 어려운 기개가 있었다. 백두산 깊은 계곡에서 울울창창하게 쭉쭉 뻗어있는 미인송美人松도 그렇지만, 거친 바닷바람을 맞고 자라는 해송海松도 그렇고, 또 용트림을 하는 것처럼 치솟아 올라가다가 목덜미부근에서부터 유난히 더 붉어지는 적송赤松도 그렇다.

그래서 소나무는 곧잘 선비들의 그림소재로 애용되어 왔다. 단원 김홍도의 「송하취생도松下吹笙圖」나 혜원 신윤복의 「송정아회松亭雅會」에서도 소나무 특유의 풍취가 잘 드러나 있지만, 추사 김정희의 「세한도歲寒圖」까지 가게 되면, 이제 소나무는 그저 단순한 관조의 대상이 아님을 깨닫게 된다. 아니 어쩌면 태초부터 우리민족과 삶의 애환을 함께 해온 정서적 반려자였는지도 모른다.

그러한 소나무들이 요즈음은 말 못할 수난을 당하고 있다. 자태가 빼어난 소나무일수록 그 고충은 더 심하다. 원래 쉽게 잘 자라지도 않고, 또 옮겨 심어도 까닥 잘못하면 그만 죽어버리는 탓에 고급관상용으로 자리매김 된 소나무들을 사람들이 그냥 그대로 놔두려 하지 않는다. 해마다 이맘때가 되면, 사용승인[竣工]을 앞둔 대형건축물 앞마당에 조경을 한답시고 소나무를 옮겨 심는 일이 연례행사처럼 반복되고 있는 것이다.

그런데 소나무를 옮겨 심는 과정을 유심히 살펴보면, 이건 학대도 이만저만한 학대가 아니다. 우선 다짜고짜 근원직경根源直徑의 두세 배 정도 되는 흙만 남겨두고, 흙이란 흙은 모조리 파낸다. 그리고 그동안 생명의 젖줄이었던 잔뿌리를 모두 자르고, 대신 새끼줄과 철사로 마치 상처부위에 붕대를 감듯이 둘둘 묶어놓는다.

물론 소나무만 그런 것은 아니다. 나무를 옮겨심기 위해서는 수종을 가리지 않고 모두들 그렇게 사전에 정지整地작업을 해야 한다. 움직이지도 못하고 도망가지도 못하는 나무에게 가차 없는 고통을 안겨주고 있는 것이다. 지금 우리가 백화점 앞이나 시청 앞 광장에서 만나게 되는 그럴듯한 풍경의 소나무들은 모두 다 그러한 과정을 거쳐서 옮겨 심은 것들이다.

이제 심산유곡에나 있음직한 소나무들마저 속속 도심한복판 건축물 곁으로 옮겨지고 있으나, 우리 현대인들은 소나무의 비애悲哀 따위는 아예 아랑곳하지도 않는다.

지금도 휘황찬란한 도심거리를 지날 때마다, 제 몸 하나 가누기도 힘든 듯 저렇게 처연하게 서있는 몇 그루의 소나무들에게서, 우리 도시의 미관을 찾아야만 한다는 현실이 우리를 슬프게 하는 사월四月이다.

29 대중목욕탕

목욕을 하고나면 대부분 기분이 상쾌해진다. 더구나 요즘같이 차가워진 날씨에는 더욱 더 그렇다. 이러한 땐 그저 이것저것 다 잊어버리고, 뜨끈뜨끈한 목욕탕 안에 몸을 푹 담그고 앉아있으면 제일이다. 그래서 그런지 날씨가 차가워지면 대중목욕탕은 여기저기 북새통을 이루게 된다.

물론 날씨 탓이다. 아니, 꼭 그렇게 날씨에만 관련되어 있다고 할 수도 없다. 먹고사는 것과도 밀접한 관련이 있다. 옛날 살기가 곤궁하던 시절에는 언감생심 목욕탕에 가는 것은 정말 꿈도 꾸지 못했다. 일 년에 한두 번씩 연례행사로 목욕을 하는 게 전부였다. 또 기껏 목욕이라고 해봐야 장작불로 뜨끈뜨끈하게 지핀 물을 큰 물통에 받아놓고 그걸로 몸을 씻고, 묵은 때를 밀어내는 것이 고작이었다. 그런 시절이 있었다.

그런데 지금은 참 많이 달라졌다. 작은 동네목욕탕이 슬그머니 자취를 감추는가 싶더니, 그 자리에 어느새 대형 스포츠센터와 안락한 휴게시설을 겸

한 최신식 사우나시설이 등장하였다. 이제 문만 열고 들어서면 없는 게 없다. 머리도 깎고 안마도 받고, 운동도 하다가 그것도 실컷해지면 술 한 잔을 곁들이면서 식사까지 하게 된다. 아니, 나중엔 아마 댄스파티까지 열릴지도 모른다. 이제 목욕탕 안에서 모든 것을 해결하려고 하는 것이다. 그렇게 변했다.

이렇게 하나둘 짚어가다 보면, 지금 우리의 이러한 풍경이 어쩌면 그렇게 과거 로마와 비슷해져 가는지 모르겠다. 옛날 로마시대 때도 그랬다. 모든 길은 로마로 통한다며 자부심이 대단했던 당시 로마인들도, 남아도는 경제력과 노예들을 몰아붙여 대규모 '콜로세움(Colosseum)'도 세우고, '판테온(Pantheon)신전'도 건설했다. 그것뿐만이 아니었다. 점점 더 주체할 수 없는 향락의 세계로 급속히 빠져들기 시작했다. 그것이 문제였다.

동시에 이천여 명을 수용할 수 있다는 가로 230미터, 세로 115미터 규모의 어마어마한 '카라칼라 욕장(terme di caracalla)'을 건축하고, 그 안에서 최고의 자유와 향락을 누렸다고 한다. 오죽하면 먹는 즐거움을 만끽하기 위해서, 일부러 손가락을 목구멍에 집어넣고 토해가면서까지 먹고 마시고 즐겼다고 하니, 상상하는 것만으로도 그만 아찔해진다. 그럴수록 노예와 빈민층의 생활은 점점 더 피폐해져 갔다.

그렇게 로마는 대중목욕탕을 중심으로 한 쾌락에 깊이 빠져들었다가, 서기 476년 마침내 게르만 민족의 대이동으로 멸망을 당하게 된다. 물론 로마의 멸망에는 다양한 원인이 있었겠지만, 어쩌면 시대정신이 퇴락하면서 나타난 향락산업도 단단히 한몫 한 것같다. 그리고 그 조짐은 '카라칼라 욕장'이라는 전대미문의 대형목욕탕 건축으로 이미 예고되어 있었는지도 모른다. 지나간 건축역사로 훑어보면 그렇다는 얘기다.

30 소통의 공간, 광장

분단시대의 방황을 실감나게 그린 『광장』이라고 하는 최인훈의 소설이 있었다. 또 선거철만 되면 심심치 않게 등장하는 '시민포럼'도 있다. 여기에서 '포럼(forum)'은 광장이라는 말이다. 각자 자기 생각 속에 갇혀있는 시민들을 널따란 광장으로 끌어내서, 그 다양한 의견을 듣겠다는 의미를 담고 있는 듯하다. 그런 의미라면 당초 의도한 대로 비교적 정치에 잘 어울리는 말이라고 할 수 있다.

그런데 우리사회에서 광장이라고 하는 것은 따로 없었다. 지금은 '시청 앞 광장'이나 '역전 광장' 또는 '여의도 광장' 등을 쉽게 만날 수 있어서 광장이라는 낱말 자체가 별로 낯설게 느껴지지 않지만, 사실 '광장'은 유럽에서 받아들인 수입품이다.

원래 광장은 서양문화의 원류라고도 할 수 있는 그리스 아테네시대에서부터 출발한다. 한쪽 어깨에 하얀 옷을 치렁치렁하게 걸친 시민들이 이곳저곳에 빙 둘러서서, 아주 심각한 표정으로 정치와 문학 그리고 철학을 논하던 장소를 당시 그리스에서는 아고라(agora)라고 했다. 시민광장이라는 뜻이다.

그러던 아고라가 로마시대로 넘어오면서 '포럼'이란 이름으로 바뀌게 된다. 포럼은 아고라와는 달리 점차 시장의 기능을 가미하면서 본격적인 상업광장의 성격을 띠기 시작한다. 그런데 광장은 여기에서 그치지 않고, 르네상스시대를 거치면서 플레이스(place)라는 이름으로 대체된다. 그러다가 근대에 접어들게 되면 다시 또 피아짜(piazza)로 바뀌 불리게 되는데, 이게 모두 다 광장을 지칭하고 있다.

이렇게 서양문화는 누가 뭐라고 하더라도, 광장이라는 공간을 중심으로 시민문화가 형성되어 왔다. 어떻게 보면, 옛날 우리 선비들이 사랑방을 중심으로 모여앉아 성리학을 논하고, 동네어귀에 자리한 정자나무아래에서 세상인심을 얘기하던 풍경과 흡사하다고 할 수도 있다.

그런데 이제 우리도 사랑방이나 정자나무 아래에서 자리를 털고 일어나, 점차 광장으로 모여들고 있는 것 같다. 6 · 29선언 때도 그랬지만, 월드컵 때 그 열기는 정말 대단했다. 아니, 이번 '쇠고기 수입반대 촛불집회' 때도 우리는 광장이란 공간에서 민주사회의 절정을 맛보게 되었다.

이제 우리도 자연히 우리공동체에 더 많은 관심을 갖게 되고, 토론은 더 활발해질 것이다. 저 먼 옛날 아고라에서 포럼으로, 그리고 다시 플레이스에서 피아짜로 이름을 바꿔가며 민주주의를 꽃피우던 그 광장이, 이제 우리사회에서도 그동안의 단절과 반목을 한순간에 떨쳐버리고, 더 활발한 '소통疏通의 디딤돌'로 자리 잡게 되는 것이다. 희망을 갖고 더 지켜볼 일이다.

31 점, 선, 면 그리고 공간

점點이 모이면 선線이 되고, 선이 모이면 면面이 된다. 그리고 그 면이 다시 포개져서 3차원의 공간이 된다. 지금 우리는 바로 그 공간에 앉아 있다. 물론 여기에 '시간'이란 요소가 더해져야 비로소 우리의 실생활이 가능하게 되지만, 공간이란 참으로 오묘하다. 사방팔방으로 다 터져 있는 것 같으면서도 어느새 공간이 되고, 딱 막혀있는 것 같으면서도 자세히 살펴보면 공간 사이의 구분은 다시 애매모호해진다.

그러한 생각이 모여서 우리건축으로 표현된 것이 다름 아닌 마루나 대청이다. 외출했다가 집안으로 들어오면서 신을 벗자마자 제일 먼저 만나는 게 바로 마루나 대청인데, 그 공간의 성격이 참으로 요상하다. 외부공간이 아닌 것만은 분명한데, 그렇다고 또 내부공간이라고 할 수도 없다.

굳이 따지자면 내부공간과 외부공간을 연결하는 '매개媒介공간'이나 '완충緩衝공간'이라고 해야 할 것이다. 아니 방에 들어가기 전에 잠시 옷매무새

내 마음을 두드린 우리건축

를 가다듬는 준비공간 인지도 모른다.

무더운 여름날 밭두렁 한쪽에 다소곳이 서있던 원두막도 마찬가지다. 우선 지붕과 기둥이 있어서 건축물의 기본요소는 모두 다 갖추고 있지만, 이것도 살펴볼수록 성격이 참 애매모호하다. 그런가 하면 또 비오는 날 우산이 만드는 공간도 흥미롭다. 우산을 혼자 쓰고 가면 혼자만의 공간이 되고, 둘이 쓰고 가면 둘만의 공간으로 변하게 되지만, 우산을 접으면 그 공간은 금방 온데간데없이 사라지고 만다.

그러한 공간이 요즘은 참 많이 달라졌다. 예전의 그 흐릿하고 애매모호하던 공간은 자취를 감추고, 대신 각 개별공간의 성격은 더 분명해지고 더 뚜렷해지기 시작했다. 현대인의 성격을 그대로 반영한 탓이다. 그래서 방안으로 들어가기 전에 잠시 헛기침을 하거나 원두막 아래에 서있는 사람에게 손을 내밀어 주는 일도 이젠 낯선 풍경이 되고 말았다.

공간이란 일단 외부세계와 물리적으로 차단을 해서 얻어지는 것이지만, 그러나 그것도 일단 '소통疏通'이 전제되어야 한다. 그래서 건축이란, 우선 벽과 지붕으로 외부세계와 차단을 해놓고, 다시 창과 문을 통하여 열과 빛 그리고 소리와 공기를 받아들이는 것이라고 할 수 있다.

그런데 그러한 물리적인 소통이야 막았다가 도로 트면 되지만, 사람 사이의 관계는 그렇게 쉬운 것이 아니다. 요즈음은 모두들 각자 주장은 더 강하고 뚜렷해졌지만, 어딜 가나 소통이 잘 이루어지지 않아서 문제다. 아마, 비록 그 성격이 애매모호하긴 했지만, 이 공간과 저 공간을 다소곳이 연결하고 매개하던 마루나 대청이 사라진 탓은 아닌지 모르겠다.

32 이음과 맞춤

무엇이든지 변함없이 하나로 죽 연결되어 있으면 좋으련만, 세상은 그런 게 아닌가 보다. 쉽게 변하고, 또 자주 바뀌게 된다. 그리고 그 변화과정에는 항상 이도저도 아닌, 그저 애매모호한 중간단계가 존재한다.

아침 해가 밝아오기 직전에 낮도 아니고 밤도 아닌, 어슴푸레한 새벽이 기다리고 있고, 매서운 한파가 몰아치는 긴 겨울이 지나고 나면, 그 사이엔 또 환절기라고 하는 어중간한 단계를 거쳐야 비로소 봄이 찾아오게 되는 것이다.

그런데 살다보면 그 중간 전이轉移단계에서 곧잘 문제가 생기곤 한다. 감기도 정작 추운 겨울보다는 환절기에 더 잘 걸리고, 사람도 나이가 들면 뼈마디 자체보다도 관절에 더 쉽게 통증이 찾아오며, 노인들도 비교적 그 성격이 뚜렷한 사계절보다는 요즘 같은 환절기에 쉬이 생명의 끈을 놓게 된다.

아니, 생명체만 그런 것은 아니다. 그를 담고 있는 건축물도 마찬가지다.

내 마음을 두드린 우리건축

이어지고 맞춰진 모습

연속되는 면面이나 선線보다는 그 이음접합부에서부터 먼저 문제가 발생하기 시작한다. 요즘 짓는 콘크리트 건축물이야 나선형 돌기를 가진 철근 수십 가닥을 겹쳐서 강하게 묶어놓고, 굳으면 돌처럼 단단해지는 레미콘을 마치 폭포수처럼 들이붓는 것으로 그 소임을 다하고 있지만, 목재로 짓는 우리한옥은 그렇게 간단하지가 않다.

어떤 때 보면 기둥이나 보 그리고 보와 도리가 만나는 접합부마다, 정말 보기 민망할 정도로 제 몸을 도려내놓는다. 맞춰질 다른 부재의 크기만큼 먼저 움푹 홈을 파놓고 상대를 기다리고 있는 것이다.

그러한 자기 희생과정을 걸쳐서 부재 마디마다 '잇고 맞춰진' 주먹장이음이나 엇걸이이음 그리고 턱솔맞춤이나 연귀맞춤, 안장맞춤, 숭어턱맞춤 등의 다양한 형태를 보고 있노라면, 어떤 땐 마치 새끼손가락 걸며 약속하는

모습 같기도 하고, 또 어떤 땐 서로 헤어지기 싫어하는 연인들의 애틋한 포옹장면 같기도 하다.

그런데 그렇게 유연한 결구結構방식도 상대의 역할을 믿지 못하면 어려운 일이 된다. 더구나 요즘처럼 서로들 믿지 못하는 세상에선 철근과 콘크리트처럼 그저 강하게 압박하고 꽉 잡아매는 것밖엔 달리 방도가 없을 것 같은데, 우리건축에서는 그게 아니었다.

이음맞춤 마디마다 서로 먼저 덜어내고, 또 그 덜어낸 만큼 상대를 받아들여서 '하나'를 만들어 왔던 것이다. 그 지혜가 새삼스러워지는 시절이다.

33 건축에서의 숫자

옛날 70년대 프로권투가 한참 인기 있던 시절, 홍수환선수가 혜성처럼 나타나서 이른바 '사전오기四顚五起'라는 신화를 만들어낸 일이 있었다. 연거푸 네 번이나 다운당하고도 또 일어나서 상대를 케이오(knock out)시켰다고 해서 '사전오기'라고 했는데, 한동안 칠전팔기七顚八起라는 말보다도 더 자주 회자되곤 하였다.

그런데 사람이 죽고 사는 극한 상황에 다다르면 그냥 일곱 여덟이 아니라, 아주 더 많다는 의미를 강조하여 구사일생九死一生이라고 한다. 또 임금은 겹겹이 둘러쳐진 구중궁궐九重宮闕에 살았고, 여우도 꼬리가 아홉 달린 구미호九尾狐라야 제격이다. 녹차도 구증구포九蒸九曝라고해서 아홉 번을 덖어야 제대로 맛이 우러난다고 한다. 이렇게 아홉[九]이라는 숫자는 알게 모르게 우리 실생활에서 극수極數로 인식되어 왔다.

우리 사람의 몸도 마찬가지다. 몸은 비록 하나[一]지만 머리 몸통 다리 셋으로 나누면 천지인 삼三이 되고, 그걸 다시 발끝에서 머리끝까지 죽 훑어보면 다섯[五] 마디로 구성되어 있다. 또 남자의 몸에는 아홉 개의 구멍이 나있다. 그런데 '일, 삼, 오, 칠, 구' 홀수 중에서 아홉이라는 숫자가 많고 크기는 하지만, 완전하지는 않았나 보다. 그래서 아홉에 하나를 더해서 열十이 된 여자만이 비로소 몸을 열고[開] 생산을 할 수 있게 되어 있다. 숫자로만 보면 여자가 더 완전하다는 얘기가 된다.

건축에서도 이러한 숫자가 곧잘 적절한 상징체계로 사용되곤 하였다. 일주문에서의 일一이 그렇고, 지붕과 기둥 그리고 기단으로 삼분三分되는 것이 그러하며, 또 자세히 살펴보면 집의 규모나 칸수를 정할 때도 나름대로의 다양한 숫자가 배치되어 있는 것을 알 수 있다. 그래서 우리는 초가삼간집에 가면 삼三을 보게 되고, 다섯 칸 집이나 일곱 칸 집에서는 오五와 칠七이라는 숫자와 자연스레 만나게 되는 것이다.

그런데 건축에서 사용하는 숫자는 거의 대부분 홀수인 양수陽數를 사용하고 있다. 가끔 이에 대비되는 개념으로 음수陰數를 세워놓기도 하였지만, 그것은 어디까지나 조금 격이 낮은 건축물의 경우에 제한적으로 사용되었다.

전주향교만 봐도 그렇다. 중심건축물인 명륜당明倫堂[16]은 전면 다섯 칸 집인데 비해서, 좌우별채는 그 격을 조금 떨어뜨려서 음수인 여섯 칸 집으로 세워놓았다. 또 대성전大成殿[17]은 전체 9칸이지만, 그 좌우에 도열해 있는 동무東廡와 서무西廡는 각각 18칸으로 구성해 놓았다. 음양이론에 따른 것이다.

---

16) 학생들이 모여서 공부를 하던 향교의 중심 건축물.
17) 공자의 위패를 모신 건축물.

그것뿐만이 아니다. 같은 양陽의 숫자를 사용하면서도 칸수를 일부러 조절하여 주종主從을 구분해놓기도 한다. 사찰에서도 대웅전이 일곱 칸이면, 그 부속건축물들은 다섯 칸이나 세 칸으로 줄여놓았다. 이렇게 우리 건축물에는 다양한 숫자가 숨어있게 마련인데, 그 숫자만 풀어보며 돌아다녀도 건축물을 보는 재미가 의외로 쏠쏠해진다.

34 아흔아홉 칸과 초가삼간

'아흔아홉 칸 집'이라고 하면, 우리는 보통 고래 등 같이 큰 기와집을 연상하게 된다. 그리고 "달 한 칸 나 한 칸에 청풍 한 칸"을 들이고 살았다는 초가삼간집은 작고 소박한 시골집을 가리킨다. 이렇게 옛날에는 칸수로 집의 규모를 표현하였다. 지금의 아파트 평수와 같은 개념이었다.

궁궐이나 사찰에 갔을 때, 안내판에 흔히 "……정면 5칸에 측면 3칸으로 이루어진 주심포양식……"이라고 써놓은 것을 보았을 것이다. 이것은 그 건축물의 규모가 열다섯 칸이라는 설명이다. 그렇게 따지고 보면 '아흔아홉 칸 집'도 사실은 방의 개수가 아흔 아홉 개가 아니라, 그 칸수가 아흔아홉 개라는 뜻이 된다.

칸[間]이란 보통 기둥 네 개가 모여서 이루어지는 최소한의 공간을 말한다. 건축에서 일종의 단위세포 역할을 하는 셈이다. 그래서 초가삼간은 기둥 여덟 개가 모여야 되고, 일반 사대부집의 전형이었던 정면 다섯 칸 집도 기등이 최소 열여덟 개는 함께 어우러져야 한다.

　그런데 평坪으로 환산되는 현대건축의 면적개념과는 달리, 옛날 건축물의 칸[間]에는 일정한 철학과 의미가 담겨 있었다. 지금처럼 조금이라도 더 큰 평수坪數만 확보하려고 한 것이 아니라, 건축물의 크기를 결정할 때도 나름대로 음양의 이치를 살펴서 설계를 했던 것이다.

　주역에 삼천양지三天兩地라는 말이 있다. 삼三으로 대표되는 홀수는 양陽을 나타내고, 둘兩로 대표되는 짝수는 음陰을 상징한다는 말이다. 그래서 사람이 사는 집[陽宅]은 음이 아닌 양으로 표현해야 하므로 건축물의 정면도 1, 3, 5, 7, 9 홀수 칸으로 짓게 되었다.

　이렇게 우리 조상들은 살 수數도 있고, 죽을 수數도 있는 이 복잡한 세상에서 나름대로 숫자의 의미를 되새기며 살았다. 그래서 기둥 하나를 배치할 때도 단순히 하중을 받는 구조물이라는 차원에서 벗어나, 기둥의 개수와 그 기둥이 만들어 내는 칸[間]의 개수에 그렇게 주목했던 것이다. 그리고 '사는 숫자[生數]'를 찾아서 그것을 건축에 대입하려고 하였다.

35 음양의 상징, 기와

집의 종류를 구분할 때, 우리는 보통 그 집의 지붕재료를 보고 결정하는 경우가 많다. 그동안 익히 들어서 잘 알고 있는 초가집과 기와집 그리고 너와집뿐만 아니라 건새집과 청석집이란 것도 그렇고, 또 근대화의 광풍이 한바탕 휩쓸고 지나간 새마을운동 탓에 우리 농촌마을에 빠르게 보급되었던 슬레이트집과 함석집도 그렇다.

주로 옛날에는 주변에서 쉽게 찾을 수 있는 재료를 지붕재로 사용하곤 하였는데, 가을추수를 끝내고 그 잉여생산품인 짚으로 지붕을 덮은 초가草家집이 그랬고, 지붕바닥을 겨릅대를 짠 뒤 그 위에 억새풀로 이엉을 엮어서 만든 건새집[18]이 그랬다. 또 지금은 강원도 일부지방에서만 겨우 볼 수 있는 너

---

18) 억새지붕이라고도 하며, 지붕에 흙을 얹지 않아도 되기 때문에 건축부재가 가늘어져도 되고, 보통 부속건축물에 이용되었다고 한다.

와집[19])과 구들장처럼 얇게 켜지는 점판암을 여러 장 지붕에 얹어서 만든 청석靑石집[20]) 역시 그렇게 주변자연환경의 소산이었다.

그러나 재료와 기술의 비약적인 발전에 따라 지붕재료도 그 폭을 점차 넓혀가게 된다. 한때 석유제품의 부산물을 이용한 '아스팔트 슁글 집'이 유행하였는가 하면, 예리한 현대식 이미지를 풍기는 금속판 지붕이 출현하기도 하였고, 또 철근과 콘크리트로 만든 구조물 자체를 그대로 노출시켜서, 다시 그 지붕을 작업이나 저장공간으로 사용하던 슬래브 집이 우후죽순雨後竹筍처럼 늘어나던, 그런 시절도 있었다.

그렇게 시대의 변천에 따라 지붕의 모양이나 재료는 다양한 변화를 거듭해왔지만, 가장 오래된 지붕재료라고도 할 수 있는 기와는, 그 변화의 물결에 좀처럼 휘둘리지 않았다. 낙랑시대를 거쳐 삼국시대 때 본격적으로 사용되기 시작한 기와는 그 문양에서 시대나 지역에 따라서 조금씩 차이를 보일 뿐, 지금과 별반 다르지 않기 때문이다.

그런데 기와지붕 시공과정을 보면, 이건 그냥 단순히 비나 눈을 가리고 막는 시설만은 아닌 것 같다. 아니, 어쩌면 음양陰陽의 이치를 그대로 지붕 위에 얹어놓는 것인지도 모른다. 일단 지붕 구조체에 진흙을 곱게 펴서 이겨 바르고, 그 바탕에 다소 넓적한 암키와를 하늘을 향해서 벌어지게 줄지어 눕힌 뒤, 그 위에 다시 수키와를 다소곳하게 덮어놓은 것이다.

기왓장은 또 종종 시주의 수단으로 사용되기도 한다. 지금도 사찰에 갈 때마다, 불사佛事를 한답시고 시주한 사람들의 이름을 자랑스레 죽 적어서 나열해놓은 것을 볼 수 있는데, 그게 다름 아닌 기왓장이다. 하얀 페인트로 '아

---

19) 참나무를 얇게 켜서 지붕을 덮은 집.
20) 점판암을 잘게 쪼개서 지붕에 얹은 집으로, 돌기와집이라고도 한다.

무 땅, 아무 띠, 아무개의 소원발복'이라고 적어놓은 다소 넓적한 형태를 암키와라고 하고, 그것보다 폭이 더 좀 좁은 채 위로 불쑥 솟아 오른 것은 수키와라고 한다. 이른바 기와에서도 음양을 가리고 나눴던 것이다.

이렇게 암수가 따로따로 구분되고, 또 그걸 결합하다 보니 가끔 그 결합부에서 문제가 생기곤 한다. 때로는 그 둘 사이의 틈으로 비나 눈이 비집고 들어가기도 하고, 그게 마침 겨울철이라 얼어붙게 되면 저도 어쩔 수 없이 동파凍破가 되기도 한다. 어떻게 보면 저절로 틈이 생기고, 그 틈사이가 벌어지게 되는 우리 인간관계와 비슷하다고 할 수도 있겠다.

그래서 단순하게 비나 눈 그리고 바람을 가리기 위해서 덮어놓은 저 기와지붕에서, 그동안 무심하게 살아온 우리를 다시 되돌아보게 되는 것인지도 모른다.

36 비목碑木

비목

한국전쟁의 상흔傷痕을 배경으로 한, 「비목」이라는 가곡이 있다. 노래를 듣다보면 장일남 선생의 선율도 애장하지만, 수채화처럼 머릿속에 절로 그림이 그려지는 한명희 선생의 가사는 더 애처로운 사연을 담고 있다. "초연이 쓸고 간 깊은 계곡 양지 녘에 비바람 긴 세월로" 이름조차 알 수 없게 되었다는 그 어느 비목碑木은 그렇게 이름에서부터 슬픈 얘기를 전해주고 있다.

그런데 비목은 전쟁터에서 쉽게 구할 수 있는 나무로 대충 만들어 세운 일종의 비석이겠지만, 아마 거기에 새겨진 어느 병사의 묘비명은 음각陰刻을 했을 것 같다. 인장印章을 파듯이 글씨를 도드라지게 새기는 양각陽刻보다는 전쟁과 같은 급박한 상황에서는 음각을 하는 것이 훨씬 더 쉽고 편했을 것이기 때문이다.

물론 꼭 그래서만도 아니다. 예로부터 묘비에 새기는 글씨는 음각을 하는 것이 원칙이었다. 거기에는 삶과 죽음에 대한 우리 조상들의 음양陰陽사상이 깊숙이 배어있었다. 일종의 우주관이라고 할 수도 있는 것인데, 기본적으로 볼록하게 튀어나온 것은 양陽이고, 움푹 패여 들어간 것은 음陰이라는 기본 구도를 가지고 있었다.

그래서 하늘이 양陽이라면 땅은 음陰이 되고, 남자가 양陽이라면 여자는 상대적으로 음陰이 된다. 또 만물이 성장하고 솟아오르는 봄여름이 양기陽氣의 작용이라면, 가을겨울에 그 결실을 거둬들이고 저장을 하는 것은 음기陰氣의 작용이라고 생각하게 되었다.

건축에서도 음양의 구분은 엄격하였다. 삶의 공간은 양택陽宅이라고 하는 데 비해서, 죽어서 푹 패여 땅속으로 들어간 공간은 음택陰宅이라고 불렀다. 아쉽게도 지금은 그 질서가 사라져버리게 되었다. 그리고 이제 집 이름을 어떻게 짓든 그것은 집주인 나름대로의 식견이겠지만, 당호堂號를 새기는 방법에는 확실히 문제가 있다.

옛날에는 사람이 사는 살림집을 지을 때, 그 집에 양의 기운이 충만 하라는 염원을 담아서 글씨 자체도 볼록하게 튀어나오도록 양각을 하였고, 상대적으로 무덤의 비석에는 음각을 하는 것이 상식이었다. 그러나 지금은 사람이 거주하는 집에도 마치 비석에 새기는 글씨처럼, 음각을 해놓은 것을 심심찮게 볼 수 있다.

하긴 지금은 '하리수' 처럼 남자가 여자가 되기도 하고, 또 남자와 여자의 구별이 없어지는 세상이 되었다. 이제 군이 그런 걸 따지고 가리는 것 자체가 쓸모없는 일이 되고 말았지만, 그래도 곰곰이 한번 생각해 볼일이다. 행복하게 잘 살겠다고 정성껏 지은 집의 현판에 당호를 비문碑文처럼 새겨놓고, 그 밑으로 산 사람들이 들락거리는 것은 우스운 일이 된다. 그렇지 않은가?

37 다섯 마디로 돌아가는 오행五行

극심한 혼돈 속에 하늘과 땅이 처음 열리매, 음陰은 가라앉는 기운이라 땅으로 내려앉고 양陽은 뜨는 기운이라 위로 올라갔다고 한다. 이른바 태극太極이 음양으로 나뉘고, 음양이 사상으로 변화발전하게 되는데, 여기에 수水화火 목木 금金 토土라고 불리는 오행이 덧붙게 되는 것이다.

여자와 남자가 있으며, 낮과 밤이 있고, 또 앞과 뒤가 있으며, 태어나면 반드시 죽는 이치가 음양陰陽이다. 그런가하면 봄, 여름, 가을, 겨울이 있고 그 사이의 환절기까지 다섯 가지 기운이 천지우주의 박자에 맞추어서 제 스스로 돌아가는 자연의 질서를 오행五行이라고 한다.

또 동서남북 각각의 방위에 관찰자가 서 있는 중앙을 합쳐서 다섯 가지 방위로 나눌 수 있는데, 이것도 역시 오행의 작용이다.

이 음양오행은 건축물을 배치할 때뿐만 아니라 대문을 낼 때나, 칸을 나눌 때도 사용되었고, 사찰이나 궁궐의 단청丹靑에서도 오행에 근거를 두고 다섯 가지 색상으로 나누어서 칠하게 된다.

　서양이 일주일을 일곱으로 나누고 7음계를 사용하였다면, 우리는 다섯 손가락으로 5일장을 세며 궁상각치우宮商角徵羽[21] 5음계를 사용하였다. 모두 음양오행이 우리의 실생활에 녹아들어 우리 고유의 문화로 발현된 것이라고 할 수 있다.

---

21) 궁상각치우宮商角徵羽가 우리 귀에 더 익숙하지만, 사실 이것은 중국 음계이고 우리 음계는 '중임남황태' 또는 '중임무황태' 라고 한다.

38 집은 오행의 합체合體

집에 살면서 우리는 오행五行의 기운을 수시로 만나게 된다. 우선 집을 목조로 지었으니 기둥과 보, 도리 등 주요구조체가 목[木]이고, 그 기둥은 주춧돌이라고 하는 돌[金]에 놓여 있으며, 또 물[水]에 잘 버무려진 흙[土]을 짚여 물과 반죽해서 벽과 바닥을 바른다. 그리고 그 바닥을 데우기 위해서 아궁이에 불을 지피게 되니, 그것은 화火가 된다. 이렇게 우리가 사는 집에도 오행五行이 두루 갖추어져 있는 것이다.

그런데 여기에서는 상생相生보다는 상극相剋의 작용에 더 주목해야 한다. 건축을 하기 위해서는 일단 상생이 작용을 하지만, 상생 다음에는 조건에 따라서 상극의 작용으로 돌아가게 된다. 다시 역순환의 질서가 만들어지는 것이다.

수생목水生木이라고 하면, 목재가 물에 의존하는 것으로 알고 있지만, 이젠 반대로 지붕을 지탱하기 위해서 서있던 목재기둥이 처마 밑에서 들이치는 빗물이나 대기 중의 습기에 의해서 썩을 염려가 생긴다.

더구나 환기가 잘 되지 않는 내부기둥이라면 그 정도는 훨씬 더 심해진다. 그리고 눈에 잘 뜨이지도 않는다. 그래서 "기둥뿌리 썩는 줄도 모른다"는 얘기가 나오게 된 것이다.

목조 집은 보통 가구식架構式구조로 짜지게 되는데, 외력에 의해서 기둥이나 보, 도리 등의 목재가 조금씩 흔들리게 됨에 따라서, 벽체에 금이 가기도 하고 흙벽의 일부가 떨어지기도 한다. 목재[木]가 흙벽[土]을 흔들기 때문이다. 이른바 목극토木剋土라는 상극이 이루어지는 것이다.

아궁이에서 활활 타오르는 불은, 뜨거운 제 기운을 이기지 못하고 방바닥을 달구게 된다. 방바닥이 달구어지면서 흙바닥은 훨씬 더 단단해지게 되는데, 이것은 화생토火生土라고 할 수 있다.

또 주춧돌은 지붕으로부터 내려오는 건축물의 모든 하중을 기둥을 통해서 받게 된다. 그리고 이 전체하중을 고스란히 주춧돌에 전하게 되는데, 이 주춧돌[金] 역시 잘 다져진 땅[土]의 지내력地耐力을 바탕으로 하고 있다. 이건 또 토생금土生金이다.

이렇게 집에는 서로 다른 다섯 가지 오행의 기운이 작용하고 있으며, 그것이 때로는 상극으로 작용하기도 하고, 상생으로 작용하기도 한다. 집은 조건에 따라서 변화하는 오행五行의 응결체인 것이다.

39 오행의 또 다른 표현, 단청丹靑

빨강 파랑 노랑을 색의 삼원색이라고 한다. 이 삼원색의 배합정도에 따라서 지금 우리가 보고 있는 각양각색의 색상들이 출현하게 되는데, 건축에서도 형태 못지않게 중요한 것이 바로 이 색色이다. 현대건축은 과거 암울했던 시대에 비해서 지금 우리가 거리에서 보고 있는 것처럼, 색상 자체가 꽤나 화려하고 다양해져 있다.

그런데 가만히 살펴보면 그저 칙칙할 것만 같았던 옛날 우리 건축에도 때로는 아주 화려한 색채가 적극적으로 사용되곤 하였다. 바로 단청丹靑이란 것이다. 단청은 일반 여염집에서는 감히 사용할 수 없었고, 왕이 거처하는 궁궐이나 부처님을 모신 사찰에서만 제한적으로 사용되던 우리 건축의 아주 강렬한 의장요소였다.

단청은 보통 삼원색의 바탕위에 흑과 백을 더하여 다섯 가지 색상을 사용하게 되는데, 그저 아무렇게나 화려하게만 칠하는 것이 아니라, 그 다섯 가지 색마다 나름대로 고유의 상징과 의미를 부여하고 있었다.

　단청은 우리가 잘 알고 있는 좌청룡과 우백호, 북현무 그리고 남주작이라고 하는 네 가지 기본틀 위에 중앙까지 합하여 오방五方색을 사용하게 된다.

　우선, 뒤에 앉아서 앞을 바라볼 때 동쪽은 좌청룡左靑龍이라서 청색이 되고, 서쪽은 우백호右白虎라서 백색이 된다. 그리고 남쪽에는 붉은 태양의 힘을 등에 업은 주작朱雀이 하늘을 훨훨 날아온다고 생각했으므로 적색이 자리잡게 되고, 또 북쪽은 춥고 어두운 방위라고 믿었으므로 현무玄武가 되었다.

　이렇게 동서남북으로 각각 파랑 하양 빨강 검정색을 배치하고, 그 중앙에는 모든 생명의 근원인 흙의 색깔, 누렁을 배치하게 된다. 그 결과 가장 중심에 앉아있는 왕을 황제[黃帝, 皇帝]라고 하게 되었고, 동서남북 사방에 흩어져있는 제후국의 왕은 각각 그가 위치하는 방위에 따라서 청제靑帝, 백제白帝, 적제赤帝, 흑제黑帝라고 구분하여 불렀던 것이다.

　이러한 오방색은 전통건축뿐만 아니라 우리 조상들의 일상생활에서도 깊숙이 자리 잡고 있는 것을 알 수 있다. 고구려 장군총의 고분벽화나 조선시대의 궁궐과 사찰의 중요건축물에 칠해진 단청이 그 좋은 실례가 된다.

40 건강생활의 시작, 틈

겨울 찬바람이 한차례 휘젓고 지나가면 추녀 밑에 매달린 풍경風聲이 갑자기 소 방울처럼 떨렁거리기 시작한다. 이에 뒤질 새라 문풍지도 '포르르' 떨며 잊혔던 제 존재를 알린다. 그러던 저러던 또 한쪽 아궁이에서는 연신 장작불이 활활 타오르고 있고, 그 덕에 뜨끈뜨끈하게 달궈진 구들방 아랫목에서는 오순도순 모여앉아 한겨울의 매서운 추위를 함께 녹이곤 했다.

그게 아파트가 대량으로 보급되기 전까지 우리가 흔하게 보던 겨울풍경이었다. 그러나 지금은 그것도 벌써 옛 추억이 되고 말았다. 난방시설이 고루 잘 갖춰진 요즈음 현대식 아파트에서는 더 이상 '웃풍'이 생기지 않을 뿐만 아니라, '아랫목'이라는 훈훈한 공간도 사라져버렸기 때문이다.

아파트는 그 구조상 위 아래층과 좌우 옆 세대에서 동시에 난방을 하게 되고, 또 건축법의 단열규정이 더 한층 강화됨으로 해서, 이제 집안으로는 거의 찬바람이 들어오지 않도록 설계되어 있다. 외부와 완벽하게 차단된 것이다. 그래서 한겨울에도 얇은 속옷차림으로 실내생활을 할 수 있게 되었고, 또 그게 좋은 아파트의 필수조건이 되었다.

그런데 문제는 거기에 있다. 사실 우리가 지금 살고 있는 아파트의 실내공기 오염정도는 생각보다 훨씬 더 심각하다. 믿기 어렵겠지만, 자동차가 쌩쌩 내달리고 있는 도로보다도 더 오염되어 있다고 하니, 놀라지 않을 수 없을 것이다. 물론, 아파트 자체가 갈수록 밀폐되어 가는 게 그 주요원인이다.

그러나 자세히 살펴보면 우리들의 생활습관에도 많은 문제가 도사리고 있다. 어느 집이나 겨울철에는 거의 창문을 닫아놓고 생활하게 되는데, 그러다 보니 실내에서 발생하는 이산화탄소나 미세먼지 등은 갈 곳을 잃게 되고, 어쩔 수 없이 집안 이곳저곳에 수북이 쌓이게 된다. 더욱이 새로 입주한 아파트라면 문제는 더욱 더 끔찍하다. 새 가구나 인테리어 제품에서 쏟아져 나오는 휘발성 유기화합물(Volatile Organic Compounds; VOC)을 마치 밥 먹듯이 들이마셔야 되는 것이다.

그렇다고 포기할 필요는 없다. 조금 더 춥고, 조금 더 불편하게 살겠다는 각오만 하면 된다. 아니, 굳이 각오라고 할 것도 없다. 창문만 조금씩 열어놓으면 된다. 창문마다 엄지손가락 하나 겨우 들어갈 정도의 조그마한 틈을 집안 곳곳에 만들어 보자. 그동안 막혔던 실내외 공기가 비로소 순환을 시작하게 된다. 마치 온 몸에 피가 골고루 퍼져나가듯, 아파트 실내에도 기류가 서서히 돌아나가기 시작하게 될 것이다.

새해에는 다들 이렇게 조금씩 틈을 만들고 살았으면 좋겠다. 집안에 나있는 창문에도 여기저기 틈을 만들어 두고, 또 가능하다면 우리 마음의 창문에도 틈을 만들어보자. 그래서 서로에게 틈을 보이며, 그렇게 조금씩 헐렁하게들 살았으면 좋겠다.

41 봄 불

아직도 매서운 추위가 완전히 가신 것은 아니지만, 그저 춥고 어설프던 한 겨울은 막 지난 것 같다. 아마 동지冬至 때부터 알게 모르게 서서히 움트던 계절의 변화조짐이, 이제 비로소 우리 자연산천 곳곳에서 감지되고 있기 때문이다.

주역에서는 그러한 상황을 여섯 개의 음양부호로 간단히 표현해 놓았다. 땅을 의미하고 있는 곤(坤, ☷) 아래에 펄펄 끓는 우뢰(雷, ☳)를 묻어 놓은 것이다.

옛날에도 봄은 저 땅 밑에서부터 온다고 생각했던 모양이다. 그래서 다섯 개의 음(--)을 포개서 양(─) 하나를 덮어놓았다. 마치 질화로처럼 불씨 하나를 살리기 위해서 재로 꼭꼭 덮어놓은 형국이다. 비록 지금 당장 불이 보이진 않지만 그렇다고 불씨가 사라진 것은 아니라는 얘기다.

그걸 절기節氣로 짚어보면, 음기陰氣가 극성하고 양기陽氣가 쇠약해진 동지

冬至에 해당된다. 그러나 동지가 지나면서부터는 다시 양(陽)이 소생하기 시작한다. 비로소 땅 속에 갇혀있던 우레 같은 불기운도 점차 몸이 달아오르면서 지표면으로 들뜨게 된다. 세상 이곳저곳에서 음(--)의 기운이 약해지고, 양(－)의 기운이 용수철처럼 솟아오르게 되는 것이다. 그게 봄이다.

이러한 봄철에는 신경 쓰고 챙겨야 할 것이 한두 가지가 아니겠지만, 건축물에서는 더하다. 겨우내 얼어붙었던 땅이 녹으면서 그 기반이 송두리째 흔들리기도 하고, 이곳저곳 틈이 벌어지면서 무너져 내리기도 한다. 그것뿐만이 아니다. 요즘처럼 점차 건조해지는 봄철엔 갈 바를 모르고 헤매던 양기陽氣가 아무데나 붙어서 마침내 일을 내고 만다.

얼마 전 숭례문 화재[22]가 그랬고, 예전의 낙산사 화재[23]도 그랬다. 건축물에 불이 잦아지게 되는 것이다. 지금은 숭례문의 상징성 때문에 온통 거기에만 비난과 관심이 집중되어 있지만 우리건축, 특히 목재로 지은 한옥은 언제 어디서든지 다시 또 그러한 화마火魔의 희생양이 될 수 있다.

그러나 방법이 전혀 없는 것도 아니다. 우선 문화재라고 하면 전통성만을 고집한 채, 기왓장 하나라도 손대지 못하게 하던 그동안의 아집에서부터 먼저 벗어나야 한다. 그래야만 요즘처럼 땅속에 묻혀있던 양기陽氣 하나가 극성해지면서 만들어내는 이 '질풍노도의 계절'에 육백년 세월을 한순간에 날려버리는, 그런 참담한 일이 다시는 되풀이되지 않을 것이기 때문이다.

---

22) 2008년 2월 10일 방화로 인해 서울 숭례문이 전소全燒된 화재사건.

23) 2005년 4월 5일 강원도에서 난 산불이 강풍에 걷잡을 수 없이 번지면서 경내의 동종銅鐘 등 많은 문화재가 전소全燒되었다.

42 봄바람

어느새 우수도 경칩도 지났다. 요 며칠 새 갑자기 몰아닥친 꽃샘추위 때문에 봄이 다소 주춤거리고 있긴 하지만, 이제 춘분春分도 머지않았다. 이 춘분마저 지나면 봄기운은 더 완연해질 것이다.

흔히 봄은 여자들 옷차림에서부터 온다고 하지만, 실제 봄은 땅속에서부터 다가오는 것 같다. 이렇게 날이 풀리게 되면 겨우내 얼어붙었던 땅이 먼저 풀리면서, 지난 한겨울을 힘겹게 견디느라 그동안 잠그고 묶어두었던 새 생명을 온 누리에 다시 풀어 내놓기 때문이다. 이른바 해동解凍을 하는 것이다.

그런데 원래 풀리면 들뜨게 되고, 들뜨면 문제가 생기게 되어있는 모양이다. 해동解凍을 하면서 땅이 풀리면 우선 그 지표면부터 들뜨게 되는데, 그 들뜬 자리에서 이런저런 문제가 발생하게 된다. 그래서 들뜬 땅을 갈아 앉히느라, 해마다 이맘때가 되면 일부러 보리밟기를 하기도 하고, 또 축대 밑을 단단히 다져넣기도 하였던 것이다.

건축물도 마찬가지다. 봄이 되어 땅이 기지개를 켜게 되면, 그때마다 땅이 들뜨면서 이리저리 흔들리게 되는데, 그렇게 땅이 해동을 하는 영향범위를 보통 동결심도凍結深度라고 한다. 그런데 건축물의 기초가 동결심도 깊이까지 묻혀있지 않을 경우, 건축물이 미세하게나마 조금씩 흔들리면서 그 벽면에 볼썽사나운 균열을 만들어내게 된다.

물론 건축물만 그런 것은 아니다. 담이나 축대, 그리고 기와지붕과 구거溝渠 등도 해동의 영향에서 결코 자유롭지는 못하다. 춘분이 지나면서부터 본격적으로 해동이 시작되면, 세상만물은 그동안 얼고 움츠렸던 제 몸을 추스르느라 여기저기에 그 흔적을 남기게 된다. 기초가 들뜨기도 하고, 또 얌전하게 지붕을 뒤덮고 있는 줄로만 알았던 기와도 그 틈이 벌어지고 깨지면서 빗물이 스며들게 되는 것이다.

주역에도 그와 비슷한 얘기가 있다. 주역은 모두 64괘로 구성되어 있는데, 비로소 풀어 놓는다는 의미의 '해解'가 마흔 번째로 배치되어 있는 것이다. 그걸 '뇌수해雷水解'라고 한다. 이 괘에서는 '풀어 놓는다'는 의미의 괘사卦辭가 우선이지만, 오랜 임신기간을 거쳐서 비로소 해산을 하는 단계로, '모든 것이 잘 해결될 테니 걱정할 것이 없다'는 뜻도 아울러 함축하고 있다고 한다.

그러한 뜻으로 풀어보면, 겨울이 지나면서 해동解凍을 하는 것도 해산解産과 마찬가지로, 새로운 생명을 드러내는 중요한 경계가 된다. 그래서 해마다 생명이 다시 싹터 오르는 새봄이 되면, 그동안 풀어놓았던 제 몸을 추스르고 다시 제자리로 돌아가느라, 건축물이든 사람이든 이렇게 한 번씩 들뜨고 흔들리게 되는 것인지도 모르겠다. 봄바람만 탓할 일도 아닌 것 같다.

43 장마철의 잡념

장마철이다. 옛날 허름했던 시절에는 이런 장마로 불어난 물에 축사가 무너져 마을 앞 냇가로 돼지나 염소가 둥둥 떠내려가는 진풍경이 벌어지기도 했고, 서둘러 물꼬를 트러 나가는 농부의 잰걸음 뒤로 원두막에서 비를 피하는 낭만도 적잖았지만, 지금은 비가 아무리 쏟아져 내려도 그러한 살가운 풍경은 좀처럼 만날 수 없게 되었다.

도로가 침수되고, 식수가 끊어지고, 또 저지대에 사는 주민이 고립됐다고 하더라도 여전히 자동차는 빗물을 튀기며 아스팔트 위로 질주하고 있고, 또 지금은 아무리 장맛비가 쏟아진다고 한들, 아파트 현관문만 열고 들어서면 비 한 방울 묻지 않고 살 수 있는 세상이 되었다.

이젠 비가 내려도 옛날처럼 그렇게 따로 비설거지를 할 필요도 없어졌고, 아무리 태풍이 불고 폭염이 내려쬐더라도 아파트에 들어와서 문만 걸어 잠근 채, 그때 그때의 조건에 따라서 냉난방 스위치만 틀어놓으면 된다. 그러

내 마음을 두드린 우리건축

한 측면에서 보면 확실히 살기 편해진 건 사실이다.

그런데 그 편리를 향한 집착과 욕망은 여기에서 그만 멈출 것 같지가 않다. 주부들의 취향에 맞춘 가전제품과 통신시설의 비약적인 발전이, 미래의 주거형태마저 인간의 노동을 소외시키는 방향으로 창출해나가려 하고 있기 때문이다. 그 때가 되면 정말 손에 물 한 방울 묻히지 않고, 손 끝 하나 까닥하지 않고도 살 수 있을지 모른다.

어쨌든 주거공간은 더 넓어지고, 더 화려해지고, 또 더 편리해진 것만은 사실이다. 그러나 그런 만큼 문제도 많다. 현대건축은 지금처럼 장마철에 쏟아져 내리는 비에 잠시 쉬어갈 원두막 하나도 만들어 내지 못하고 있고, 낙숫물 소리 하나도 제대로 들을 수 없는 구조로 변모되어 버렸다. 지나치게 프라이버시 보호와 기능을 추구한 결과, 이젠 자연이 주는 그 오묘한 시청각 소재마저 잃어버리게 된 것이다.

물론 주범은 건축이다. 그리고 지금 우리가 살고 있는 이 아파트들이다. 닫고 가리고 낮춰놓았고, 그것도 부족해서 자연과의 유일한 소통공간이었던 발코니마저 '확장'이란 미명아래 아파트에서 헐어내고 있는 지금, 우리는 주거공간에서 '삶'을 사는 것이 아니라 스스로 그 '값비싼 공간'에 갇히게 되고 말았다.

그래서 이렇게 비가 주룩주룩 내리는 날에도 처마 밑으로 툭툭 떨어지고 있는 빗소리 하나도 제대로 들을 수 없게 되었고, 비를 피해서 황급하게 집으로 뛰어 들어오는 가족들의 종종걸음도 느끼지 못한 채 살아가고 있다. 입으로는 모두들 친환경이라고 외치면서도 이미 자연과 유리된 공간 속으로 들어와 버린 것이다. 그것이 안타깝다.

44 자연을 불러들이는 정자亭子

낙화암 백화정白花亭

요즘같이 폭염이 쏟아지는 한 낮에는 시원한 바람과 물과 그늘이 저절로 그리워진다. 그래서 옛날에도 경치가 좀 빼어난 계곡이나 산자락이다 싶으면 으레 그늘을 드리울 만한 정자亭子를 지어 무더위를 피하곤 했다. 그 정자 누마루에 올라앉아 졸졸졸 흘러내려가는 시냇물소리를 들으면서 때로는 시를 읊기도 하고, 때로는 열띤 시국토론도 벌이면서 그렇게 정자는 옛날 한여름의 피서장소로 자리 잡았던 것이다.

창덕궁 연경당 연못 한쪽에 다소곳이 비켜서있는 듯한 애련정愛蓮亭이 그렇고, 비원의 부용정芙蓉亭과 소요정逍遙亭도 그러하며, 또 춘천 소양호 주변의 소양정昭陽亭과 멀리 낙락장송을 배경삼아 동해를 굽어보고 있는 의상대는 물론 충북 영동의 낯선 산자락에 파묻힌 채, 세파에 찌든 마음까지 씻어줄 것 같은 세심정洗心亭 역시 피서지로서 그렇게 알뜰살뜰한 사랑을 받아왔다.

또 세조 때, 단종을 향한 붉은 마음을 표주박에 담아 하염없이 띄워 보내는 걸로 한세상 울분을 달랬다는, 어느 충신의 간절한 전설이 서린 충북 제천의 서강 근처 관란정觀瀾亭과 백마강 낙화암을 굽어보면서 백제의 비애를 잊지 못하고 있는 백화정百花亭에 찾아가서, 그 슬픈 역사를 듣고 있노라면 아무리 폭염에 미칠 것 같다가도 슬그머니 더위를 잊어버리지 않을 수 없게 된다.

그러나 그러한 자연절경과 슬픈 역사 때문에 무더위가 가시는 것은 물론 아니다. 정자亭子라는 건축물은 그 구조상 저절로 바람을 일으키게 되어있다. 정자는 그것을 건축한 사람이나 그 지리적인 위치에 따라서 꽤 다양한 형태를 지니고 있지만, 일단 그 기본얼개는 대부분 옛날 시골의 원두막과 같이 아주 단순한 구조로 지어져있다.

얼기설기 짜인 누마루 밑으로 기류가 흘러가면서 더워진 바닥 공기를 일부 덜어주기도 하고, 길게 드리워진 처마그늘로 인해서 온도가 낮아진 정자 주변의 공기는 외부공기와의 온도차이 때문에 자연스럽게 대류對流가 일어 나게 되는 것이다.

그래서 누마루에 벌렁 드러눕게 되면 그 자연의 대류작용으로 무더위뿐만 아니라, 자연의 오묘한 질서까지 절로 체감할 수 있어서 그렇게 더 시원하게 느껴지는 것인지도 모른다.

45 에어컨과 부채

요즘 여름은 예전보다 훨씬 더 무덥고 길어졌다. 그래서 옛날 같으면 정자나무 아래 삼삼오오 모여앉아 한가롭게 부채질을 하거나, 등목을 하는 것만으로도 한여름 무더위를 쉽게 이겨나갈 수 있었지만, 이제는 어림없는 일이되고 말았다. 더위도 훨씬 더 지독해졌고, 훨씬 더 매서워졌기 때문이다. 농약에 내성耐性을 가진 병충해가 더 기승을 부리는 것처럼, 아마 더위도 점차내성을 가지게 된 모양이다. 아니, 자연에 대한 우리 인간의 적응력이 형편없이 떨어져버린 탓인지도 모른다.

그래서 여름이 다가오면 남보다 먼저 냉방용품부터 챙기는 풍경이 이젠낯설지 않게 되었고, 또 어딜 가나 집집마다 외벽에는 에어컨의 실외기室外器가 나보란 듯이 걸려있다. 이제 정말 에어컨 없이 한여름을 난다는 것은 상상조차 할 수 없는 세상이 되고 말았다.

아파트에 살다보면 북풍한설이 몰아치는 한겨울에도 뜨끈뜨끈하게 지핀 보일러 때문에 속옷차림으로 생활한다고들 하지만, 그러한 무감각이 비단 겨울풍경만은 아닌 것 같다. 요즘같이 무더운 한여름에도 에어컨에서 뿜어 나오는 냉기 때문에 간혹 이불을 뒤집어 쓴 채 생활하는 경우도 있고, 또 때로는 개도 안 걸린다는 그 오뉴월 감기를 달고 사는 사람도 적잖다. 이른바 에어컨이 쏟아내고 있는 '자연의 바람'을 과신하고 있는 탓이다.

물론 바람이라고 해서 다 같은 바람은 아니다. 정자나무 밑으로 시원하게 불어오는 바람이 있는가 하면, 물길을 따라서 다리 밑을 헤집고 들어오는 바람도 있고, 여인의 마음을 울렁거리게 하는 봄바람도 있다. 또 꽃바람, 샛바람, 하늬바람, 된바람도 있고 산들바람, 건들바람, 실바람, 남실바람, 왕바람도 있다. 그리고 선풍기나 부채질로 가볍게 기류를 공간이동 시켜서 얻어지는 산산한 바람도 있다.

그런데 다른 바람하고는 달리, 에어컨에서 뿜어져 나오는 바람에는 문제가 있다. 에어컨을 켜놓은 방은 시원한데, 그 시원한 바람의 양만큼 데워진 공기는 다시 외부로 빠져나가야 하기 때문이다. 자연적으로 실내는 시원한데, 실외는 더 더워지게 된다.

결국 나는 시원한데, 다른 사람은 그만큼 더 불쾌한 공기를 들이마셔야 하는 것이다. 부채질을 하면 주변까지 다 함께 시원해지는 것과는 상당히 대조적인 모습이라고 하지 않을 수 없다.

그래서 에어컨에 따라붙는 실외기室外器 설치위치에 대해서 별도의 대책을 강구하고 있다고는 하지만, 그렇다고 해도 별로 달라질 것 같지는 않다. 어쩌면 이게 모두 다 현대 기계문명 자체의 태생적인 한계 때문인지도 모른다. 내가 지금 쾌적하고 편리하고 안락하기 위해서는 다른 사람의 불편과 희생일랑 아예 모른 체 해야 한다. 에어컨이 그 창구역할을 하고 있는 것이다.

에어컨의 실외기室外器에서 쏟아져 나오고 있는 열기로 후끈 달구어진 도심거리를 지날 때마다, 나지막한 툇마루에 나란히 누워서 살살 부채질을 해주시던 옛날 할머니 모습이 유난히 더 그리워지는 여름이다.

46 평생 벌거벗어야 하는 여인

강화도에 가면 아주 먼 옛날 단군왕검이 개천開川을 했다는 마니산 참성단 塹星壇이 있고, 한낱 나무꾼이던 강화도령 원범이 조선 철종哲宗이 된 전설이 있다.

그런데 그것뿐만이 아니다. 강화도 전등사傳燈寺에 가면 섬뜩하게 무서운 사랑의 징벌을 보게 된다. 아침저녁으로 날씨가 제법 쌀쌀해진 오늘아침 같은 날에도 그 가냘픈 몸을 잔뜩 웅크리고 주저앉은 채, 두 손으로 육중한 지붕을 떠받치고 있는 벌거벗은 여인을 만날 수 있는 것이다.

마치 벌을 받고 있는 모습 같기도 하다. 그것도 실오라기 하나 걸치지 않고, 지나가는 뭇 남성들의 시선에 아예 부끄러움마저 짓이겨져 버린 듯, 처연한 모습으로 대웅전 처마 네 귀퉁이에 웅크리고 앉아서 지금도 벌을 받고 있는 모습 그대로다.

물론 처음부터 그런 것은 아니었다. 옛날 아주 먼 옛날, 고향을 떠나 대웅

벌거벗고 있는 여인

전 건축에 매달리던 순박한 목수가 하나 있었다. 그런데 피곤에 지친 몸을
이끌고 한 번씩 들르던 주막집 작부酌婦가 문제였다. 월말 품삯을 받을 때마
다 작부는 목수를 정성껏 어르고 달래고 토닥여주었다. 그런데 공사가 막바
지에 이르자 작부는 결심을 한 듯, 그동안 목수가 맡겨놓은 종자돈까지 훔쳐
서 옆집 돌쇠랑 줄행랑을 치고 말았다.

　뒤늦게 목수도 이 사실을 알게 되었지만, 어쩔 수 없는 일이었다. 며칠 동
안 갈피를 잡지 못하고 방황하던 목수는 그러나 다시 망치를 잡았다. 그리고
는 무서운 집념으로 배신한 그 작부의 얼굴을 정신없이 새기기 시작하였다.

　사랑하고 용서하는 마음이 생겨서가 아니라, 영원히 증오하기 위해서 그
작부의 웃음과 손짓을 반대로 새기기 시작하였다. 몸은 잔뜩 웅크리게 만들
고, 부끄러운 부분은 일부러 벌겋게 드러내 놓았으며, 술을 따르던 나긋나긋
하던 두 손은 마치 벌을 서듯 위로 치켜 올려놓았다.

　그렇게 나무로 깎아서 만든 여인을 대웅전 처마 네 귀퉁이에 올려놓고는,

그 위에 또다시 무거운 지붕을 포개서 엊어놓았다. 이제 꼼짝없이 벌을 받지 않을 수 없게 된 것이다. 그래서 지금도 강화도 전등사에 찾아가면 벌거벗은 알몸을 드러낸 채, 그 육중한 지붕을 두 손으로 정성껏 떠받치고 있는, 어느 가련한 여인 하나를 만날 수 있게 된다.

47 수덕사의 여인

수덕사 대웅전

지금 현재 남아있는 우리 한옥 중에서 가장 아름다운 건축물을 꼽으라면 흔히 부석사 무량수전[24]과 수덕사 대웅전[25]을 꼽는다. 부석사 무량수전이 간결하면서도 장중한 아름다움을 지니고 있는데 비해, 수덕사 대웅전은 그저 그렇게 수더분해 보일 수도 있다.

그러나 토방을 돌아서 조금만 옆으로 다가가면 수덕사 대웅전 특유의 정확하고 간결한 벽면비례의 아름다움에 놀라게 된다. 그런 수덕사에도 여인에 얽힌 전설이 전해 내려오고 있다.

옛날 어느 날, 인생의 깊은 번민에 갈피를 잡지 못하던 귀부인이 덕숭산 산자락을 찾아오게 된다. 청상과부였다. 자연히 작은 암자에는 남정네들이 기웃거리게 되고, 애간장을 태웠다. 아랫마을 박부자도 그중 하나였다.

그러던 어느 날, 은은한 보름달빛 아래에서 도저히 이세상 사람 같지 않은 그 여인이 마침내 박부자의 간청을 들어주게 된다. 그런데 조건이 있었다. 암자근처에 백제에서 제일가는 절을 지어달라는 것이었다. 박 부자는 흔쾌히 승낙을 했지만, 절을 완공할 때까지는 그 여인 곁에 갈 수가 없었다. 그것이 또 하나의 조건이었던 것이다. 박 부자는 급한 마음에 백제에서 제일가는 목수들을 모조리 불러다가 공사를 독려했다.

그 결과 절은 예정을 앞당겨 완공되었다. 절이 완공되던 날 밤, 박 부자는 약속대로 여인의 거처를 찾았다. 물론 여인도 곱게 화장을 한 얼굴로 미소 지으며 다소곳하게 기다리고 있었다.

그런데 박 부자가 여인 가까이 다가가는 순간, 그 여인은 마치 무엇을 찾

---

24) 1376년 건축한 목조건축물로서 국보 제18호로 지정되어 있다.

25) 해체수리작업 중에 발견된 묵서명에 의해서 1308년(고려 충렬왕 34년)에 세워진 것으로 확인된, 국보 제49호로 지정된 목조 건축물이다.

으려가는 듯 자리에서 일어나 뒷문을 열고 밖으로 나섰다. 깜짝 놀란 박 부자가 급하게 발뒤축을 잡아채자 그만 버선이 벗겨지고 말았다. 그러나 그 여인은 아랑곳하지 않고 뒤뜰 바위틈으로 홀연히 사라져버렸다.

그 후 해마다 봄이 되면 이상하게도 바위틈에서 버선모양의 버선 꽃이 피어나는 것을 보고 사람들은 그 바위를 버선바위라 부르기 시작하였고, 그 여인을 관세음보살의 화신이라고 믿게 되었다고 한다.

한낱 전설일 뿐이라고……? 물론, 그럴 수도 있다. 그러나 건축은 그렇게 말 못할 이런저런 사연들이, 때로는 마치 전설처럼 숨어있는 창고가 되기도 한다. 그 창고를 뒤적이다 보면, 우리 건축의 또 다른 측면과 마주치게 된다. 아니, 어쩌면 그게 더 우리 건축의 본래 제 모습일지도 모른다.

수덕사 대웅전의 측면

48 아궁이에 지핀 사랑

어느 시민단체 대표를 지낸 분이 평소 알고 지내던 선배와 함께 심각한 얼굴로 찾아왔다. 아내가 난소암인데 한국에서는 고칠 수 없다고 했고, 미국에 거주하는 아들을 통해 그곳 병원에도 입원해 봤으나 재발하여 이미 손을 쓸 수 없는 단계라는 하소연이었다.

젊을 때는 방장한 혈기 때문에 아내에게 잘 해주지 못했고, 사업이 번창하던 중년에는 손 한 번 제대로 잡아주지 못했단다. 그런데 이제 50대 중반, 세상을 조금 알만한 나이가 되었는데 난소암이라니……! 하늘이 무너지는 것 같았단다. 같이 죽고 싶었단다. 눈물을 뚝뚝 떨어뜨리며 울먹울먹 하였다.

며칠을 고민한 그 분은 잘 나가던 사업체도 그만 정리하고, 아내를 위하여 마지막 길을 같이 하기로 결정하였다. 그래서 진안鎭安 어느 골짜기에 집터를 구하고, 생태건축으로 짓겠다는 결심을 밝혔다. 참 답답했다. 그리고 고마웠다. 사람의 생명이 마무리되는 그 순간에 건축에게 희망을 걸다니!

흙과 목재를 뼈대로 하고 한지韓紙를 발라서 마감을 하기로 했다. 그리고 거실의 한 중앙에는 안방바닥을 데울 수 있는 아궁이를 마련하기로 하였다. 몸이 불편한 아내가 거실에 앉아 장작불을 지필 수 있게 하고 싶다는 것이었다.

현대의학으로도 치료가 안 되는 병이지만, 옛날 방식대로 자궁子宮을 불가까이 한 채 장작불을 때고, 흙집에서 살다보면 병이 좋아지지 않겠느냐는 희망이었다.

기류의 변화에 따라 역풍逆風으로 연기가 실내로 들이치는 등 문제가 도사리고 있었지만, 그 청을 감히 거역할 수가 없었다. 너무나 간절하였으므로……!

그런데 아내가 귀국하는 12월초까지 공사를 마무리해야 한단다. 나는 불가능하다고 말렸지만, 그리고 영 어려우면 잠시라도 우리 집에 머물기를 권했지만, 집념은 집요했다. 황토를 구해서 손으로 찍어 맛을 보고, 물로 비벼보고, 여물을 넣고 반죽을 해서 손수 집을 지었다. 그동안 그는 점점 녹초가 되어갔고, 옆에서 가끔 지켜보던 나도 그 정성 앞에 절로 경건해지지 않을 수 없었다.

갖은 고생 끝에 당초 계획보다 조금 늦은 한 겨울에 입주를 하게 되었다. 그래서 이제는 그 먼 산골에서 아담한 집을 짓고 단둘이 살고 있다. 시뻘건 장작불이 혀를 날름거리며 훨훨 타고 있는 거실에서, 연신 장작불을 지펴가며 오순도순 살고 있을 것이다. 그러면서도 가끔 어떻게 지내나 궁금하기도 했다. 병이 악화된 것은 아닌지? 지치지는 않았는지?

지난번엔 호도 한 상자를 보내왔다. 고맙다는 간단한 편지와 함께……. 그리고 환자인지 모를 정도로 건강해졌단다. 아! 그렇구나. 비록 어려운 병이지만, 다 버리면 이렇게도 되는구나……!

물론 불치병이다. 그리고 앞으로 또 어떻게 될지도 모른다. 그러나 진실한 사랑 앞에 두 사람이 마주 선다면, 몇 년 더 생명을 유지하는 것 자체가 어쩌면 그리 중요한 일은 아닐지도 모른다.

그저 말없이 서있는 것 같기만 하던 저 건축에게서, 그렇게 희망을 건져 올리는 것을 나는 지켜 보게 되었다. 한량없이 고맙고 감사하게도…….

49 에이, 바보처럼!

올 여름, 그 무덥던 어느 날, 정읍井邑에 있는 어떤 절집을 설계하려고 그 절을 방문했다. 여자 보살님의 살가운 안내를 받고 주지스님 앞에 가서 마주 앉으니 주위가 더 경건해지는 것 같았다. 마치 무슨 불도佛道를 들으러 온 사람처럼 내 안으로 잔뜩 주눅이 들어가는 것을 어쩔 수 없었다.

은은한 녹차 향좋을 맡으며 스님께 한옥의 틈과 여유 그리고 그 섬세함에 탄복하고 있노라고 너스레를 떨고, 그림을 그려가면서 어설픈 불교지식으로 가람(절)배치에 대해서 설명하니까, 스님은 만족한 듯이 온화한 미소를 지으며 연신 고개를 끄떡거렸다.

그런데 아무 말 없이 그저 고개만 끄떡거리게 되면 도대체 알아들었다는 얘기인지, 아니면 몰랐다는 얘기인지 아리송할 때가 많다. 거기에다가 상대는 스님이고, 온화한 미소까지 머금고 있으면 브리핑을 하는 나로서는 자꾸만 더 입에 침이 말라가지 않을 수 없었다.

처마 끝에 매달린 풍경風磬 소리마저 가끔씩 '댕그랑 댕그랑' 거리면서 적막을 강요하는 그 찰나刹那……! 웬 파리 한 마리가 '위잉–' 하고 우리 둘 사이를 헤집고 날아들었다. 그와 동시에 스님의 무릎 위에 얌전하게 놓인 줄로만 알았던 두 손이 번개처럼 치솟아 오르면서, 파리를 '탁–' 하고 때려잡았다. 깜짝 놀란 나는 엉겁결에 "아니, 스님도 살생을 하세요?" 하고 외쳤다.

아! 그런데 내가 그만 말을 잘못한 것이다. 스님의 얼굴이 빨개지면서 번개처럼 번쩍 치솟아 올라갔던 두 손이 그대로 허공에 멈춰버린 것이다. 저 민망한 스님의 두 손을 어찌하랴! 손이나 좀 내리면 물어볼 걸, 얼마나 손이 아프실까? 에이, 바보처럼…….

50 죽은 돼지얼굴에 대한 상념

웃고 죽은 돼지 얼굴

집을 지을 때 골조가 거의 완성이 되면 대부분 상량식을 하게 된다. 집의 가장 높은 부분에 걸리는 목재에 글을 쓰고는 흰 광목廣木으로 감아서 지붕으로 들어올린다. 그 동안 애쓴 인부들의 노고를 위로하는 잔치를 벌이는 것이다.

나는 설계자로 초대되어 죽은 돼지 입에 돈을 꼽고는 절을 하게 되는 경우가 더러 있다. 그런데 그 돼지 입에 돈을 꽂으러 나갈 때마다 죽은 돼지 얼굴을 자세히 보게 되는데, 지그시 눈을 감고 있는 돼지얼굴이 꼭 웃고 있는 것만 같다. 죽으면서도 그 모진 고통 때문에 몸서리쳤을 텐데, 웃고 죽다니……!

남자들은 다 안다. 이발소에 가면 이발소의 동선을……! 이발이 끝나자마자 의자를 뒤로 젖히고 이발사가 얼굴과 목에 비누거품을 잔뜩 묻히고는 면도를 시작한다. 처음에 나는 그 순간이 참 고통스러웠다. 쓱싹쓱싹 갈아서 날이 시퍼렇게 선 면도칼의 서늘한 감촉이 목젖에 닿자마자 나는 간지러움을 타기 시작한다.

그렇다고 그 엄숙한(?) 순간에 웃을 수도 없고, 몸을 비비 틀 수도 없다. 억지로 터져 나오는 웃음을 참아야 한다. 어쩔 수 없이 허벅지를 양손으로 꼬집고, 눈을 감은 채 인상을 찌푸려야 한다. 본의 아니게 말이다. 그러면 "아니, 어디 불편하세요? 혹시 급한 볼일이라도……"하며 의아해하는 목소리가 들려온다.

요샌 많이 무디어졌지만, 지금도 나는 간지럼을 잘 탄다. 그래서 죽은 돼지 얼굴을 볼 때마다 "목에 닿는 식칼의 감촉이 오죽 간지러웠으면 죽으면서까지 저렇게 재미있게 웃고 죽었을까?" 하고 동병상련을 느끼게 되는 것이다. 사춘기소녀처럼 두 눈을 살그머니 감은 채, 마치 잠자는 듯이 죽어있는 저 천진난만한(?) 돼지얼굴을 보면서……!

51 건축물의 뒷모습

앞모습과 뒷모습이 별로 다르지 않았던 옛날의 초가집이나 기와집에 비해서 요즈음 현대식 건축물들의 도로변 쪽 외관은 상당히 늘씬해지고 세련되어졌다. 그러나 건축물에 조금만 더 관심을 갖고 뒤로 돌아가 보면 전혀 다른 느낌을 갖게 된다. 어쩌면 요즘 현대인들의 뒷모습을 보는 것 같아 안쓰러워질 때가 많다.

뒤란 원래 앞과는 다른 것이지만, 현대식 건축물의 당당한 앞모습과는 달리 뒷모습에서는 왠지 애잔한 느낌을 받게 된다. 도로변처럼 번듯한 화강석이나 고급 외장재가 아닌 그저 수성페인트나 인조석으로 간단하게 위장僞裝처리된 건축물의 뒷모습에서, 우리 현대인들의 감춰진 이중성을 보게 되는 것이다.

경제적인 이유 때문에 어쩔 수 없이 건축물의 앞과 뒤를 달리했다는 것도 하나의 변명일 뿐이다. 건축물의 앞면에 비싼 대리석과 화강석으로 치장하고 싶은 욕심을 조금만 자제한다면, 건축물의 전후좌우 벽면을 모두 동일한 재료로 그 분위기에 맞게 다시 연출할 수 있다.

건축물은 보기 싫다고 해서 한 쪽 구석에 밀쳐둘 수도 없고, 또 마음에 든다고 해서 가지고 다닐 수도 없는 일이다. 그러나 빛이 있는 곳이라면 언제 어디서나 볼 수 있고, 만날 수도 있다. 건축물의 앞뒷면이 아무 차별 없이 고르고 평등해야 하는 이유가 바로 여기에 있다.

우리는, 특히 우리 아이들은 가르치는 대로 배우는 것이 아니라 보는 대로 배우고, 보는 대로 생각한다고 한다. 그래서 더 걱정이다. 경제적인 이유 때문에 건축물의 앞뒷면을 차별하여 지금처럼 이중성을 띠게 한다면, 그것을 보고 자라는 우리 아이들의 해맑은 심성에도 어느새 그러한 이중성이 자리 잡을 수 있겠기 때문이다.

52 건축물의 최후

무엇이든지 어느 정도 사용하다 보면 수명이 다하게 된다. 그런데 본래 제 수명을 곱게 다하는 반듯한 녀석도 있지만, 주인을 잘못 만나 예상보다 훨씬 쉽게 닳고, 헤지고, 부러져서 못쓰게 되는 경우도 허다하다.

그렇게 되면 참으로 박절한 세상인심이 본색本色을 드러낸다. 한때는 그걸 갖기 위해서 이리 재고 저리 재고 때로는 변죽도 부리고 부탁도 마다하지 않다가, 막상 갖게 되면 당초 그 애절했던 초심初心은 온데간데없이 사라지고, 다시 또 새로운 대상에 눈을 돌리게 된다. 자동차가 그렇고, 휴대폰이 그렇고, 또 각종 액세서리가 그렇다. 아니 우리가 지금 앉아있는 이 공간, 건축물은 더하다.

건축물이 철거될 때 보면 정말 인정사정없다. 마치 한 번에 요절낼 듯이 포클레인(Poclain)이 건축물을 찍고 넘겨버린다. 철근은 엿가락처럼 휘어지고, 그 단단하던 콘크리트도 동강동강 떨어져 나간다. 또 벽돌이나 석고보드는 먼지만 자욱이 휘날리며 사정없이 짓이겨진다. 그렇게 건축물은 이 세상에 존재했던 몇 십 년 동안의 흔적을 뒤로 한 채, 그냥 앉아서 고스란히 해체당하고 만다.

물론 애초부터 그러진 않았을 것이다. 그 집도 처음엔 어느 무주택서민의 가슴 벅찬 첫 둥지였을 수도 있고, 어느 누구에게는 신혼살림의 살뜰한 보금자리였을 수도 있다. 아니, 어쩌면 재산증식의 아주 요긴한 수단이 되어, 삶의 환희와 기쁨을 한꺼번에 선사해주는 알뜰한 살림꾼이었을지도 모른다.

그러나 과거야 어찌되었건, 집이란 그 필요가 다하게 되면 그렇게 가차 없이 처분되는 운명을 안고 있다. 옛날에는 사지四肢를 여섯 토막으로 찢어 죽이는 육시六弒가 최고의 극형이었지만, 그것도 철거되는 건축물에 비하면 시쳇말로 '껌' 도 안 된다.

잘리고, 털리고, 바숴지다가 급기야는 환경오염의 주범으로까지 몰리게 되는 것이다. 소음이 진동을 하는가 하면, 석면가루가 날리고, 미세먼지가 하늘을 자욱이 뒤덮는다. 그렇게 건축물은 너나할 것 없이 '잔인한 최후' 를 맞이하게 된다.

그래도 몇 년 전, 서울 한남동 외인아파트 해체[26]는 실로 장중하였다. 온 국민이 생방송으로 지켜보는 가운데, 남산을 가리고 서있던 외인아파트는 파괴공학의 첨단기술로 그냥 그 자리에 폭삭 주저앉았다. 또 일제의 잔재가 묻어있다고 해서 호된 질책을 받아왔던 중앙박물관 해체[27] 때도 마찬가지였다. 중앙 돔(dome)의 상부 첨탑을 해체할 때에는, 마치 금방이라도 깨질 것 같은 보물을 다루는 듯 극진했다. 사라지는 것이 저렇게 아름다울 수도 있다

---

26) 서울의 남산 제모습찾기 일환으로, 1994년 11월 20일 폭파해체되었다.
27) 일제 잔재청산 여론에 따라 광복 50주년이 되는 1995년 8월 15일에 해체를 시작하였다.

는 것을 영상으로 보여준 상당히 인상적인 장면이었다.

그런데 그런 건 사회적인 관심과 이목이 집중된 몇몇 건축물에 국한된 얘기다. 대부분의 철거현장에서는 자욱한 소음진동과 먼지 사이로 포클레인의 굉음만이 요란할 뿐이다.

그래서 가끔, 이런저런 사연을 뒤로 한 채, 하나의 건축물이 지어졌다가 무심하게 해체되는 일련의 과정에서, 그저 덧없이 먼지 속으로 사라지는 우리네 보통사람들의 인생을 떠올리게 되는 것이다.

해체되는 남산 외인아파트

53 부활復活

죽었다가도 다시 부활復活하는 것은 이천년 전의 예수님과 바둑판의 대마 大馬뿐이라고 한다. 그런데 하나 더 있다. 목재로 지은 우리건축이 그렇다. 죽 었다가 다시 살아나다니……? 쉽게 이해가 되지 않을 것이다. 그런데 우리한 옥은 선천적으로 그게 가능하도록 만들어져 있다. 건축물을 해체해서 다른 장소에 그대로 다시 짓는 '이축移築'이라고 하는 과정이 있기 때문이다.

얼마 전에 전주시 교동으로 다시 돌아온, 풍낙헌豊樂軒이라고 하는 옛날 전주동헌에서 우리는 그러한 사실을 새삼스레 확인할 수 있었다. 일제 때 아 예 사라질 운명에 처했던 당시 동헌을, 어느 민족지사가 전북 완주군 구이면 으로 이축하여 지금까지 제각祭閣으로 사용하다가, 이번에 전주시에 기증하 게 된 것이다. 그래서 낡은 기와와 서까래를 뿌연 흙먼지 속에서 하나씩 걷 어낸 뒤, 일백년도 더 된 굵직굵직한 목재를 정성껏 해체하는 과정을 거쳐 서, 다시 이축하게 되었다.

그러나 아무리 소중한 건축물이라 하더라도, 만일 지금과 같은 현대건축물이었더라면 그건 처음부터 아예 불가능한 일이었을 것이다. 건축물을 지탱하고 있던 기초를 해체하게 되면 몸체가 되는 기둥과 보는 그저 앙상한 철근만 드러낸 채, 다시 사용할 수 없는 상태로 처참하게 해체되고 말기 때문이다. 장소를 옮겨서 다시 그대로 건축한다는 것은 도저히 상상도 할 수 없는 일이다.

그런데 한옥은 그게 가능하다. 처음 건축을 할 때부터, 묶고 압박해서 강하게 결합해놓은 것이 아니라, 제 몸을 내놓은 만큼 받아들이고 또 받아들인 만큼 부재끼리 서로 의지하게 만드는 자연스러운 '이음맞춤'의 결구結構방식을 채택하고 있기 때문이다. 때로는 그게 불완전한 접합방식이라고 책망받기도 하였지만, 그 '이음맞춤'으로 인해서 그렇게 죽었다가도 다시 살아날 수 있는 것이다.

그것뿐만이 아니다. 그 느슨한 결합이 때로는 위기 때 더 빛나는 역할을 하게 되기도 한다. 이번 중국 쓰촨성에서 발생한 지진피해만 해도 그렇다.[28] 자연재해야 어쩔 수 없는 일이라고 하지만, 그 피해는 벽돌이나 시멘트블록으로 쌓아서 지은 '조적組積 건축물'에 집중되었다.

그걸 언론에서는 부실공사 탓으로 보도하고 있지만, 사실 구조방식의 문제라고 해야 할 것이다. 건축비용을 절감하기 위해서 지진에 약한 구조방식을 선택했던 셈이다. 차라리 목조 건축물이었다면 그처럼 피해가 가중되지는 않았을 지도 모른다.

콘크리트처럼 강하지는 않지만, 죽었다가 다시 부활할 수도 있고, 예기치 않은 위기가 닥치면 더 빛나는 존재, 그게 바로 한옥이라고 하는 우리건축이다.

28) 2008년 5월 중국 쓰촨성에서 발생한 강도 7.8 규모의 대형 지진참사.

54 뒤처리

이 세상에 존재하는 모든 것은 다 사라지게 되어 있다. 사라진다는 것은, 또 떠나보낸다는 것은 언제나 아쉽고 가슴 저미는 일이지만, 우리들도 언젠가는 모두 그렇게 사라지게 될 것이다. 영겁永劫의 시간 속에서 보면, 결국 우리는 찰나刹那와 같은 존재들이기 때문이다. 그래서 예로부터 인생에서도 '깨끗하고 편안하게 마무리하는 것'을 최고로 여겼던 것 같다.

사라진다는 측면에서 보면, 건축물도 마찬가지다. 깊게 땅을 파서 철근을 넣고 콘크리트로 다져서, 마치 천년만년 갈 것처럼 단단하게 기초를 묻고 건축공사를 시작하게 되지만, 그렇게 지은 건축물도 고작 몇 십 년을 넘기지 못하고 사라지게 된다. 물리적인 수명을 뒤로한 채, 사회적인 수명과 경제적인 수명을 다하게 되면, 건축물은 모두 그렇게 용도폐기처분 되는 것이다.

그런데 사라지는 것에 대해서 감상에 젖어 있을 때만은 아닌 것 같다. 건축물의 경우, 그로 인한 환경문제가 우리사회의 한구석에서는 벌써 심각한

내 마음을 두드린 우리건축

330

이슈(issue)로 대두되고 있기 때문이다. 예전에는 아무 거리낌 없이 사용하던 석면 함유재가 그렇고, 또 포름알데히드(formaldehyde)가 잔뜩 버무려진 깔끔한 마감재들도 그렇다.

언뜻 보기엔 모두 신사숙녀 같이 단정한 모양을 하고 있지만, 그 건축소재들이 살아서는 새집증후군(sick house syndrome)의 주범으로 우리를 괴롭히다가, 나중에 정작 무대에서 퇴장할 때도 그냥 호락호락하게 물러나지 않는다. 이제 집을 짓는 것보다도, 그 뒤처리에 대해서 고민하지 않을 수 없게 된 것이다.

결국 다시 우리건축에 흙과 나무 그리고 돌 등의 자연소재를 활용해야 한다는 얘기가 된다. 물론 자연소재가 가지고 있는 성능의 한계 때문에, 이제는 제한적으로 사용될 수밖에 없게 되었지만, 일상생활에서 약간의 불편(?)을 감수할 각오만 가지고 있다면, 생각보다 그렇게 어려운 일만도 아니다.

아니, 그동안 바쁘게 사느라 그만 지쳐버린 우리의 몸과 마음에 다시 건강을 되찾아주기 위해서라도, 건축에서 그 뒤처리는 점점 더 중요한 항목으로 다가오고 있다.

잘 먹고 잘 배설해야 건강한 것처럼, 이제 우리 건축도 지금처럼 잘 짓는 일에만 골몰할 게 아니라, 미련 없이 사라질 줄도 알게 해야 한다. 그래서 주요 건축소재들의 생사고락을 자연의 '순환循環' 사이클에 거스르지 않도록 다시 되돌려놓아야 할 때가 되었다.

55 다시 순환循環

　끊임없이 맞물려 돌아가는 자연생태계의 순환질서에서 우리 인간은 그 동안 주로 기생자寄生者로 생존해 왔다. 단순히 살아남기 위해 어쩔 수 없이 다른 종(種, species)을 희생시키는 것이 아니라, 조금 더 편하고 조금 더 풍족하게 살기 위해서 생태계의 질서를 맘껏 유린해왔다. 그것이 결국 부메랑이 되어 지금 우리에게 되돌아오고 있는 것이다. 문명이란 이름으로 거침없는 질주를 계속한 결과이기도 하다.

　이제 자연생태계에서 다른 종과는 비교할 수 없을 정도로 막강한 힘을 지닌 우리 인간은, 더욱 더 반자연적인 시스템으로 구축된 '도시'라고 하는 '문명의 욕망지대'에서 여러 가지 환경문제들을 한꺼번에 쏟아 내놓고 있다. 그 결과 일부 오지奧地를 제외하고는, 이제 지구 곳곳에서 환경재앙과 직면하게 되었다. '친환경'이라고 내세우는 구호가, 이미 환경을 파괴하고 자연의 순환질서에서 멀어졌다는 고해성사처럼 허공에 메아리친다.

그래도 여기에서 그만 멈출 것 같지는 않다. 처참하게 잘라나간 산맥을 보면서 아직도 물류비용을 절감할 도로망을 걱정하고 있고, 도로선형을 바로잡아야 하겠다고 다짐하는가 하면, 아파트는 여전히 작고 부족하다고 주장하고 있기 때문이다. 그렇다고 뭐 달리 뾰족한 방법이 따로 있는 것도 아니다. 하나뿐인 이 지구는 인간만의 것이 아니라, 지구상에 존재하는 무려 3천만 종이나 되는 모든 생물이 함께 살아가야 할 '공동의 터전'라는 사실을 아무 조건 없이 받아들여야 하는 것밖에, 정말 다른 도리가 없다.

때로는 건축 자체가 환경파괴의 원흉이 아니냐고 반문하기도 한다. 맞는 말이다. 환경파괴의 주범은 다름 아닌 건축이다. 그런데 혹시 우리 인간이 집을 짓지 않고 동물처럼 야생을 한다면 어떻게 되었을까? 물론 상상할 수도 없는 일이다.

그러나 그렇게 되면 오히려 자연훼손은 아마 더 심각해질 것이 분명하다. 어쩔 수 없이 건축은 인간이 삶을 영위하기 위한 불가피한 선택일 수밖에 없는 것이며, 이제 우리도 건축에서의 오염배출을 최소화하고 자연의 거대한 순환질서에 아무 우대조건 없이 편입될 수 있도록, 우리들의 의견이 한데 모아져야 한다.

이 지구상에 존재하는 모든 물질은 알게 모르게 순환을 계속해 나가고 있다. 인간이 태어나면 자라서 늙고 또 병들어 죽게 되는 것처럼, 산천 동식물도 그 순환 질서를 그대로 따르도록 되어 있는 것이다. 그래서 우리가 할 수 있는 일이란, 그저 그 순환 사이클이 작게 그려질 수 있도록 조절해 나가는 것뿐이다.

기둥이나 대들보 그리고 서까래로 사용한 목재는 그 건축의 수명이 다하게 되면, 불에 태워지고 흙에 묻혔다가 세월 속에 분해가 되어 산천초목을 생육하는 거름이 되는 것이 자연의 순리다. 또, 짚여물과 버물려져서 벽체를 구성했던 흙벽은 해체된 뒤, 다시 본래의 제 모습으로 되돌아가게 되어 있다. 그리고 그 순환 사이클도 비교적 단순명쾌하고 짧다.

이에 비해 산업혁명 이후 근대건축의 총아로 등장한 철과 시멘트, 유리 그리고 단열재나 플라스틱 등의 강하고 세련된 소재들은 대부분 현대건축물의 일부분을 굳건하게 담당하고 있다가, 세월이 흘러 정작 그 역할이 끝난 뒤에도 제 몸 하나 제대로 추수리지 못한 채, 한참 동안을 머뭇거리면서 그 자리에 그대로 남아있는 것을 볼 수 있게 된다. 순환 사이클이 자연 상태보다 몇 배, 아니 몇 십 배 더 길기 때문이다. 그렇게 우물쭈물하는 동안, 우리 생태계의 순환질서는 그만큼 더 정체되어 버리는 것인데도 말이다.

건축소재들만 그런 것이 아니라, 건축물을 유지하고 관리하는데 있어서도 그 동안 손쉽게 얻어 쓰던 화석연료(化石燃料, fossil fuel)보다는, 이제 태양열과 바람 등 자연요소를 활용할 수 있도록 설비시스템도 점차 바꿔 나가야 할 것이다. 물론, 잘 알려진 대로 지붕에 흙을 덮거나 옥상녹화를 하는 것 자체도 상당히 유용한 대안이 될 수 있다. 그리고 그동안 정말 물 쓰듯 하던 '물'의 사용에 있어서도, 이제 중수中水 시스템 등으로 서둘러 전환해 나가야 할 때가 다가왔다.

돌고 돌아가는 것은 비단 돈과 물뿐만이 아니다. 이 지구상에 존재하는 모든 물상物象은 제 스스로 '다섯 박자의 리듬'에 따라서 순환을 계속해 나가고 있다. 그 자연의 질서에 발맞춰 지금 우리가 우리의 몸과 마음을 의탁하고 있는 이 공간……, 우리건축이 더 맑고 더 건강해지기를 바란다.

■ 글을 마무리하면서

처음부터 순서를 정해놓고 쓴 글이 아니라서, 이해가 쉽지는 않았을 것이다. 그냥 주제 하나씩 훑어가면서 단편으로 읽어도 되는 글이지만, 그래도 굳이 이렇게 네 마당으로 나누고 차례를 정한 것은, 그게 꼭 필요해서라기보다는 비슷한 것끼리 모아서 독자들의 이해를 돕기 위한 하나의 방편이었다.

원래 이 책은 그동안 〈전북일보〉에 연재하던 칼럼을 기본얼개로 꾸렸다. 멀리는 1994년 「건축상담」으로 매주 연재를 시작했던 것에서부터, 2005년에 접어들면서 「최상철의 건축이야기」라는 제목으로 패턴을 조금 달리하며 연재를 계속한 것까지를 포함했다. 또 2004년 〈전민일보〉에 「건강한 집, 건강한 생활」이라는 주제로 기획연재를 하던 글도 일부 추려 넣었다.

그러한 단편들을 꿰맞추다보니 다소 무리가 있었던 게 사실이다. 하나의 주제로 엮기에는 뭔가 이상하고, 그렇다고 다시 분류하자니 또 너무 장황해지고……. 아무튼 그게 처음 시작하면서부터 글을 맺는 이 순간까지, 머리를 어지럽게 만드는 일이었음을 이제 고백하지 않을 수 없다.

비록 이 책이 전문적인 건축지식을 전달하자는 것도 아니고, 그렇다고 그냥 재미로 읽기에는 다소 무리가 있는 내용들로 구성되어 있긴 하지만, '우리건축'에 어리고 서린 '우리생각'들을 훑어볼 수 있는 하나의 작은 계기가 되었기를 바란다.

아니, 어쩌면 우리건축에는 더 많은 '뜻'과 '생각' 그리고 '마음'이 담겨 있는 것인지도 모른다. 그러나 그 이상을 짚어본다는 것은 내게 너무 벅찬 일이었다. 그저 나지막하게 풀어놓은 이 이야기에 독자들이 어느 정도 공감 했는지 궁금할 뿐이다. 어쨌든 지금 박수소리는 들리지 않지만, 이제 막을 내릴 차례가 되었다.

그동안 풍수지리와 동양철학에 대해서 깊이 있게 지도해준 설산雪山 최재 은 선생과 지난 십여 년간 지면을 할애해준 〈전북일보〉 관계자 여러분, 그리 고 삽화를 정성껏 그려준 이경異耕 정인수 화백과 졸고를 탓하지 않고 선뜻 출간을 결정한 도서출판 푸른사상사에게도 감사드린다.

또 원고를 쓸 때마다 옆에서 함께 읽고 교정해준 소영이 선생, 최한철 선 생, 최현덕, 최우혁 군에게도 그동안의 진심어린 충고와 정성에 다시 한 번 고마움을 전하고 싶다.

아울러 이렇게 책을 낼 수 있도록 심심한 격려를 아끼지 않은 김금수 선 생, 이영예 선생, 소재학 선생, 안순효 선생에게도 진심으로 감사드린다. 그 리고 처음으로 풍수지리와 건축에 대해서 눈을 뜨게 해주셨지만, 이제는 저 세상에서 지켜보고 계실 선친 최연종 님의 영전에 삼가 이 책을 바친다.

■ 참고한 책들

1) 김광언, 『한국의 집지킴이』, 다락방, 2000.

2) 김교빈 외, 『동양철학 에세이』, 동녘, 2006.

3) 김구연, 『동양학 아카데미』, 창진, 2007.

4) 김석진, 『대산주역강의』, 한길사, 1999.

5) 김철수, 『도시계획사』, 기문당, 2000.

6) 김현원, 『첨단과학으로 밝히는 기의 세계』, 서지원, 2002.

7) 박시익, 『풍수지리설의 발생배경에 관한 연구』, 고려대논문, 1987.

8) 박언곤, 『한국의 누』, 대원사, 1991.

9) 신 평, 『신 라경연구』, 동학사, 1996.

10) 신영훈, 『우리한옥』, 현암사, 2000.

11) 윤재홍, 『우리옛집 사람됨의 공간』, 집문당, 2004.

12) 이 황, 『성학십도』, 홍익출판사, 2001.

13) 이강곤, 『한국의 궁궐』, 대원사, 1991.

14) 이경숙, 『마음의 여행』, 정신세계사, 2005.

15) 이규태, 『우리의 집이야기』, 기린원, 1991.

16) 이기동, 『주역에서 얻는 지혜』, 동인서원, 1998.

17) 이동범, 『자연을 꿈꾸는 뒷간』, 들녘, 2000.

18) 이문호, 『펭슈이 사이언스』, 도원미디어, 2003.

19) 장기근, 『이가원 공역, 주역』, 평범사, 1986.

20) 장휘용, 『보이는 것만이 진실은 아니다』, 대양, 2001.

21) 최동환, 『천부경』, 지혜의 나무, 2000.

22) 최재은, 『원통대방경』, 도서출판 불휘, 2000.

23) 최형선, 『생태학 이야기』, 현암사, 1999.

24) 카렌N. 샤노어 외, 『마음을 과학한다』, 나무심는사람, 2004.

25) 프리초프 카프라, 『현대물리학과 동양사상』, 범양사, 1998.

26) 한국정신과학 논문모음, 『기와 21세기』, 양문, 1998.

27) 한국철학사상연구회, 『우리들의 동양철학』, 동녘, 1997.

28) 허버드 벤슨 외, 『더 오래된 과학-마음』, 여시아문, 2003.

일은 인간생활의 피할 수 없는 조건이며, 인간 복지의 참된
근원이다.

— 톨스토이

┌ 저자 약력

이 책을 쓴 **최상철**은

1962년 전북 무주에서 태어나 전북대학교 공과대학 건축

학과와 같은 학교 대학원 박사학위과정을 마치고, 현재 전주

에서 〈삼호건축사사무소〉 대표건축사로 활동하고 있다.

그동안의 건축설계과정에서 현대건축의 병폐에 주목하고,

산 따라 물 따라 다니며 체득한 풍수지리와 같은

자연사상을 건축에 대입해가는 방식으로,

「애일당愛日堂」, 「주남헌朱南軒」, 「아중제牙中齊」, 「이지원以紙園」 등

다양한 건축물을 설계해나가면서, 그에 대한 연구도 병행하여

「풍수지리설에 근거한 전통취락의 형성배경에 관한 연구」 등의 논문과 더불어,

일간지에 「건강한 집 건강한 생활」, 「최상철의 건축이야기」 와

같은 칼럼을 연재하며, 건축에 담겨있는 우리들의 생각과 마음을

알기 쉬운 이야기로 풀어내고 있다.

내 마음을 두드린 우리건축

인쇄 2008년 11월 20일 | 발행 2008년 11월 30일
지은이 · 최상철 | **펴낸이** · 한봉숙
펴낸곳 · 푸른사상사
삽화 · 정인수 | **표지 디자인** · 지순이 | **편집** · 심효정
등록 제2-2876호
주소 서울시 중구 을지로3가 296-10 장양B/D 701호
대표전화 02) 2268-8706(7) | **팩시밀리** 02) 2268-8708
메일 prun21c@yahoo.co.kr / prun21c@hanmail.net
홈페이지 //www.prun21c.com

ISBN 978-89-5640-655-8-03810

값 15,000원

☞ 21세기 출판문화를 창조하는 푸른사상에서 좋은 책 만들기에 노력하고 있습니다.
   저자와의 합의에 의해 인지 생략함.

인생을 해롭게 하는 비애를 버리고 명랑한 기질을 간직
하라.

– 세익스피어

행동가처럼 생각하라. 그리고 생각하는 사람처럼 행동
하라.

- 헨리 버그슨